木曜日の子ども

重松 清

角川文庫
22989

木曜日の子ども　目次

第一章　事件

その街の名前は、以前からよく知っていた。足を踏み入れるのは初めてでも、なだらかな丘をまるごと造成した街の地形や、主要な建物や道路の位置関係は、自分でも驚くほど正確に記憶に残っていた。

七年前の夏、そこは日本中のどこよりも有名なニュータウンだった。街の歴史から住民の平均年収まで、さまざまな情報がマスコミを通じて全国に流された。

事件が起きたのだ。

旭ヶ丘《あさひがおか》というありふれた地名は、その夏以来、特別な意味を帯びて語られるようになった。

どこかで進むべき道を間違えてしまった私たちの社会の象徴として。かつて確かにあったはずの絆《きずな》をなくしてしまった家族の象徴として。そして、疲れて、病んで、決して踏み越えてはならないはずの一線をためらいなく越えてしまう子どもたちの象徴として。

七年前の夏の終わり、「緊急特番」と銘打たれた長時間の討論番組が週末の深夜にオンエアされた。

「旭ヶ丘は、いまの日本の縮図です」と一人のパネリストが言った。

「旭ヶ丘の教訓を、これからどう活《い》かしていくかが肝心なんです」と別のパネリストは言った。

「いや、その前に」とマイクに身を乗り出した三人目のパネリストは、「少年法の改正について、そろそろ本格的に論議すべきではありませんか」と言った。

私はその番組を自宅のテレビで観た。ウイスキーを啜《すす》り、手元の雑誌や新聞をぱらぱらめくりながらだったので、討論の細かい中身はほとんどなにも頭に入っていかなかった。ただ、十人以上のパネリストが並んだその討論が出口を見失って堂々巡りをしていることだけは、素人目にもよくわかった。

画面の右上には、叩《たた》きつけるような筆文字の小さなテロップがずっと出ていた。マスコミが命名した事件の名前も、そこにあった。

〈徹底討論!「木曜日の子ども」事件の深層!〉

討論番組では、U字形に着席したパネリストの真ん中に司会者が座り、その背後に事件の経緯を記したボードが掲げられていた。

経緯についてはカメラがボードをアップで撮らなければ読み取れなかったが、そんなことをしなくても、事件の舞台となった旭ヶ丘ニュータウンの名前を、誰もがすっかり覚えてしまったように、事件についての重要な事柄も、私たちの頭の中には刷り込まれていた。

事件の日時は、七月一日——その日のお昼前、旭ヶ丘中学校宛てに一通の封書が届いたところから、すべては始まったのだ。

中に入っていたのは、コピー用紙が一枚。パソコンの文字で一行だけ書いてあった。

〈もうすぐたくさん生徒が死にます　みんな木曜日の子どもです〉

脅迫状にしては、あまりにもつかみどころのない文面だった。かといって、生徒が死ぬと書いてある以上、取り合わずに放っておくわけにもいかない。

手紙を開封した教頭はその場に居合わせた数人の教師と相談して、念のために、というつもりで警察に電話を入れた。

警察も要領を得ない話に困惑しながら、とりあえず警官を学校へ向かわせることにした。

だが、交番の警官が着いたときには、もう事件は終わっていた。

死亡した生徒九名。

入院した生徒二十一名——うち三名は、一時昏睡《こんすい》状態に陥る重症だった。

すべて、二年一組の生徒だった。さらに担任教師も入院して、その後は教壇に戻るどころか、重篤な後遺症で社会生活も営めなくなってしまった。

給食の野菜スープに、毒物が混入されていた。ワルキューレという名前で一般に知られる、無色無臭の化合物だった。北欧神話に出てくる、戦場で死者を選んで冥界《めいかい》へと導く乙女たちに由来する名前どおり、きわめて強い毒性を示し、消化器から吸収されると瞬時に嘔吐《おうと》や痙攣《けいれん》に襲われ、呼吸が停止する。一方、気化したワルキューレを吸い込むと、これもまた瞬時に心臓が激しい痙攣を起こし、心室細動と同じ症状を呈して死に至る。どちらの場合も摂取から症状が出るまでの時間があまりにも短いため、有効な解毒方法はない。

成人の致死量、一グラム。鑑識の調べでは、それが寸胴鍋《ずんどうなべ》に二十グラム以上も入れられていたらしい。均一に混じりきらない、その濃度の差が、生死を分けた。

犯人は、二年一組の男子生徒だった。

彼は事件の現場にいた。三十一人の生徒のうち、ただ一人無事だった。

最初のうち、少年は「野菜スープは嫌いだから食べなかった」と言っていた。だが、犠牲者が九人にのぼったことを警察が告げると、計画が成就したのを知ったからだろう、一転して——ただし、他人事《ひとごと》のように淡々と犯行を自供したのだという。

警察はすぐさま少年を逮捕し、両親に連絡をとって、家宅捜索のために自宅を訪れた。

捜査員はそこで、もう一つの事件を知ることになる。

自宅の一室で、同居している祖母が床に臥《ふ》せっていた。ここ数日、体調を崩して寝込んでいるのだと言った。だが、家宅捜索に同行した鑑識員には、すぐに祖母がワルキューレの慢性中毒症状を起こしていることがわかった。吐き気、手足の痺《しび》れ、皮膚のただれ、そしてミーズラインと呼ばれる爪の条痕《じょうこん》……。

少年は、祖母に微量のワルキューレを投与しつづけていたことも自供した。殺害するためではなかった。長期間にわたって少しずつ全身にワルキューレの毒が回ると、神経組織がずたずたに破壊され、幻覚とともに自殺衝動に襲われる。彼は、衰弱して正気を失った祖母が錯乱したすえに自ら命を絶つところを見たかったのだ。

犯行に使われたワルキューレは、四国の小さな地方都市で、昭和の半ば頃まで薬局を営んでいた母方の実家の物置小屋から盗み出したものだった。

前年に、大学で化学を専攻する女子大学生が、ワルキューレを用いて同じ研究室の学生を殺害しようとした事件が起きた。いまでこそ厳重な管理のもとで取り扱われているワルキューレだが、かつては殺鼠《さっそ》剤《ざい》として広く使われていたこともあって、その当時の在庫さえあれば、入手は決して難しくはない。テレビのニュースや新聞記事でそれを知った少年は、春休みに一人で母方の実家に帰省して、祖父になにげなく訊《き》いてみた。すると、店じまいするときに、ワルキューレの殺鼠剤は自家用に使うつもりで物置小屋にしまっておいた、という。

せっかく取り置いていたのに、ネズミの駆除が進んだので、殺鼠剤の出番はないまま歳月が流れた。少年に訊かれるまで、それをしまっておいたことすら忘れていた。物置のどこに、どれほどの量のワルキューレがあるのか、見当もつかない。認知症の症状が出かかっていた祖父は、のんきに少年に答え、そのやり取りもまたすぐに忘れてしまい、事件後に警察が家宅捜索に訪れて初めて、物置が荒らされていることに気づいたのだ。

それが事件のあらましだった。

ただし、すべてではない。その時点ではわからなかったことも、いくつかある。

たとえば――。

二年一組の教室で、同級生が次々に倒れ、激しく嘔吐したり全身を痙攣させたりする光景を、少年はじっと見ていた。事件の翌年にテレビ局がスクープした供述調書によると、少年はそのとき、悶《もだ》え苦しみ、断末魔のうめき声をあげる同級生の姿に、身震いするほどの興奮を覚えていたらしい。

たとえば――。

少年は、旭ヶ丘にあるすべてのマンションの給水タンクの位置と、そこへ部外者がたどり着けるかどうかを調べ上げていた。二年一組を使った「実験」が成功したら、次はマンションを舞台にして、もっと大がかりな「実験」をするつもりだった。

たとえば――。

少年はラジコンのヘリコプターを持っていた。夏休みに入ったら、子どもたちでにぎわう遊園地のプールを狙って、ヘリコプターでワルキューレを撒《ま》くことも考えていた。

たとえば――。

少年はすべてのワルキューレを使い切った、と供述していた。しかし、一部のメディアはそれを虚偽だと断じ、さらに少数の、あまり信頼の置けないメディアは、少年がどこかに隠したワルキューレは三キログラム——三千人分の致死量に及ぶ、と報じた。

さらに、たとえば——。

少年には、片思いをしている女の子がいた。二年一組の同級生だった。事件の当日、少年は彼女に声をかけたらしい。給食の野菜スープ、飲まないほうがいいよ。家庭裁判所に送致されたあとで「そんなことを言っちゃったら、自分が犯人だと疑われると思わなかった？」と調査官に言われると、少年は「あ、そうか、そうですよねえ」と屈託なく笑ったのだという。

結局、その女の子は、少年の忠告を聞かずに野菜スープに口をつけ、九名の死者のうちの一人になった。

犠牲者の中に彼女も含まれていることを知ったとき、少年はどうしたか。

激しく動揺して涙ぐんだ、という報道もあるし、ひとの親切を踏みにじった罰だと冷ややかに言い放った、という報道もある。

二手に分かれた報道は、しかし、すぐに一つにまとまる。

どちらにしても、少年は反省や後悔や謝罪の言葉は、一言も口にしなかった。

事件当時、少年は十四歳だった。

だから、彼の顔や名前はマスコミでは報道されなかった。旭ヶ丘をめぐる情報は、これでもかというほど事細かに報じられたのに、なによりも肝心なところは、最初から最後までぽっかりと抜け落ちたままだった。

討論番組のボードには、事件の経緯とともに、少年の顔もシルエットで描かれていた。もちろん、そのシルエットが実際に少年の顔をもとにしているかどうかは、テレビを観ている私たちにはわからない。

黒く塗りつぶされた少年のシルエットは、さびれた観光地によくある、顔のところだけくりぬいた記念撮影用の書き割りを連想させた。似たような年格好の男の子なら、誰の顔でもあてはまりそうな気がする。

だからなのか、討論はしだいに事件そのものから離れ、中学生の問題や、十四歳の問題や、少年法の問題や、教育の問題や、家庭の問題や、戦後日本の問題に広がっていって、ますます収拾がつかなくなってしまった。

結局、私はその討論番組を最後まで観たのだっただろうか。

よく覚えていない。ということは、たとえ明け方まで番組に付き合っていたとしても、すっきりと腑《ふ》に落ちる結論は出なかったのだろう。

もともと、そんな結論を求めていたかどうかも、はっきりとはしない。ただの暇つぶしで観ていたのかもしれないし、事件よりもむしろパネリスト同士の罵倒《ばとう》合戦のほうに興味を惹《ひ》かれていたような気もする。

旭ヶ丘の事件は、少年犯罪史上に残る無差別殺人事件だと言われていた。十四歳の少年が、同級生を九人も毒殺——確かに、世間を震撼《しんかん》させるには十分すぎるほどの惨劇だった。

だが、それは私にとっては遠い惨劇にすぎなかった。どんなに悲惨でおぞましいものであっても、外国の戦争のニュースと変わらない。テレビの画面に向かって顔をしかめ、新聞を広げてため息をついたとしても、別のチャンネルにしたり次のページをめくったりすれば、あっけなく気持ちは切り替わる。

街頭インタビューでマイクを向けられ、「身につまされます……」と深刻そうな顔と声で答える中年の父親を見るたびに、大変だよなあ、なにかと苦労が絶えないんだなあ、と半分同情して、半分嘲《あざけ》っていた。

七年前の夏——。

私は三十五歳で、独り身だった。結婚をするつもりはなかったし、ましてや自分が父親になるなど、想像したことすらなかった。

七年後のいま——。

四十二歳の私には、家族が二人いる。同い年の妻の香奈恵《かなえ》と、中学二年生の一人息子、晴彦《はるひこ》——正確には、いまはまだ「晴彦くん」と紹介したほうがいい。

七年後の未来には、「くん」抜きで呼んでいたい。その頃、彼は二十一歳だ。二人で酒を酌み交わせるような、そんな父と息子になっていたい。

「なれるわよ、すぐに」

香奈恵は言う。「なってもらわなきゃ困るじゃない」と笑う。

そのとおりだと私も思う。やるしかないんだ、と自分に言い聞かせてもいる。

人生というのは、なにが起きるかわからない。

一生気ままな独身生活を送るつもりだった私が、離婚歴のある香奈恵と夫婦になるなど――さらに香奈恵と前夫との間に生まれた晴彦の父親になるなど、七年前の自分が知ったら「おまえ、どうしちゃったんだ？」とあきれ返るかもしれない。


だから、いまの私には、「木曜日の子ども」事件は決して他人事ではない。

閑静な住宅街の旭ヶ丘を襲った悲劇を、海の向こうの国の戦争と同じように遠目で眺めることは、もう、できないのだ。


「ちょっと寄り道してみませんか」

不動産会社の若い営業マン――川島《かわしま》くんに誘われた。

リフォームを終えた新居を、家族で見に行った日曜日のことだ。

川島くんは私たちをワゴン車に乗せて駅前の事務所を出発すると、「清《し》水《みず》さんはまだご存じないんですよねえ」と訊いて、知らないのならいまから案内する、と切り出したのだ。

「おそらく、お知り合いの方が遊びにいらっしゃると、場所を訊かれると思うんですよ。こんなこと言っちゃアレですけど、旭ヶ丘の名所みたいなものですから」

「木曜日の子ども」事件の犯人の家——。

七年前には大学生だった川島くんも、この春の異動で旭ヶ丘を営業エリアに持つ支店に配属になったとき、すぐに「ああ、あの旭ヶ丘か」と思いだしたのだという。

　香奈恵がセカンドシートから身を乗り出して、「まだ家族は住んでるんですか？」と訊いた。

「いいえ、更地になってます。もう五、六年前に引っ越されて行きました」

「そこからずっと更地なんですか？」

「ええ、しばらくは売り物件になって、ウチでも広告は出したんですけど、結局買い手がつかなくて……いまはもう売りに出してないのかなあ」

「五、六年前っていったら、事件の少しあとぐらい？」

「ですね。ちょうど一年後ぐらいですよ。ただ、実際には、その前からもう、ほとんどひとの気配はなかったっていう話ですけどね」

　事件のあと、少年の家族は姿をくらました。被害者の遺族やマスコミとの窓口はすべて弁護士がつとめ、両親はその弁護士を通じて連名でお詫《わ》びのメッセージを発表したきりだった。

「きょうだいがいましたよね、たしか」

「そうですそうです、妹がいたんですよ。おばあちゃんも入れて五人家族で、妹はまだ小学校に上がったばかりじゃなかったかなあ」

「家族もつらいですよね……」

「いやほんと、まったくそうですよ」

「親の責任だって言われても、そんなの、困っちゃいますよねえ」

香奈恵はため息をついて体をシートに戻し、三列目に座った晴彦に「そうなのよ、親に責任が取れることと取れないことがあるんだからね」と笑いながら声をかけた。

川島くんは「そりゃそうですよねえ」と声をあげて笑い、私も「なに言ってんだ」と苦笑交じりに香奈恵を振り向き、さらにその先の晴彦に目をやった。

晴彦は黙ってうつむいた。恥ずかしがってそうしたというより、不意に自分に話を振られたのを怒っているような、そっけないしぐさだった。

やれやれ、と私はもう一度苦笑する。

中学生なのだ、晴彦は。男子なのだ。ひとまえで親に――まして母親に話しかけられることの恥ずかしさは、私にもよくわかる。

私は川島くんに「やっぱり事件のあとはすごかったんでしょ、ヤジウマ」と訊いて、話を晴彦からそらしてやった。

「ええ、僕は直接は知らないんですけど、すごかったらしいですよ。ヘリコプターは飛び回るし、夜になったら暴走族も来るし、あと、街宣車まで来て、親は死んで詫びろとか、ニッキョーソの教育が悪いからこんな子どもが生まれたんだとか、観光気分で記念撮影してるおばさんたちもいたりして、もう、このあたりは一日中大渋滞ですよ」

そこまでは、当時の記憶にもある。たしか、塀にスプレーで落書きされたことや、窓ガラスを石で割られたこともあったはずだ。

九人もの同級生を殺した少年――。

そんな子どもを産んで、育てた親――。

少年はそれまでなにひとつ問題を起こしたことのなかった、ごくふつうの子どもだったという。成績もそこそこよかったし、野球部でも三年生が引退したらセンター・七番のレギュラーポジションを獲《と》れそうだった。クラスの人気者というほどではなかったが、いじめに遭っていたわけでもない。一学期のクラス委員選挙では七票を得た。テレビで報じられた、その七という数字が、ぞっとするほどなまなましくてリアルだったのを、いまでも覚えている。

「息子の狂気になぜ気づかなかったんだ」と言われても、親だって困ってしまうだろう。だが、「そんなこと言われても知りません、息子は息子、私は私ですから」と開き直れるはずがないことも、わかる。

マスコミの前から姿を消した両親のことを、あの頃は、卑怯《ひきょう》だと思っていた。

いまは違う。あの両親をかばうつもりはないが、「じゃあ、おまえならどうする」と誰かに訊かれたら、なにも言えない。七年前の街頭インタビューでどこかの父親が言った「身につまされる」というのは、要するに、そういうことなのだろう。

ワゴン車は旭ヶ丘のふもとまで来た。ここからはずっと上り坂がつづく。

私鉄の最寄り駅からは、車でも十分近くかかる。バスの便は充実しているものの、ニュータウンとして決して恵まれたアクセスではない。だが、そのぶん一区画あたりの面積は広く、価格も抑えられている。七年前の事件の記憶も、微妙に相場に影響しているのかもしれない。

私たちも事件のことがまったく気にならなかったわけではない。資金をはじめさまざまな条件が思いどおりになっていたら、きっと旭ヶ丘は選ばなかっただろう。

だが、わが家にはわが家の事情がある。引っ越す先の選択肢が自由に与えられているというわけではなかった。この春から、即入居可の一戸建てを探した。あと半年待てば、という新築中の建売住宅もあったが、遅くとも二学期から新居に移るという条件は譲れない。

川島くんが挙げてきた数少ない候補の中で、最も条件が良かった物件が、旭ヶ丘の中古の一戸建てだったのだ。

坂を上りはじめると、車のエンジン音はひときわ高くなった。

そのせいで、川島くんの言った言葉を受け取りそこねてしまった。

「え？　ごめん、なんだって？」と訊き返すと、川島くんは少し声を張り上げて「たまにファンの子も家の前に来てたらしいんです」と言った。

「ファン？　誰の？」

「あの少年の、です」

「……そんなのがいたのか」

「ええ……ファンっていうより、なんていうか、宗教の信者みたいなもんですかねえ、女の子が家の中に入ろうとしたり、じーっと道路にしゃがみ込んでる男の子がいたり……中には家出してきた子もいて、補導されたりしたらしいですよ」

ちょっと、やだ――香奈恵が顔をしかめて、また身を乗り出してきた。

「信じられない。だって、殺人犯でしょ、無差別殺人よ」

私の肩をつついて、「ねえ」とうながす。

いままでなら、応《こた》える言葉は決まっていた。

最近のガキって、やっぱりどこかおかしいんだよ――。

会社の同僚と酒を飲んでいるときなら、舌打ち交じりに言える。得意先と商談に入る前の世間話のときでも、大げさにうんざりした顔をつくって言える。香奈恵と二人きりのときでも――微妙に声をひそめながら、言えるだろう。

いまだって、その言葉が喉元《のどもと》まで出かかっている。吐き捨てるような口調になるだろう、というのもわかる。それが、世間のおとなとしての、私の本音だ。

　だが、私は軽いため息と一緒に、喉につっかえていたおとなの本音を払い落とした。

「でも、悪の魅力ってあるんだろうなあ。なんとなく、それ、わからないわけでもないけど」

「なにが魅力よ、そんなの魅力って言わないわよ」

「いや、だから、俺たちから見ればそうなんだけど、逆にヒンシュクを買うようなことだから魅力的に感じるって、あるんじゃないかなあ」

　晴彦をちらりと見た。窓の外に目をやった晴彦の横顔には、白いイヤホンのコードが垂れていた。音楽を聴いている。

　なんだ、と拍子抜けした。いまの話は聞こえていなかったのか。少しほっとして、家族で一緒にいるときぐらいは音楽を聴かないでほしいんだけどな、とも思いながら、

「まあ、でも……」とおとなの本音に戻した。

「憧《あこが》れるのは勝手でも、真似だけはしてほしくないよな」

「そりゃそうよ、こんなのを気軽に真似されちゃったら、もう、世の中おしまいだもん」

　ですよねえ、と川島くんは追従するように笑った。

「僕なんかも二十七歳ですけど、もっと若い連中を見てると、もう全然違うなあって思いますよ」

「ああ、そうだな」私もうなずいた。「いまは世代が四、五年で変わってる感じするよ、確かに」

「まあ、僕らも若造は若造なんですけど、いまどきの新入社員とかって、常識が通じないのかよ、ってあきれることたくさんありますよ」

　わかるわかる、と私は苦笑する。

「お客さんを案内するときの言葉づかいだって、はらはらしちゃうとき、あるんですよ」

「敬語がだめなんだよなあ」

「すぐに友だち感覚になっちゃうか、どうでもいい赤の他人かっていう感じで、中間がないんです」

　川島くんの言葉や口調は、しだいに辛辣《しんらつ》になってきた。その気持ちもよくわかる。ウチの会社でも、若い連中の常識のなさに対しては、上司になる私たちの世代よりも、むしろ二、三年先輩にあたる連中のほうがカリカリきている。歳が近いぶん、価値観や意識のずれが許せなくなってしまうのだろうか。私たち四十代が「目くそ鼻くそだけどな」と笑っていることは――もちろん、言わない。

「でも……それって怖いよね」

　香奈恵が話に割って入った。

「なにが？」

「だって、中間がないってことは、極端に言っちゃえば、敵か味方しかいないってことになるでしょ。自分の味方じゃないひとはみんな敵だ、って……怖くない？」

「まあな……」

ちょっと話が飛躍しすぎているような気もしたが、言いたいことはよくわかる。

「敵か味方か、さあどっち、なーんて子どもっぽいよね、ほんと」

「そういえば、あの犯人も『子ども』って言葉をつかってたんですよね、犯行予告の手紙で」

「そうそうそう、なんだっけ、何曜日の子どもとかって……」

「木曜日だよ」私は言った。「マザーグースの歌にあるんだ、そういうのが」

木曜日の子ども——という奇妙な言葉の意味は、事件が起きてほどなく明かされた。そういう世界に疎い私でも知っている、マザーグースの有名な歌から引いた言葉だった。

『月曜日の子どもはかわいい子』や『誕生日』という題名で紹介されることの多い、生まれた曜日による占いの歌だ。日本語に訳すと、歌詞はこんなぐあいになる。


月曜日の子どもは、かわいい顔。

火曜日の子どもは、気品に満ちて。

水曜日の子どもは、悲しいことがたくさん。

木曜日の子どもは、遠くに行って。
金曜日の子どもは、惚《ほ》れっぽくて気前がよくて。
土曜日の子どもは、働きづめで。
日曜日の子どもは、かわいくて、明るくて、朗らかで、元気いっぱい。

「木曜日の子ども」は、遠くに行ってしまう。それを少年は「死」に重ねていた。

ワイドショーでは、さらに「木曜日の子ども」とは少年自身のことではないかという解釈も出ていた。少年の生年月日を調べてみたら、彼もまた、木曜日に生まれた子どもだったのだ。

川島くんは「子どもの歌う童謡だから、逆に怖いところがありますよね」と言った。

香奈恵はうなずいて、「マザーグースって、不気味な歌が多いでしょ」と話を引き取った。「アガサ・クリスティの『そして誰もいなくなった』にも、マザーグースの歌が出てきてたし」

『十人の子どもの兵隊』のことだ。十人いた子どもが一人ずつ姿を消して、最後は誰もいなくなってしまうという歌詞で、その歌詞をなぞるように、孤島に集められた十人の男女は一人ずつ殺されていくのだ。

「でも、自分が何曜日に生まれたかっていうの、清水さんはご存じですか？」

「いや、わからないなあ」

「奥さんは？」

「わたしも知らないんですよ。夕方生まれたっていうのは母から聞いたんですけど、曜日までは……じゃあ川島さんは？」

　川島くんは「知ってるんですよ、じつは」と思いだし笑いを浮かべた。

「ウチのおふくろ、僕の生まれる三日ぐらい前から入院してたんですけど、ベッドのテレビで『サザエさん』を観てるときに陣痛が来たらしいんですよ。で、分娩室《ぶんべんしつ》に入ったらあっさり生まれたらしいんです。だから日曜日生まれなんです、僕は」

　なるほど、と私と香奈恵は顔を見合わせて笑った。

「あ、だったら、晴彦の生まれた曜日もわかるかもしれない」

「そうなのか？」

「うん……あのね、晴彦が生まれたのって夜だったのよ。九時過ぎだったかなあ」

　なにげなく、ふうん、と相槌《あいづち》を打つと、川島くんに「なに他人事みたいなことおっしゃってるんですか」とからかわれた。

　一瞬、私も香奈恵も頬をこわばらせて、お互いに道を譲り合うように目をそらした。

　他人事なのだ、確かに。晴彦が生まれたときのことなど、私が知るはずがない。この世の中に香奈恵という女性がいることすら知らなかったというのに。

「すぐ忘れちゃうんだから」

香奈恵はぎごちなさを振り払って笑い、私は「悪い悪い」と懸命に笑顔をつくって、晴彦を盗み見た。

晴彦はまだ音楽を聴いている。窓の外をぼんやりと見つめている。もしもイヤホンをはずしていて、私たちの会話を耳にしていたら――晴彦は、私たちの小さな嘘を許してくれただろうか。

「それでね、だからね、えーと、どこまでしゃべったっけ……」

香奈恵の声は微妙に早口になり、「夜の九時過ぎに晴彦が生まれたってところまでだよ」と返す私の声は微妙に沈む。私たちは詐欺師の夫婦にはなれないだろう。

「そうそう、それでね、晴彦が生まれたあと、処置室で少し休んでから部屋に戻ったら、二人部屋だったんだけど、隣のベッドのひとがドラマ観てたの。で、うるさくてごめんねって言われて、これだけが水曜日の楽しみだからって言われたこと覚えてて……」

香奈恵は不意に、はっと気づいた顔になり、言葉はそこで止まった。

私も無言で眉《まゆ》をひそめた。

「じゃあ、水曜日ってことですか」と屈託なく言った川島くんは、「水曜日の子どもって、なんでしたっけ」と、もっと無邪気に訊いてきた。

「……悲しいことが、たくさんあるんだ。『あーん』って泣きべそばかりかいてる子どもなんだ、水曜日の子どもは」

川島くんは「あたたっ、あんまりよくないですねえ」と、気をつかって陽気に笑った。

だが、私も香奈恵も笑い返すことはできなかった。

「まあ、でも、歌の世界ですからね、関係ないですよね、そんなの」

私たちがなにも応えなかったので、川島くんもさすがに決まり悪そうな顔になって、あとはもうその話を蒸し返さなかった。

晴彦は音楽を聴いている。窓に頭をもたれかからせて、いつのまにか目をつぶっていた。

水曜日に生まれた私たちの一人息子は、マザーグースの歌のとおりの十四年間を生きてきた。

これからの日々は——父親しだいなんだぞ、と私は自分に言い聞かせる。

車は丘のてっぺんに近い一角で停まった。電柱の住居表示には、旭ヶ丘四丁目とあった。

わが家は一丁目。おそらく、ふだんの生活でこのあたりを歩くことは、まずないだろう。

「そこの先なんです」

川島くんはフロントガラス越しに前を指差して、「十二、三軒並んでいるうちの、七軒目か八軒目なんです」と言った。

同じような大きさの一戸建てが並ぶ、典型的な住宅街のたたずまいだった。

「言っていいのかどうかわからないんですけど……上田《うえだ》さんっていう家なんです。上田祐太郎《ゆうたろう》……っていうんです、名前」

「祐太郎くん、か」

ついつぶやくと、香奈恵は「『くん』なんて要らないわよ」と憤然として言った。

少年法によってマスコミでは報じられることのなかった少年の本名が、この街では、たとえ小声ではあっても、ふつうに語られる。

あたりまえだ。事件が起きるまでは、彼は「少年」ではなかった。「上田祐太郎」として、仲良しの友だちや近所のおとなには「ユウちゃん」とでも呼ばれて、傍目《はため》にはごく平凡な中学生活を送っていたのだ。それこそ、隣の家の子どもとなにひとつ変わらないような。

「どうします？　降りて、見てみます？」

川島くんは言った。あまりお勧めしませんが、と言外に伝わる口調だった。

七年前の騒ぎがよほど苦い記憶になっているのだろう、更地になったいまも、近所のひとたちは見知らぬひとをひどく警戒しているらしい。

「いまは昼間だし、日曜日には散歩するひとも多いですから、そんなに気にすることはないと思うんですけど、車で乗り付けて、家の前に停めちゃうと、やっぱり、ちょっと……僕らも地元で仕事やらせてもらってますから、波風は立てたくないんですよね」

それはよくわかる。私としても、べつにどうしてもこの目で見たいわけではなかった。

家の場所だって、知らなければ知らないでなにも——いや、むしろ知らないままのほうがいいような気もしていたのだ。

　このまま新居に向かってもらおう、と口を開きかけたとき、香奈恵が言った。

「でも、ちょっとだけ降りてみようか」

「……え？」

「だって、せっかく案内してもらったんだし、やっぱり見てみたいじゃない」

　戸惑う私にかまわず、晴彦のほうを振り向き、通路から手を伸ばして、「降りるわよ。ちょっと散歩」と膝《ひざ》を軽く叩いた。

　晴彦は目を開けて、きょとんとした顔になったが、香奈恵がドアを開けて降りると、のろのろと腰を浮かせ、香奈恵のあとにつづいて外に出た。イヤホンをようやくはずす。夏の終わりの空をまぶしそうに見上げ、両手を上げて伸びをした。私と目が合うと、はにかんだように頬をゆるめて、「ここ、どこなんですか」と訊いてきた。

「四丁目なんだ。ウチから、バス通りを渡って、斜め上っていう感じかな」

「なんでこんなところに来たんですか？」

「うん……ほら、昔の事件があっただろ、同級生を毒で殺しちゃったやつ」

「はい……」

「その犯人の家が、そこの先にあったんだ。いまは空き地なんだけど……なんか、お母さんがどうしても見に行きたいって言ってさ」

晴彦は、しょうがないなあ、と苦笑して先を歩く香奈恵の背中に目をやって、「ヤジウマ根性ありすぎなんですよ」と言った。

「だよなあ」と私も笑う。

「お父さんも、そうなんですか？」

「いや、俺は違う違う、お母さんに付き合うだけだ」

「一人で行くの怖いんですかねえ」

「そうだよ、俺や晴彦くんがボディーガードなんだよ」

ははっ、と笑う。晴彦も、ふふっ、と笑って、話は途切れてしまう。

息子は父親に敬語をつかい、父親は息子を「くん」付けで呼ぶ。ひとつながりの会話が終わると、なかなか次の話題を見つけられない。

そんな私たちを振り向いた香奈恵は、早く早く、と笑って手招いた。

晴彦は、どうぞ、と私に香奈恵の隣を譲って、自分は歩くのを遅くしながら、またイヤホンを耳に差し込んだ。


かつて少年の家があった場所は、ぽっかりと抜けたような空間になっていた。雑草はほとんど生えていないので、ひな壇になった土地の、ほとんど真四角のきれいな形が、はっきりと見てとれる。

荒れ放題の空き地を想像していた私は、思わず「意外ときれいなんだなあ」と言った。

「それはそうでしょ」香奈恵は感心するそぶりもなく言う。「せめて土地をきれいにしておくことぐらいしなきゃ、ご近所に申し訳が立たないじゃない」

「どこかに管理を任せてるのかな」

「弁護士さんを通じて、いろいろやってるんじゃないの？」

確かに、更地をきれいに保っておくことは、ご近所に対するせめてもの罪滅ぼしになるのかもしれない。

だが、あまりにもきれいな空き地を見ていると、逆に、寒々しさも感じる。ああ、この土地は死んでしまったんだなあ、と思ってしまう。明日にでも基礎工事を始められそうなのに、この場所にいつか家が建つかもしれないというのが、どうしても想像できない。同じように、ここにかつて五人家族が暮らす家があったんだというのも、ピンと来ない。

抜け殻ですらない。最初からここにはなにもなかったんじゃないかというような、生気の消えた土地だった。

「六十坪ぐらいかなあ、もうちょっとあるかなあ……ウチよりも一回り広い感じするよね」

「うん……そうだよな」

「ねえ、もしも、この土地が売りに出てて、ウチの物件よりも安かったら、あなた、どうした？　買った？」

「どうだろうなあ……」

首をかしげた。確かにお買い得はお買い得だろう。「掘り出し物」というやつだ。それでも、こういう物件が「いわくつき」と呼ばれることも、私は知っている。

「やっぱり買わなかったと思うな」

「だよね、わたしだって買わないもん」

「みんなそうだろ。だから、五年も六年もたっても更地のままなんだ」

「まだローンも残ってたのかもしれないよね」

「かもな」

「払ってるんだろうね、どこか別のところに住みながら」

「だろうな……」

「なんか、もう、親の人生もめちゃくちゃにされちゃってる」

「妹の人生も大変だよな、これから」

「こういう事件が起きるたびに、つくづく思うよね、犯人が未成年でもおとなでも、結局家族って連帯責任取らされちゃうんだよね」

私は黙ってうなずいた。

「被害者だってそうよ。殺された本人はもちろんだけど、遺族だって、人生をめちゃくちゃにされちゃうのよ。ひとを一人殺しちゃうっていうのは、そのひとの家族も殺してるのと同じでしょ。家族の誰かが殺されたら、のこされた家族もみんな、ほんとうは殺されてるのよ」

私はまた黙ってうなずいた。それが家族なんだな、と噛《か》みしめた。

旭ヶ丘に新居をかまえることに、香奈恵は決して乗り気ではなかった。契約を交わすぎりぎりまで「他にもっといい物件があったら、そっちにしようね」と言いつづけた。

七年前の事件のことは、香奈恵もよく覚えていた。

あなたよりずーっと大きなショックを受けたんだから、とも言っていた。

七年前の夏は、香奈恵と晴彦が初めて二人きりで迎える夏でもあった。

晴彦が小学校に入学するのを機に夫と離婚して、これからは自分が父親と母親の二役をこなすんだ、と張り切っていた矢先に、あの事件は起きたのだ。

事件を知って、まず最初に思ったのは、晴彦が被害者だったらどうしよう、ということだった。

「まだ小学一年生だったんだけど、給食は毎日食べてるわけだし、こういう事件って模倣犯も多いじゃない。だから、ほんとうに怖かったの」

犯人が中学生だとわかると、今度は、晴彦が加害者になったときのことを思った。

「ありえないよ、そんなのありえないってわかってるんだけど……でも、やっぱり、考えないわけにはいかないのよ」

次に、犠牲になった生徒のお通夜やお葬式の光景がテレビで流れると、子どもを亡くした親の気持ちに自分を重ねた。

「つらいだろうなあ、悔しいだろうなあ、もう一生立ち直れないかもしれないなあ、って……もらい泣きしちゃった」

　さらに、犯人の少年の生い立ちやふだんの生活が報じられると、今度は、わが子が犯人になってしまった両親のことを思った。

「複雑だったよ、そのときの気持ちって。あんたたちがしっかりしてないから、こんなことになるんだ、とは思うんだけど、このひとたちは、いま日本中を敵に回しちゃってるんだなあ、っていう気もするし……」

　だからね、と香奈恵は話をまとめたのだ。

「あの事件は、あなたにとってはただの凶悪な少年犯罪かもしれないけど、わたしにとっては、もっと深いの。親としての根本的なところにまで届いてるの、ショックが」

　そして、私を軽く脅すように言ったのだ。

「これからあなたもそうなるのよ。事件や事故が起きるたびに、自分やわたしや晴彦をいろんな立場に置き換えて考えるようになるの。親子で、夫婦で……家族なんだから」

　空き地にはロープなどが張られているわけではなかったが、私も香奈恵も道路の際に立ったままだった。一方、晴彦は、たいしてためらいもなく空き地の中に入り、音楽を聴きながら、ぶらぶら歩いている。

「ねえ……」香奈恵が小声で言った。「ここに犯人の家があったってこと、さっき晴彦に話したんだよね？」

「ああ……」

「晴彦、どんな反応だった？」

「べつに……ふつうだったけどな。ふうん、って感じで、べつにびっくりしたり怖がったりしてる感じじゃなかったけど」

私は安心させるつもりで言ったのに、香奈恵は逆に「そう……」と表情を曇らせて、晴彦にちらりと目をやった。

「どうかしたのか？」

「うん……男の子のことって、ほんと、よくわからないんだけど……反応がなさすぎるって思わなかった？」

「はあ？」

「旭ヶ丘に引っ越すことを決めてから、ずっと気になってるの。事件の話をしても、なんかあの子、反応が薄いのよね。だって、いまの自分と同い年の子が、たいした理由もなくて同級生を九人も殺しちゃったのよ。もっともっとたくさん、何十人も何百人も殺すつもりだったのよ。ふつうだったら、もっとショックを受けるとか、興奮しちゃうとか、反応が派手だと思うのよ。でも、あの子、全然平気っていうか、冷静っていうか……だから逆に、それが気になっちゃって……」

言われるまで、まったく気づかなかった。親というのは、そういう細かいところまで見ているものなのかと——見なければいけないものなのかと思うと、ちょっと気おされてしまう。

「でも、事件のときは、まだ小学一年生だろ？　リアルタイムではっきり覚えてないからじゃないのかなあ」

香奈恵は「なるほどね」とうなずいたが、まだ完全には納得していない顔だった。

私自身、確信を持って言ったわけではない。こんな感じなのかなあ、と思いついたことをそのまま口にしただけだったので、そこから先の言葉が見つからない。

話が途切れた。沈黙の中、隣家の二階の窓が開き、洗濯物を提げたおばあさんがベランダに姿を見せた。

おばあさんはすぐに私たちに気づき、川島くんの言っていたとおり警戒心をあらわにした視線で一瞥《いちべつ》して、その目を晴彦にも向けた。

悲鳴があがった。

おばあさんは洗濯物を落とし、全身をわななかせながら晴彦を指差し、裏返った声で叫んだ。

「ユウちゃん……！」

第二章　面影

信じられない、なにあれ、ほんと、失礼しちゃうと思わない？　今度会ったら文句言わなきゃね、わたし絶対に言うから、あのおばあさんの顔、覚えたから……。

電車を乗り継いで、富士見台《ふじみだい》団地の自室に帰宅したあとも、香奈恵はまだ憤然としていた。

「もういいだろ、向こうも謝ったんだから」

苦笑交じりに言う私にまで、怒りの矛先が向けられる。

「あなたがガツンと怒るところでしょ、あそこは」

そうだったかもしれない。「二人で怒らないと意味ないじゃない」——それが両親というものかもしれない。

ひと違いされたのだ。私たちの息子が、こともあろうに同級生を九人も毒殺した犯人に。

悲鳴をあげた隣家のおばあさんは、別人だとわかったあとも動揺を隠しきれない様子だった。晴彦に謝り、私と香奈恵にも詫《わ》びて、あらためて晴彦の顔を見て、「ごめんなさい、やっぱり、こうして見ると全然違ってますね」とほっとしたように言った。

見物気分で土地に足を踏み入れた負い目がある私たちも、その場では苦笑交じりに話を終えるしかなかったのだが、やはりあそこは父親としてきちんと抗議すべきだったのか。

もっとも、当の晴彦は、ただ困惑しているだけだった。引っ越しを間近に控えたわが家に帰ってからも、香奈恵のように怒りを蒸し返すことなく、むしろ母親の剣幕にあきれたように「もういいじゃん」と言う。学校の勉強でもなんでも執着心が弱いのよ——まだ私たちが「親子」として出会う前、香奈恵はそんなふうに晴彦のことを言っていた。

香奈恵が夕食の支度でキッチンに立った隙に、晴彦にこっそり声をかけた。

「怒ってるなあ、お母さん」

晴彦はテレビから私にちらりと目を移して、「お母さんは、僕のことになると我を忘れちゃうんですよ」と言った。「過保護っていうか、必死なんですよね」

言葉づかいはていねいで、口調もやわらかい。面接のテストで点数をつけるなら十分に合格点を与えられる。

それでも、いま、私たちは面接をしているのではない。あたりまえのことだ。

「晴彦くん」

「はい？」

「……晴彦くんは、どうだったんだ？　あんなひと違いされちゃって」

「びっくりしました」

そりゃそうだな、と私は笑いながらうなずいて、それで話は途切れてしまった。

お互いさまだ。晴彦の他人行儀な態度を責めるわけにはいかない。私だって「くん」付けでしか晴彦を呼べないし、いまの笑顔は、取引先の部長と会食をしているときに浮かべるものとたいして違いはなかった。

そもそも、他人行儀もなにも「他人」なのだ、私たちは。

「はい、お待たせしましたあ。遅くなっちゃったから手抜きで悪いけど」

ダイニングから香奈恵の声が聞こえると、ほっとする。テレビに目を戻していた晴彦も、なんだか肩の力を抜いたように見える。

「行こうか、腹減っただろ」

「死にそうです」

さっきより少しはましな笑顔を交わして、私たちは立ち上がる。

時間はかかる。覚悟はしている。私たちが赤の他人だった十四年間という年月には、それだけの重みがあるはずだ。いまはまだ私より頭一つ低い晴彦が、私の背を抜き去ったとき、私たちは「親子」になっていられるだろうか。

遅めの夕食は、新居のリフォーム工事完了を祝う乾杯で始まった。

スケジュールが遅れ気味で私たちをやきもきさせた工事も、終わってみれば、予想以上の出来映えだった。築十年という建物の古さを感じさせない。といって、まっさらな新築のようなうわついた落ち着かなさもない。適度に古びて、適度に新しい――夫婦ともに四十歳を過ぎてからの結婚にふさわしいわが家かもしれない。

　築三十年を超える、正真正銘の古い団地で不便をしながら暮らしていた香奈恵は、まずなにより、キッチンが広くなったのがうれしい、と言った。あと、お風呂《ふろ》にも窓がついてるし、トイレも二つあるし、庭も陽当たりがいいし、玄関に姿見もついてるし……お気に入りのところを数え上げていけば、結局、新しい家のすべてになる。香奈恵の頰がほんのりと赤いのは、乾杯のスパークリングワインのせいだけではないのだろう。

「あなたは？　今度の家のどこがいい？」

　私は少し考えて、「やっぱり一戸建てっていうのがいいよな」と言った。香奈恵には「なにそれ、アバウトすぎる」と拍子抜けしたように言われたが、本音だ。

　大学進学で親元を離れて以来二十四年間、ずっとアパートやマンション暮らしだった。独身生活を送るにはなんの不便も不満もなかった。だが、香奈恵との結婚を決め、「夫」になると同時に「父親」になることも決まったとき、真っ先に思ったのは、庭付きの一戸建てに住もう、ということだった。「一国一城の主《あるじ》って、時代遅れなんじゃないの？」と香奈恵に笑われても、もう少し真剣に「そんなにプレッシャーを感じなくてもいいのよ」と言われても、新しい家族と始める新しい暮らしの舞台は、私には一戸建て以外は考えられなかったのだ。

マンションでいいんだと割り切っていれば、旭ヶ丘よりもっと都心に近い街に引っ越すことができただろう。

それでも、後悔はしていない。昼間、リフォームが終わった新居を訪ねたときも、間違ってないんだ、とあらためて思った。門にはすでに表札が掛かっていた。〈清水芳明《よしあき》　香奈恵　晴彦〉――三人の名前がそろったスチールの表札は、マンションの郵便受けのネームプレートよりずっと風格があった。差し込み式のプレートではいけない。いつでも抜き取ることができて、交換できるようなものであってはならない。コンクリートの門柱に埋め込まれたわが家の表札は、家族三人の名前は、揺るぎなく、ここにある。

「じゃあ、晴彦は？　どう？　今度の家」

ちょうどメンチカツを頬張っていたところだった晴彦は、口の中のものをあわてて呑《の》み込んで、「ぜんぶいいよ」と香奈恵に、「最高です」と私に言った。

香奈恵に見せる中学生の男子ならではのそっけなさは、私に対しては絶対に出さない。

「たとえば、どこ？」

「……どこって決められないぐらい、ぜんぶ」

「じゃあ、トップは？」

答えを強引にでも言わせたい香奈恵の気持ちは、なんとなく見当がつく。私に気をつかっているのは晴彦だけではない。香奈恵だってそうだ。

「そんなの、急に言われたって決められないよなあ」

私は晴彦に笑いかけた。晴彦も「ですよねえ」と笑い返す。香奈恵は「やだぁ、二人でタッグ組んじゃって」と悔しそうに——だからこそ、うれしそうに笑う。

「こういうときってさ、いったん答えを言うだろ。でも、すぐに、別のもののほうがよかったんじゃないかと思い直して、きりがないんだよ。なあ」

「そうそう、そうなんです」

二人で笑顔を交わす。

「でもね、晴彦、ほんとにぜいたくなことしてもらってるんだからね、お父さんに。よーく感謝して、大事に使わなきゃだめよ」

香奈恵は釘《くぎ》を刺すように軽く晴彦をにらみ、私に向き直ると、「あそこまでリフォームできれいになるとは思わなかった」と笑う。

「いまはアレだよ、リフォームの業者もレベルが上がってるから」

「うん、でも、やっぱりピンからキリまであると思うの。予算をケチっちゃったら、どうしても出てきちゃうでしょ、仕上がりに差が」

「まあな……」

「だから、ほんと、すごくうれしい」

ありがとーございました、と香奈恵はおどけて私に深々と頭を下げ、晴彦にも「大学を卒業するまで最低でも八年間は一緒にいてもらわないと、モトが取れないからね」と冗談めかして言った。

新居にかかったお金は、リフォーム工事も含めて、すべて私が出した。ローンも私名義で背負った。香奈恵はそれをずっと気にしているのだ。

「あ、いま、思った」

晴彦は不意に声をあげ、「僕、眺めがいいところが好きです」と私に言った。

ありがとう。私は含み笑いでうなずいた。

優しい子だ。せいいっぱい私を喜ばせ、香奈恵を安心させようとしている。

だが、とってつけたお芝居のぎごちなさをうまく隠せるほど、おとなではない。

それがいじらしくて、せつなくて、少し寂しい。

夜九時を過ぎると、私は自分のマンションに帰る。すでに入籍はしていても、新居に引っ越すまでは泊まらない、と決めている。

２ＤＫの手狭な団地に、母親の「夫」が泊まるという意味を――いや、それ以前に母親が再婚するという意味を、晴彦に重く背負わせたくなかった。

私だって、かつては中学生だった。性のことを知り、興味を抱きながら、それを自分の両親にあてはめたときの複雑な感覚は、まだちゃんと覚えている。

新居でもそうだ。二階には部屋が三つあったが、私たちの寝室は一階にした。晴彦との心の距離は一日でも早く縮めたかったが、そこの点だけは、少しでも広く距離を置いておきたい。

晴彦は、二階の二部屋を使う。もともと主寝室として設計されていたいちばん広い部屋が勉強部屋で、残り二つの部屋のうち一つが寝室――香奈恵が言っていた「ぜいたく」とは、そういう意味だ。そして、それは、晴彦に伝わっているかどうかはともかく、たとえ再婚しても子どもはつくらないから、という無言のメッセージでもあった。

余った一部屋には、私がマンションから持ってくる本を置く。ＣＤやＤＶＤも置き、ホームシアターのシステムも、引っ越しに合わせて買い換えた。そこが、私の書斎になる。

書斎を二階に設けるのは、香奈恵の発案だった。私自身はそれこそぜいたくだと思っていたが、香奈恵はどうしても必要なんだと譲らなかった。

「いまはまだ難しいかもしれないけど、いつか、あなたの部屋に晴彦が遊びに来るようになって、二人が二階で楽しそうにやってる話し声を聞きながら、わたしはキッチンでごはんをつくるの……そんなふうになったらいいなっていうのが、わたしの夢なの」

そうなるといい。ほんとうに。

いつもどおり、九時になったのをしおに香奈恵と晴彦の部屋をひきあげた。こうして「通い」の付き合いをつづけるのも、今日が最後だ。明日からはそれぞれ引っ越しの荷造りのラストスパートにとりかかって、今度の日曜日、二つのわが家がようやく一つになる。

「じゃあ、外まで送っていくね」

香奈恵が言った。ふだんは晴彦の目を気づかってそれすら断っているのだが、最後ぐらいはいいか、とうなずいた。

晴彦は夕食のあとは自分の部屋に入ったきりだった。私がリビングを出ても、ヘッドホンで音楽を聴いているのか、姿を見せる気配はない。

「ちょっと待ってて、晴彦も玄関で挨拶《あいさつ》させるから」

香奈恵は少しあせった様子で言ったが、いいよいいよ、と制した。自分の部屋に入って一息ついているのを邪魔するのはかわいそうだし、正直に言うと私自身も、もう今日はこのあたりでいいだろう、と思った——そんなことを思っているうちは「父親」になんかなれないんだぞ、とわかってはいるのだが。

外に出ると、ほろ酔いで火照った頰を、夜風が気持ちよく冷ましてくれた。

八月が、もうじき終わる。昼間はあいかわらずうだるような暑さがつづいていても、朝晩の蒸し暑さは、そろそろ峠を越えてくれてもいい頃だ。旭ヶ丘ニュータウンは名前どおりの小高い丘で、緑も多い。秋の訪れは都心よりも早いだろう。

四階から階段を下りる。エレベータもない古い団地に、香奈恵と晴彦は離婚以来七年間も住んでいた。新居に引っ越すことのうれしさや期待は、二人のほうが、私よりずっと大きく深いはずだ。

いや、部屋の広さや新しさの問題ではない。この街を出ること。この団地を出て、団地に隣接する中学校とのかかわりが断ち切れること。そのすべてが、二人にとっては大きな喜びになっているはずだった。

だが――。

玄関を出るまでは陽気すぎるぐらいおしゃべりをつづけていた香奈恵が、階段を下りるときには急に押し黙ってしまった。

どうしたんだろうと怪《け》訝《げん》に思っていたら、二階と一階の間の踊り場で、足が止まった。

「ねえ……」

「うん？」

「昼間のことなんだけど」

ほら、晴彦がひと違いされちゃったこと、とつづけた香奈恵に、私は、やれやれ、と苦笑いを返した。

「そんなに怒るなって。どうせあそこは四丁目なんだから、もう通ることないよ」

「そうじゃなくて……」

香奈恵は高くなりかけた声をあわてて低めて、「あなた、あの犯人の顔って見たことある？」と訊《き》いてきた。

私は黙ってかぶりを振る。それはありえない話なのだ。犯人――上田祐太郎は七年前に十四歳で、少年法の適用を受けていた。顔も名前も、本来は私たちが知ることはできない。

「でも、そういうのって建て前でしょ？　現実にはこうやって名前も家の場所もわかったわけだし」

「まあな……」

「ネットとかに出たりしてないかなあ」

「出てるかもしれないけど……俺はよくわからないんだよな、そういうサイトのこと」

むしろ晴彦くんのほうが詳しいんじゃないか、と言いかけて、やめた。

晴彦の話は、いまは出さないほうがいい。香奈恵は息苦しそうに眉《まゆ》をひそめ、唇をしきりと嚙《か》んでいた。そんな表情を浮かべたときは、決まって晴彦にまつわるトラブルや悩みを抱えているのだと、親しくなってからの二年の日々が教えてくれる。

「中学校の卒業アルバムには出てないわよねえ、さすがに」

「たぶんな」

「あ、でも、入学したときの記念写真には出てるんじゃないの？　あと、事件が起きる前の社会科見学とか遠足とかのクラス写真」

香奈恵は自分の思いつきに何度もうなずきながら、「学校には残ってるわよね、絶対にね」と勢い込んでつづけた。「挨拶に行ったとき、見せてもらえないかな、それ」

無理だよ、となだめた。ヤジウマ根性むき出しの親だって、あきれられちゃうぞ、と笑った。

だが、「そうよねえ……」とため息をつく香奈恵の表情は、さっきよりさらに曇ってしまった。歩きだす足取りも重たげで、階段を少し下りたところで、また止まってしまう。

「ねえ……」

私を振り向いた顔には、もう、はっきりとした不安がにじんでいた。

「だいじょうぶよね？　晴彦、犯人なんかに似てないわよね？」

「心配しないでいいよ。だって、あのおばあさんも、よく見たら全然似てなかったって言ってただろ」

「でも、ひと違いされちゃうってことは、やっぱりどこか似てるところがあるんじゃないの？」

「中学生の男子なんて、みんな似たようなものだよ。場所が場所だったから、ひと違いされちゃっただけだって」

だいじょうぶだいじょうぶ、と笑った。

香奈恵もやっと、少しだけ安心した顔になって、「ごめんね」と言った。「自分でも心配しすぎだって思うんだけど……やっぱり、どうしてもね……」

わかるよ、と私はうなずいて、さらに笑みを深めた。

踊り場には、壁を白く塗り替えた跡がある。ちょうど去年のいまごろ——私たちの関係が「気の合う同僚」から「かけがえのない異性」に変わりかけた頃、私が自分でペンキと刷毛《はけ》を買ってきて、一人で塗った。

油性のサインペンで、晴彦の名前が書かれていたのだ。〈殺す〉とも書かれていた。

さらに、もっとひどい――晴彦ばかりか香奈恵までおとしめる、両脚を開いた裸の女の落書きと、〈再婚相手募集中〉の言葉まで。

新しくペンキを塗った箇所は、一年たったいまも、まわりの煤《すす》けた白と馴染《なじ》んでいない。香奈恵も晴彦も階段を上り下りするたびに、それを目にしなくてはならない。

だが、とにかくあと一週間なのだ。次の日曜日には、新しい街の新しいわが家で、新しい暮らしが始まるのだ。

先に歩きだした香奈恵の肩に、私はそっと手を載せた。

「晴彦くんのことは心配しないでいい。今度からは俺もいるんだ」

いままでずっと一人でがんばってきたのだ。「母親」としてはもちろん、「父親」としての責任まで、誰にもすがることなく、小柄な細い体で背負ってきたのだ。

いとおしさが胸にこみ上げる。なにがあっても、このひとと、このひとが大切にしている晴彦を守り抜くんだ、とあらためて心に誓う。

肩に載せた私の手に、香奈恵の手のひらが重ねられた。

「これから……よろしくお願いします」

私は手を入れ替えて、香奈恵の手の甲を包み込む。

「こっちこそ、よろしく」

一階に着いた。同じ床に足がそろった瞬間、香奈恵を抱きしめた。涙の味がほんのりと混じった口づけになった。

香奈恵とは階段の下で別れ、一人で団地の建物を出た。口づけの余韻にひたりながら、なにげなく四階を見上げた。香奈恵と晴彦の暮らす部屋は四〇一号室――いちばん端の窓だった。

カーテンの内側に人影がうっすら見えた、と気づく間もなく、カーテンが揺れて、人影は消えた。香奈恵が部屋に戻るには早すぎるタイミングだった。

私はため息を呑み込んで歩きだす。振り向かずに、足早に建物から遠ざかる。

ゆっくりでいいんだ。

自分に言い聞かせた。街灯のつくる自分の影を踏みしめて、絶対にあせるな、と強く命じた。

団地前のバス停で駅行きのバスを待っていると、二人乗りの原付バイクが何台も連なって、マフラーをとりはずした派手な音と排ガスをまきちらしながら、目の前を駆け抜けていった。

まだ少年ばかり――中学生のような幼い顔をした連中だった。

私はうつむいて彼らをやり過ごしながら、ふざけやがって、と小さく吐き捨てる。

だが、いまの連中は、わかりやすいだけましかもしれない。

ほんとうにタチの悪い奴らは、これ見よがしに自分の悪さや強さをふりかざすのではなく、ごくふつうの風貌《ふうぼう》をしている。ずるがしこく、陰湿で、ひとのどこを傷つければ致命傷になるかよくわかっていて、そのぎりぎりのところまで悪意のナイフを突き立てる——そんな奴らに、晴彦は狙われたのだ。

　いじめは、中学に入学して間もない頃から始まっていたという。最初は、おとなしい晴彦をからかって笑う程度ですんでいたが、香奈恵が学校に相談したことで事態は急に悪化した。

　先生に叱られたいじめグループは、報復を始めた。奴らは知っていた。晴彦本人よりもむしろ香奈恵をおとしめれば、はるかに深く晴彦の心を傷つけることができるのだと。そして、女性をおとしめるためには、どういうことをすればいいかも——まだ声変わりもすんでいないくせに、よくわかっていた。

　自宅の電話番号が、売春の誘い文句とともにネットにさらされた。香奈恵の顔写真と無修整のヌード写真を合成した画像もネットに出た。注文するはずのない性の玩具《おもちゃ》が通信販売会社から届いた。

　晴彦のあだ名は「ボシ」になった。苗字《みょうじ》が飯星《いいぼし》だから、というのは先生に気づかれたときの言い訳だった。ほんとうは、母子家庭の「ボシ」。

　ボシ、ボシ、親切で教えてやるけどさ、レイプサイトにおまえの母ちゃん出てたぞ。駅から団地に帰る道順とか、ばっちり出てたから、ヤバいんじゃないの？

　ボシ、ボシ、知ってる？　女ってさ、一カ月セックスしないと我慢できないから、自分でやるんだって。指とかキュウリとか、あそこに入れるんだって。セックスする相手がいない女って、大変だよなあ。

　ボシ、ボシ、信じらんねえよ、ちょっとこれ読んでみろよ。ネットに出てたんだけど、父ちゃんのいない家でさ、母ちゃんと息子が近親相姦《そうかん》してんの。すげえよなあ、怖えよなあ、気持ち悪いよなあ。

　ボシ、ボシ、俺の知ってるおばちゃん、派遣でいろんな会社に行ってるんだけど、そこでもう、やりまくりだって。っていうか、部長とか課長とかに一発やらせないと、すぐに派遣打ち切りになっちゃうって。あれ？　ボシの母ちゃんって仕事なんだっけ。え？　あれ？　ひょっとして派遣だったっけ。あ、ごめん、悪い、でもおまえの母ちゃんがそうだって言ってるわけじゃないから、俺の知ってるおばちゃんの話だから、誤解とかするなよ、頼むぜ……。

　期間としては、決して長くなかった。六月から七月にかけての、一カ月たらず。だが、中学一年生の少年の心をずたずたに傷つけるには、十分すぎる期間だった。

　八月――。

　夏休みで退屈していた奴らは、不特定多数の目にさらすインターネットよりも、むしろ顔見知りの前で恥ずかしい思いをさせたほうが面白いんじゃないか、と考えた。そして、それが本人にもわかったほうが、もっと面白いだろう、とも考えた。

　団地の踊り場に落書きされたのは、そんな時期のことだった。

最初に見つけたのは、朝刊を取りに一階の集合ポストまで下りた晴彦だった。

香奈恵にはなにも言わなかった。

言えなかった。

出勤した香奈恵がその落書きを見つけ、怒りと恥ずかしさで身震いしながら、とにかくなにか紙を貼って隠さないと、と部屋に駆け戻ったとき——。

晴彦は浴室で倒れていた。

手首をカッターナイフで切り、出血量よりも、極度に精神が追いつめられたせいで、電気のブレーカーが落ちたように気を失っていた。

「前の学校からも、申し送りのお手紙はいただいてます」

旭ヶ丘中学の学年主任は、冷えた麦茶を私に勧めながら、「晴彦くんの苦しみも、お母さんの苦しみも、お察しします」と言った。小川《おがわ》先生という。私や香奈恵と同い年の英語教師だった。

「もちろん……お父さんのご心配も、よくわかっているつもりです」

私は小さく頭を下げた。ずんぐりとした体つきの小川先生の笑顔に救われた思いだった。

「それで、晴彦くんの最近の様子はいかがですか？」

「ええ……一時に比べると、だいぶ元気になってくれて、母親ともども、ほっとしています」

いまのは「母親」ではなく、「妻」や「女房」のほうがよかっただろうか。そのあたりが、やはり、まだ慣れない。

小川先生は「それはよかった」と頬をゆるめ、「去年の三学期と今年の一学期は別の学校だったんですよね」と確認した。

晴彦は夏休み中に自殺を図ったあと、二学期はほとんど学校に通えなかった。その間、香奈恵と学校と教育委員会は話し合いを重ね、三学期からは学区外の中学に転校することになった。

だが、富士見台に暮らしているかぎり、晴彦の心が安らぐはずがなかった。新しい学校でも、いじめにこそ遭わなかったが、級友たちとはほとんど交わろうとせず、クラス担任の教師によると、いつもなにかにおびえているような様子だったらしい。

「やっぱり、引っ越すことにしたのがよかったんだと思います。最近はほんとうに、冗談なんかも言うようになって、あんなことがあったのが嘘みたいな気もするんです」

私の言葉に小川先生はゆっくりとうなずいてから、「ただ、水を差すことを申し上げるかもしれませんが……」と、教え諭すように言った。

「なにごともなかったかのような、というのと、なにごともなかった、というのとは違うんですよね」

それは、確かに、そうだ。先生は、私が父親として新米だとよく見抜いているのだろう。

「いじめを忘れることは、決してありません。たとえいじめたほうが忘れてしまっても、いじめられたほうは、一生、忘れません。恨みとかではなくて、それだけの傷を負うわけですよ、いじめられた生徒は」

「はい……」

「もちろん、体の傷と同じように、心の傷だって、いつまでも永遠に血を流すわけじゃありません。血が止まって、かさぶたができて、傷口がふさがって、もう見分けがつかなくなることだってあります」

いまの晴彦はその状態かもしれない、と先生は言った。ただし——とつづける声は、また教え諭すような響きになった。

「傷跡は、ほかの場所より弱いんです。それはおわかりですよね。どんなに浅い傷や小さな傷でも、厳密に言えば、まわりより弱くなってしまっています。ましてや、晴彦くんの受けた心の傷は、とにかく深い……ということは、またなにかつらいことがあったら、最初にダメージを受けるのは、そこなんです」

「母親にまつわること、ですか」

「ええ……おそらく」

そこまで話したところで、話が深刻になりすぎたのを詫びるように、小川先生は不意に頬をゆるめた。

「ですから逆に言えば、いじめのひどさの割に早く元気になれたのは、お母さんに清水さんというひとがいてくれたからなんですよ。お母さんが幸せになったから、晴彦くんの心の傷もふさがったんです」

多少の面はゆさは、あった。うれしさも、あった。だが、それ以上に、私は先生の言った「逆に言えば」の、さらに逆のことを考えてしまった。

「じゃあ、アレですね……夫婦ゲンカなんかしちゃうとまずいですね」

半分冗談に紛らせて言ったのに、先生は付き合って頬をゆるめただけで、すぐに真顔に戻った。

「……そうかもしれません」

ずしん、と胸の底に重石《おもし》が置かれた。

「カウンセラーでもない私が言う資格なんてないんですが、特に男子の生徒の場合は、お母さんが苦しんだり悲しんだりすることが、いろんな面で影響を与えるんです。やっぱり男の子って、どんなに生意気なことを言っても、お母さんが大好きなんですよ」

私は黙り込み、先生もそれ以上はなにも言わなかった。夏休み中の職員室は閑散としていて、先生の話が途切れると、しん、と静かになった。それを待っていたように、外の木立に止まった蟬が鳴き出した。夕方のカナカナ蟬――夏は、もう終わりだ。

小川先生は麦茶を啜《すす》って、「すみません、まだ本人に会ってもいないのに、よけいなことをしゃべりすぎました」と気を取り直すように笑った。

「いえ、私のほうこそ、急にお邪魔してすみませんでした……」

頭を下げると、先生は麦茶をまた啜り、「晴彦くんとお母さんがいらっしゃるのは、次の月曜日でしたよね」と言った。「そのときにはクラス担任の先生もご紹介できると思いますので」

「それで、あの……今日、私が学校にうかがったことは……」

香奈恵にも晴彦にも話していない。仕事のスケジュールをやりくりして、一人で旭ヶ丘を訪ねたのだ。

「わかってます」

先生はうなずいて、「いいお父さんですよ、清水さん」と言ってくれた。

心配性だと、香奈恵には笑われるかもしれない。よけいなことしないでよ、と怒られてしまうかもしれない。

それでも、一年前のいじめのことは、あらかじめ新しい学校の教師にも知っていてほしかった。「父親」ができたばかりだということも、わかっていてほしかった。しっかりと晴彦のことを見てやってください、と頼みたかった。かつての私なら親の情けないエゴだと嘲笑《あざわら》っていたはずのことを、いまの私は、ぶざまなのを承知のうえでやっている。

「まあ、晴彦くんにそういう事情があってもなくても、ウチの中学はだいじょうぶですよ」

ほら、あそこ、と先生は壁を指差した。行事予定を書いたホワイトボードの上に、

〈心が見えているか／心を見せているか〉と大きな紙が貼ってある。

「清水さんもご存じだと思いますが、ウチの学校は昔、とんでもない事件がありましたから、われわれも生徒の心のケアにはしっかり取り組んでいるつもりです」

生徒の心を見なければならない。そのためには、教師が自らの心を生徒に見せなければならない。

「私は事件のあとに転任してきたので、直接は知らないんですが、ほんとうに先生方もショックを受けて……教育の原点を揺さぶられるような事件でしたから」

このタイミングだ、と心を決めた。非常識だとは承知で学校を訪ねた、もう一つの理由を——香奈恵の不安を取り除くことが俺の役目なんだ、と自分を勇気づけながら口にした。

さすがに小川先生も、ひと違いの一件はいじめの話ほど深刻には受け止めなかった。

「いやあ、それは災難でしたねえ」と同情顔で相槌《あいづち》を打って、それで話が終わりかけた。

「妻がひどく心配してるんです」私はあわてて言った。「もしも、晴彦がほんとうに犯人に似てるんだったら、なにか困ったことが起きるんじゃないか、って」

「いやあ、それはないでしょう。だって七年前ですからね、いまの生徒たちは彼の顔なんて知りませんし」

「そうだと思うんですが……いちおう、息子の写真も持って来てるんで」

応接セットのテーブルに、香奈恵と二人で写った晴彦の写真を置いた。

「いや、でも、私が見てもわからないですよ、私だって直接教えたわけじゃありませんから」

先生は辟易《へきえき》したように笑ったが、私は「学校に彼の写真がありませんか」とつづけた。

「もしよかったら、見せてもらいたいんです」

「いや、それは……ちょっと……彼も当時は未成年なんですし……」

「じゃあ、先生がご覧になって、それで、息子の顔と比べてもらえませんか」

真剣なのだ。さっきの先生の話を聞いて、いっそう、真剣にならなければならない、と思ったのだ。

「お願いします。妻を安心させてやりたいんです、お願いします」

頭を深々と下げた。それだけでは足りないと思い、ソファーから立ち上がり、あらためて頭を下げた。

しばらく腕組みをして考え込んでいた先生は、ふう、と息をついて、「わかりました」と言った。

「……すみません、ほんとに」

「当時の彼の写真は、ぜんぶ校長室に保管してありますので、ちょっとお待ちいただけますか」

先生は晴彦の写真を手に、職員室の隣の校長室に向かった。

残された私は、先生よりもさらに深くため息をついて、ソファーの背に体を預けた。

みっともないことだ。わかっている。情けないことでもある。それだって、ちゃんとわかっている。

みっともなさや情けなさをわかっていながら、やるしかない――そんなことがこれからは増えるんだろうな、と覚悟を決めた。

香奈恵は、私と同じ会社で働く派遣社員だった。

激しく燃えるような恋に落ちた、というわけではない。もっとゆるやかに、距離が縮まったり広がったりするのを楽しむような付き合いだった。

香奈恵に離婚歴があることは知っていた。息子がいることも、かなり早い時期に教えられていた。だから、というのではなく、結婚をするつもりはなかった。私は独身生活を十分に楽しんでいたし、四十歳にもなると、誰かと一緒に暮らすというのがかえって億劫《おっくう》になってしまう。

そんな関係が、去年の五月――晴彦が最初のいじめに遭っていた頃に、くずれた。

会社でふさぎがちだった香奈恵に、どうした、と声をかけて、相談に乗った。私たちの距離は、そこからは縮まる一方になった。

私がなにかの役に立ったとは思わない。結局いじめは止められなかったし、最初のいじめのときに「先生に相談してみる」と言う香奈恵に、それはかえって逆効果になるんじゃないかと危惧《きぐ》しながらも強く止めなかったことは、いまでも深い後悔になっている。

それでも、香奈恵は言った。

「話を聞いてくれるひとがいるだけで、ものすごく元気になれるの」

その言葉に、むしろ話を聞いてくれる相手がいなかった日々の孤独を思った。

「子どもの前では弱音なんか吐きたくないし、友だちに愚痴るのも、なんだか『負け』を認めるみたいで嫌なの」

香奈恵は自分の「強さ」を訴えるつもりで言ったのかもしれない。だが、私は彼女の「強くなりたい弱さ」に惹《ひ》かれた。

晴彦が自殺を図った少しあと、会社を何日も休んだ香奈恵は初めて自分から私に電話をかけて、晴彦から聞かされたいじめの内容を淡々とした口調で私に伝え、話し終えると腹の底から絞り出すような声で泣いた。それが、私の前で見せた初めての涙だった。

次の日、私は連絡なしに団地を訪ねた。香奈恵が紙を貼って隠したままだった踊り場の壁を、ホームセンターで買ってきたペンキと刷毛で白く塗り直した。

香奈恵の部屋には寄らなかったし、塗り直したことも伝えなかったが、翌朝、出社した香奈恵は私の席に来て、「耳の後ろ、ペンキついてるわよ」と言った。

思わず手をやると、「嘘」と笑って、その笑顔のまま、また泣きだした。

このひとと結婚しよう。このひとと、このひとが大切にしている晴彦を、なにがあっても守り抜こう。

オフィスでいきなり泣きだした香奈恵を、同僚の視線からあたふたと隠しながら、私はそのとき、自分の人生を変えることを決めたのだ。

小川先生が戻ってきた。

「どうも……ご面倒をおかけしました」

席を立って迎えると、先生は、いえ、と笑わずに応《こた》え、ソファーに座るなり麦茶のグラスに手を伸ばし、ごくごくと一息に飲んだ。

「……どうでした？」

先生は、晴彦の写真を私に返す前に、もう一度、写真をじっと見つめた。

まさか——。

胸の底の重石が、じわじわと重くなる。

先生は私の顔を見ずに、ゆっくりと、言葉を選びながら言った。

「あくまでも、この写真と、学校に残ってる写真を見たときの……印象っていうか、ほんとに個人的な感覚なんですが……ひとによっては、見間違えることはあるかもしれません」

「……似てるんですか」

「どう言えばいいんでしょう、目元が似てるとか口元が似てるとか、そういうのじゃなくてですね……彼の面影があるっていうのか……すみません、似てるわけじゃないんです、似てるわけじゃないんですが……」

　先生はまた麦茶のグラスに手を伸ばしかけたが、すでに空になっていることに途中で気づいて、中途半端に手をひっこめた。

「でも、もちろん、私はまだ晴彦くんに会っていませんし、事件の彼も直接見たことはありませんから、ほんと、私の感想なんてアレなんですが……」

　言っていいのかな、どうなんだろうな、と先生は顔をゆがめ、苦しそうに首をかしげながらつぶやいた。

「まだ、なにかあるんですか？」

「じつはですね……晴彦くんが入るクラス、二年三組なんですが、その担任の先生、彼のことを知ってるんですよ」

「教えてたんですか？」

「というか……あの年の、同じ二年生の担任だったんです、二年一組の隣の、二組……事件前の彼のことも知ってますし、あの日、最初に教室に駆け込んだ教師でもあるんです……」

　重石が、胸の底を軋《きし》ませる。

ぎしぎし、みしみし、という禍々《まがまが》しい音が、体の内側から確かに聞こえた。

第三章　気配

新しい生活が始まった。

私の通勤時間は引っ越し前より三十分ほど長くなり、初めての庭付き一戸建ての暮らしに香奈恵もまだ戸惑っている様子だったが、晴彦が新しい学校にすんなりと馴染《なじ》んでくれたのがなによりだった。

「旭ヶ丘中学って、勉強のレベルが地区でダントツなんだって。へたな私立よりずっと上だっていうから、晴彦も大変よ」

新学期早々どっさりと宿題を出された晴彦のために夜食のおにぎりをつくりながら、香奈恵は困り顔で、けれどうれしそうに言った。

「晴彦くんは理数系が苦手なんだよな」

「そう。だから、三年生になったら数学だけでも塾に行かせたほうがいいかもね」

「三年生になってからじゃ遅いかもしれないぞ。まわりも本腰を入れて勉強してくるから、いい塾があるんだったら、いまのうちに入っといたほうがいいんじゃないか？」

「でも、高いのよ、塾って」

「お金のことならだいじょうぶだよ、そんなの心配しなくていいんだ」

私の言葉に、香奈恵はさらにうれしそうに頬をゆるめた。ありがとう、とあらたまって言って、ごめんね、とも付け加える。

「謝ることなんかないだろ」

私は照れ隠しに、ことさら軽く笑い返す。ほんとうは、そのあとにもう一言つづけるつもりだったのだ。

俺たちは家族なんだから――。

それをさらりと言えるようになったとき、私たちはほんとうに「家族」になれるのかもしれない。いや、逆に、そんなことをわざわざ口にしないでもいいのが、ほんとうの「家族」なのだろうか。わからない。「家族」を意識することがそもそもだめなのかもな、とも思いながら、ビールを啜《すす》る。

「あとね」

香奈恵はおにぎりに海苔《のり》を巻きつけながら、「学校の雰囲気もいいみたい」と言う。

「授業中はみんな静かに聞いてるし、荒れてるクラスもないし、いじめも二、三年前にちょっとあっただけで、すぐに解決したし、いまは全然ないんだって」

勉強よりもそっちのほうが、わが家にとっては大切なことだった。

「やっぱり……ああいう事件があったから、学校も地域も保護者も、逆に一つにまとまることができたんじゃないかって、大谷《おおたに》さんも言ってた」

大谷さん――。

わが家の隣人だ。中学三年生の女の子と、一年生の男の子がいる。私は引っ越しの挨《あい》拶《さつ》でしか会ったことはないが、奥さんがとても気さくなひとで、街のことや学校のことをあれこれ教えてくれるのだという。

「でも、大谷さんって、あの頃から旭ヶ丘にいたのか？」

まだ新築に近い三階建てだった。リフォーム工事のおかげで見た目はたいして変わらなくなっても、建物じたいはわが家のほうがかなり古い。

「いないいない」香奈恵も笑って首を横に振った。「お姉ちゃんが中学に入るときに家を建てて引っ越してきたから、まだ二年半」

ということは、「木曜日の子ども」事件の約五年後になる。私たちより事件の記憶が二年半ぶん生々しい時期に引っ越してきたわけだ。

「気にならなかったのかな、事件のこと」

「最初は少し迷ったらしいんだけど、いろいろプラス思考で考えたみたいよ」

「プラス思考って？」

「まず、事件のおかげで不動産の相場ががくんと下がったでしょ」

ウチが買ったときよりも安かったみたいよ、と香奈恵は付け加えた。そうだろうな、と私も納得する。いまだって旭ヶ丘の地価は同じ条件のニュータウンと比べると割安になっている。二年半前ならさらにはっきりと事件のダメージが残っていたはずだ。

「その頃に比べると、いまはだいぶ相場に戻ってきたじゃない。このまま地価が上がってくれれば住み替えのときに得するかも、って楽しみにしてたわよ、奥さん」

セコいなあ、と苦笑しながらも、これもまた納得のいく話だった。事件が風化するというのは、そういうことなのだろう。

「あと、ふつうの事件じゃなかったから、かえって安心だった、って。犯人は捕まったわけだし、給食の中に毒を入れる中学生なんて、そうざらにいるものじゃないんだし」

ある種の確率論のようなものだ。九人もの犠牲者を出した「木曜日の子ども」事件は確かに残虐でおぞましいものであっても、だからこそ、特殊な例だとも言える。特殊な例というのは、何度も起きるものではないからこそ、特殊なのだ。

大谷さんの奥さん——迪子《みちこ》さんは、クイズを出題するように香奈恵に訊《き》いたらしい。

犯罪史上に残る事件が「起きた」街と、事件はなにも「起きていない」が、不審者の目撃情報が相次いでいる街なら、どっちがいい？

「なるほどなあ……」

「うまいこと言うよね、わたしもびっくりしちゃった」

香奈恵はさらに、こんなふうにも訊かれたのだという。

かつて一人の「キレた」少年がいた学校と、まだ誰一人として「キレていない」学校は、どっちが危険だと思う？

なるほど、と今度も思う。だが、感嘆の声は漏れない。むしろ心の内側に沈み込んでいくように、それはそうだよな、と納得する。

大谷迪子さんに訊かれたときの香奈恵も、私と同じだったらしい。答える前に、あの街のあの学校を——晴彦を自殺未遂にまで追いつめた富士見台中学を思いだしてしまった。

「要するにね」

香奈恵はおにぎりに添えるお新香《しんこ》を冷蔵庫から出しながら、言う。

「旭ヶ丘はあの事件のおかげでかえって暮らしやすくなった、ってこと。自治会の活動も活発になったし、学校と地域も連絡を取り合うようになったし、二度とあんな事件を起こしちゃいけない、っていうのでみんながまとまったわけ。だから、ふつうの街や学校よりずっといいんじゃないか、って……」

ほんとにプラス思考でしょ、と香奈恵は笑って話を切り上げ、夜食の皿を持って二階に上がっていった。

ダイニングキッチンに残された私は、ビールをちびちび啜りながら、引っ越し前に訪ねた旭ヶ丘中学のたたずまいを、ぼんやりと思いだしていた。

校舎は「木曜日の子ども」事件の頃と同じだったが、壁はきれいに塗り替えられ、校内のあちこちに各クラスで丹精する花壇がつくられた。教室の配置も一新され、事件の現場となった二年一組の教室は、いまは『ふれあいの部屋』と呼ばれるフリースペースになっている。ローテーションを組んで、教師の誰かが必ず部屋にいるようにして、マンガやゲームやDVDなど——ふつうの教室では御法度のものをそろえ、生徒たちがいつでも誰でも自由に入れるようにしている。

それだけのことで意外と効果はあるんですよ、と小川先生は言っていた。学校の中にも逃げ場所や隠れ家は必要なんですよね、とも。

なんだかウチの書斎みたいだな、と思った。おとなの考えることというのは、自然と似てしまうものなのだろうか。

〈心が見えているか/心を見せているか〉

職員室にあったのと同じ貼り紙が、『ふれあいの部屋』にも掲げられているのだという。自治会の集会室にも、その貼り紙はあるらしい。交番にも貼ってもらっている。旭ヶ丘に二つある小学校と、一つずつある幼稚園と保育園にも。いわば、街ぐるみの合言葉だった。

心が見えているか——。

正直に打ち明ければ、私にはまだ晴彦の心が見えていない。

心を見せているか——。

だいじょうぶだ、と言い切る自信も、いまはまだ、ない。

二階から戻ってきた香奈恵に「どうだった?」と訊いた。

「ヘッドホンで音楽聴きながら勉強してた」

「そうか……」

私の胸の内を見抜いたように、香奈恵は「あなたも覗《のぞ》いてみたら？」と言う。

「……いいよ、勉強の邪魔になるから」

俺だってそうだったじゃないか、中学生の頃は親父とほとんど口なんてきかなかったじゃないか、これがあたりまえなんだ、ふつうの父親と息子はそういうものなんだ、と自分に言い聞かせた。

「書斎で本でも読んでればいいじゃない。せっかくつくったのに、まだ全然使ってないでしょ」

「うん……でも、隣の部屋に誰かいたら、晴彦くんも気が散っちゃうだろ」

香奈恵は苦笑交じりになにか言いかけたが、結局言葉を呑《の》み込んで、洗い物にとりかかった。

私は二階の書斎にまだ一度も足を踏み入れていない。香奈恵によると、晴彦のほうも書斎に出入りしている様子はないらしい。

その夜も、せっかくつくった書斎は役に立たないままだった。


二学期が始まって半月ほどたった日の朝、家を出るタイミングが、夫のほうの大谷さんとちょうど重なった。

先に声をかけてきたのは大谷さんだった。おはようございます、と朝の挨拶を交わし、自然と二人並んでバス停に向かって歩きだした。

「清水さんは、いつもこの時間なんですか？」

「いえ……ちょっと今日は寝坊しちゃって」

「ゆうべは蒸し暑かったから、寝苦しかったでしょう」

「ええ……」

「今年は残暑が厳しいですからねえ」

大谷さんは、わかりますわかります、という笑顔を浮かべた。

バス停まではあと少し。なんとか間に合いそうだ。私はようやくほっとして、起きてから二十分足らずの間に噴き出した額の汗を、ハンカチで拭《ぬぐ》った。

確かに今年は残暑が厳しい。ゆうべもエアコンなしには眠れなかった。

でもなあ、とハンカチを背広のポケットにしまって、そっとため息をついた。もうちょっとしっかりしてくれよなあ、と心の中でつぶやいた。

香奈恵に対して不満めいたものを感じたのは、これが初めてのことだった。

引っ越しの疲れがいまになって出てしまったのか、六時三十分にセットした目覚まし時計のアラームでは起きられなかった。

七時前になってベッドから跳ね起きて、あわてて服を着替えて寝室を出ると、のんびりとした顔の香奈恵に「おはよう」と挨拶された。その口調に、一瞬むっとして、「なんで起こしてくれなかったんだよ」と言った。

「だって……今朝はゆっくりでいいのかと思ったから」

「そんなこと一言も言ってないだろ。ふつうだよ、ふつうどおりだよ。二十分のバスに乗らなきゃ遅刻だよ」

しゃべりながら洗面所に向かい、むっとしたまま歯を磨いた。すでに七時十分を回っている。徒歩三分のバス停から駅行きのバスに乗って、私鉄とＪＲと地下鉄を乗り継いで一時間半――七時二十分のバスを逃すと、九時の始業には間に合わない。

「朝ごはん、すぐにつくるから」

「いらないよ、そんな時間ないよ」

顔を洗い、ネクタイを締めて、リビングにもダイニングにも寄らずに、洗面所からまっすぐ玄関に向かった。

香奈恵も追いかけて来て、「バナナだけでも食べていく？」と訊いた。

「いらないって、会社に着いてからなにか食べるから、もういいって」

「でも、おなか空《す》いちゃうわよ」

そんなことはわかっている。あたりまえのことを言われて、さらにいらだった。

「いらないって言ってるだろ、もういいから」

やつあたりまがいに吐き捨てて、じゃあ行ってくる、とカバンを手にドアを開けようとしたとき――頭上にひとの気配を感じた。

玄関は吹き抜けになっている。二階の廊下から見下ろすことができる。

晴彦――？

あわてて二階を振り仰ぐと、そこには誰もいなかった。

だが、私が振り向く直前、さっと身を隠す気配が、確かにあった。

香奈恵とのやり取りを見られ、聞かれたのか。

詮索《せんさく》する間はなかった。家を出るのが、逃げるような動きになってしまった。ドアを閉める間際、香奈恵に「行ってらっしゃい」と言われ、すぐに「行ってきます」と応《こた》えたつもりだったが、ドアが閉まる音に紛れてしまい、二階までは届かなかったかもしれない。

「いかがですか、もう新しいお住まいには慣れましたか」

混み合ったバスの車内で、また大谷さんに話しかけられた。

「ええ、なんとか」

愛想笑いを浮かべ、まだ残っている二階の気配を頭から振り払った。

「清水さんが引っ越してこられて、家内もすごく喜んでるんです」

家内という言葉を、大谷さんはさらりと口にする。着慣れたシャツのように、体に馴染んだ言葉なのだ。

私は違う。家内、女房、カミさん、妻、ヨメ……香奈恵を指すどの言葉も、四十二年の人生の、ほんとうにごく最近になるまで、自分とはまったく無縁のものだった。

「あと、息子もね、二年生のお兄さんがいるんだって知ったら大喜びしてまして。ほら、ウチは上がお姉ちゃんでしょ、ずっとお兄ちゃんが欲しかったんですよ」

　息子という言葉だって、そうだ。

「今度よかったら、奥さんや息子さんも一緒に、ウチに遊びにいらっしゃいませんか。バーベキューでもしましょうよ」

　ああ、いいですねえ、と応えた。はずんだ声になった、はずだ。

　いままでは誰かとそんなふうに付き合うことはなかった。家族ぐるみの付き合いというのは、こういうことなのか。テレビドラマの世界だけの光景だと思っていたことが、一つずつ現実のものとして目の前に迫ってくる。

　さっきの態度は、やっぱり俺がよくなかったんだな。あらためて気づいた。香奈恵に申し訳なかったな、と認めた。

　目が覚めて誰かに「おはよう」と挨拶されることに、まだ慣れていない。自分以外の誰かが部屋にいるという状況が、まだあたりまえのものになっていない。実家を出て上京してから二十四年。一人暮らしの日々があまりにも長すぎた。

「清水さんの息子さん……晴彦くんっていうんでしたっけ？」

「ええ、そうです。晴彦です」

　本人がいなくても、「くん」を付けずに呼ぶことに微妙なためらいがある。そのためらいは、いつになったら消えるのだろう。時間がたてば自然と呼び捨てにできるものなのか、なにかのきっかけがあればいいのか、見当がつかない。

「晴彦くんにも来ていただけますかねえ」

「どこに、ですか？」

「だから、バーベキューですよ。清水さんのご都合がよければ、今度の日曜日にでもいかがですか？」

社交辞令ではなかったのだ。仕事相手と交わす「今度ぜひ食事でも」とは違っていたのだ。

「晴彦くんに来てもらったら、ウチの息子も大喜びすると思うんですよ。よかったら誘ってみてもらえませんか？」

とっさに「すみません……」と言ってしまった。残念そうで申し訳なさそうな顔も、意識する間もなく浮かんだ。

「今度の日曜日は、ちょっと朝から予定が入ってて……」

「ああ、そうですかあ、残念だなあ」

大谷さんは疑うそぶりもなく私の言葉を受け容《い》れ、「じゃあ」と気を取り直してつづけた。

「その次の日曜日はいかがですか？　それとも土曜日のほうが都合がいいんでしたら、ウチは土曜日でもだいじょうぶですよ」

にこやかなひとだ。それも、つくりものではないひとのよさを感じる。香奈恵から聞く迪子さんも気さくなひとなので、似たもの夫婦なのだろう。子ども二人も、香奈恵に元気に挨拶してくるし、中学生になっても家の前の道路で一緒に縄跳びをするほど仲良しの姉弟《きょうだい》らしい。

そんな大谷さんの家族と過ごす休日の午後は、きっと楽しいだろう。夫婦そろって話題は豊富そうだし、お酒が入るとさらに明るく饒舌《じょうぜつ》になるタイプのように見える。歳は私と同じぐらいでも、夫婦や親子、家族の先輩として、参考になることもいろいろ得られるだろう。

それでも、その楽しさは、やがて居心地の悪さに変わってしまいそうな気がする。微妙な後ろめたさを背負ったまま、私も香奈恵もあとでぐったりと疲れ切ってしまう予感がある。

「今夜、女房に都合を訊いてみますよ」

私は言った。「女房」の言い方が、まだぎこちない。

大谷さんは「楽しみにしてます」と笑い、次のバス停で乗客がいっぺんに増えてすし詰めになったので、話はそれで終わった。

だが、大谷さんは都心へ向かう快速電車の中でも、当然のように私の隣に来た。

「そうか、じゃあ、今度から僕が早起きをすれば清水さんとご一緒できるんですね」

これもまんざら社交辞令というわけではないのだろう、私のふだん乗る電車の時刻や乗り継ぎのルートを細かく訊かれた。地下鉄の路線以外はすべて同じ——家を出てから一時間以上、行動をともにすることになる。大谷さんが本気で早起きをするのなら、それが平日は毎朝繰り返されることにもなる。

正直に言えば、少しげんなりした。大谷さんのせいではない。相手が誰でも同じだ。いつも同じ相手と、たいして変わりばえのしないおしゃべりを繰り返すというのが、私にはどうしてもピンと来ない。「ご近所付き合いって、そういうものでしょ」と香奈恵は笑うだろうか。

これからは大変だぜ、清水も——。

香奈恵との結婚を決めた頃、同期入社でいちばんウマの合う上原《うえはら》に言われた。いままでうっとうしくて放っておいたことに、これからはいちいち向き合わなきゃいけないんだから——。

ご近所付き合いもそうだし、親戚《しんせき》付き合いだってそうだ、と上原はつづけ、最後にいたずらっぽく、こう付け加えたのだ。

香奈恵さんとの関係や、彼女の息子との関係もな——。

逃げるわけにはいかない。やっぱりやめた、と放り出してはならない。

厄年になってわざわざ背負い込むおまえはエラいよ、ほんと——。

肩を叩《たた》かれた。二十代前半に同期のトップを切って結婚した上原は、子どもをつくらないまま三十過ぎで離婚した。「そのときの解放感、晴れやかな気持ち、おまえにはわからないだろうなあ」と笑っていた。

わかるはずがない。わかりたくもないし、決してわかってはならない。

むっとして黙り込んだ私に、上原はそれ以上はなにも言わなかったが、最後まで笑みを消すこともなかった。

ＪＲの駅の地下鉄乗り換え口で、ようやく大谷さんと別れた。電車の中ではプロ野球の話をとりとめなくつづけていた大谷さんだったが、別れぎわにまた最初の話に戻って、

「バーベキューのこと、奥さんや息子さんに都合を訊いてみてくださいね」と念を押した。

一人になると、やれやれ、と苦笑交じりのため息が漏れた。八月まで住んでいたマンションでは、五年以上も暮らしていながら、左右の隣人とは一度も口をきかなかった。賃貸だったので住民もどんどん入れ替わるし、顔に見覚えがあっても話しかけるのが億劫《おっくう》で、話しかけられるのはもっとわずらわしくて、エレベータの中で乗り合わせても会釈がせいぜいだった。

そんな俺が、日曜日にお隣さんとバーベキュー——？　家族ぐるみの付き合い——？

むしょうに背中がこそばゆい。

それでも、慣れていくしかないんだろうな、と自分に言い聞かせた。慣れなきゃだめなんだ、俺はもう昔の俺じゃないんだからな、と心の中で自分を叱りつけるようにつぶ

やいた。

会社に着いて携帯電話の電源を入れると、メールが一件届いていた。

香奈恵からだった。

〈今朝はごめんなさい。今度から気をつけます〉

私は苦笑して、返信のメールを打った。

〈こっちこそ、ごめん〉

大谷さんからのバーベキューの誘いのことも伝えて、〈俺は会社が休みの日ならいつでもOK。晴彦くんと相談して日にちを決めてください〉とつづけた。

送信する前に、〈晴彦くん〉の〈くん〉を消した。

今朝のお詫《わ》びのつもりでケーキを買って帰宅すると、香奈恵は喜ぶのもそこそこに、「ちょっと話があるの」と言った。

「どうしたんだ？」

「うん……」

リビングの天井をちらりと見て、ちょうど真上になる晴彦の部屋の気配を探り、私に向き直ると、「大谷さんの奥さんに聞いたの」と声をひそめて言った。

「……なにを？」

「この家の、前の持ち主のこと」

渡辺《わたなべ》さんという、私たちより一世代ほど上の夫婦だった。

「契約のとき、子どもはいないって言ってたわよね、渡辺さん」

「そうだった、かな」

「言ってたの。そのとき、ちょっとヘンだなあと思ったの。だって、二人暮らしだったら、もっと駅に近いマンションのほうがいいじゃない。なんでこんな不便なニュータウンに住んでたんだろうって、ちょっと不思議だったのよ。家だって広すぎるじゃない、夫婦二人だと」

「子どもが独立したんじゃないのか？」

「わたしもそう思ってたんだけど、大谷さんの奥さんと今日バーベキューのことを話してたら、教えてくれたの」

渡辺さんの家には、かつて——大谷さん一家が隣に引っ越してくる前には、子どもがいた。いまはいない。大谷さんが引っ越してきたときにも、すでにいなかった。

「でも、親元を出て行ったわけでもないの。わかる？　その意味」

訝《いぶか》しんでいた私の顔がこわばったのを確かめてから、香奈恵はゆっくりとうなずいて、答えを口にした。

「娘さんがいたんだけど、死んじゃったの」

「……なんで？」

「殺されたの」

虚を衝《つ》かれて一瞬真っ白になった頭の中に、「木曜日の子ども」事件のことが浮かんだ。

香奈恵はまたゆっくりとうなずいた。

「渡辺さんの娘さんって……殺された九人のうちの一人なの」

それも、ただの被害者ではなかった。

犯行前に、犯人――上田祐太郎が「給食の野菜スープは食べるな」と警告した唯一の相手。つまり、あの少年が片思いしていた少女だった。

「大谷さんも、けっこう気詰まりなお付き合いをしてたみたい」

「なんで？」

「だって……向こうは一人娘が中学二年生のときに同級生に殺されちゃったのよ。で、大谷さんの家には、娘さんも息子さんもいるのよ。渡辺さんの娘さんと同じ制服を着て、同じ旭ヶ丘中に通ってるのよ。嫌でも思いだしちゃうじゃない、娘さんのことも、犯人のことも」

子どもたちが制服を着ているときに渡辺さん夫妻と会うのが怖かった、と迪子さんは言っていた。ふつうに挨拶を交わしたあと、じっと子どもたちを見る――そのまなざしが、背筋がぞくっとするほど怖かったのだという。

「怖いっていっても、にらんだり、恨めしそうに見たりするわけじゃないの。なんともいえず悲しそうで、寂しそうで……それが怖かったって」

香奈恵はそう言って、「でも」とつづけた。「渡辺さんの気持ち、なんとなくわかるような気がするのよ。大谷さんとも、立場が逆だったらウチもそうなるよね、って言ってたの」

子どもを失った悲しみ。子どもの命を理不尽に奪われた悲しみ。

私にも想像はできる。だが、それは「想像」より奥深くには進んでいかない。

もしも、晴彦が渡辺さんの娘さんと同じ目に遭ってしまったら、私は、どんなまなざしで中学生を見つめるだろうか……。

ミシッ、と天井が小さく軋《きし》んだ。晴彦が椅子から立ち上がったのだろう。足音も聞こえる。トイレに向かっている。

「それでね、べつに家で亡くなったわけじゃなくても、やっぱり気分のいいものじゃないから、川島さんに電話したのよ。でも、川島さんも知らなかったって。それに、自殺じゃないし、家で亡くなったわけでもないんだから、報告する義務もないんだって」

「そうだよなあ……」

ため息をついて、部屋を見回した。リフォームで間取りはだいぶ変わったが、たしか、工事前もここはリビングだったはずだ。

かつて、ここで団欒《だんらん》の時を過ごしていた家族のことを思う。幸せだったのだろう。その幸せが一瞬にして断ち切られてしまった。昨日までこの部屋で笑っていた子どもが、今日はもういない。明日からもずっと、永遠に、戻ってこない。

木曜日の子どもは遠くに行ってしまう——。

上田祐太郎が犯行予告に使ったマザーグースの歌を、ふと思いだした。

みんな木曜日の子どもです――。

あの少年は、犯行予告文にそんなふうに書いていたのだ。

「事件のあとの七年を、二人ともこの家で、どんな思いで生きてきたんだろうね」

香奈恵はぽつりと言って、自分の言葉の重さを振り払うように、お芝居めいた明るい声をあげて「ね、どんなの買ったの？　見ていい？」とケーキの箱を開けた。

「生まれて初めてだよ、ケーキを買って家に帰るのなんて」

「照れくさかった？」

「まあな……」

「でも、それが自然にできるようにならなきゃだめなのよ」

「毎晩ケーキを買って帰れ、ってことか？」

おどけて訊くと、香奈恵も「ばれた？」と笑った。

だが、笑い声はすぐにしぼんでしまう。

契約のときに不動産会社の応接室で一度会っただけの、渡辺さんの夫の姿が、ぼんやりと浮かぶ。小柄なひとだった。物静かなひとでもあった。あのひとも、事件まではケーキを買って家に帰ることが何度もあったのだろう。奥さんや娘さんの喜ぶ顔を見て、にこにこ笑っていたのだろう。

十四歳で時が止まったきり、もう決して増えることのないわが子の思い出が詰まったこの家を手放すのは、どんな気持ちだったのだろう。この家に最後まで残っていたものは、幸せな日々の記憶だったのだろうか。それとも、悲しさや寂しさのほうだったのだろうか……。

　ミシッ、とまた天井が軋んだ。いつトイレから戻ってきたのか気づかなかった。

「紅茶でもいれようか」

香奈恵は立ち上がり、インターホンの内線を二階につないだ。「お父さんがケーキ買ってきてくれたから、食べない？」――返事の声は聞こえなかったが、香奈恵は受話器を戻して私を振り向き、「宿題がすんだら下りてくるって」と笑った。

香奈恵はお湯を沸かしにキッチンに立ち、晴彦はまだ下りてこない。

　リビングに残った私は、もう一度、部屋を見回した。

私たちとは無縁の、過去のできごとだったはずの「木曜日の子ども」事件が、不思議とまとわりついてくる。

　晴彦の担任教師に、私はまだ会ったことがない。内藤《ないとう》先生という、私たちと変わらない年格好の女性教師だ。事件の目撃者でもあった内藤先生は、晴彦を見て、なにを思ったのだろうか。香奈恵から聞くかぎりでは、特に変わった様子もなく、ごくあたりまえの転入生として扱ってくれているらしい。ということは、晴彦はやはり上田祐太郎とは似ていないのだろう。そうであってほしいし、そうでなくては困る。

　ソファーから立ち上がり、服を着替えるために寝室に向かいかけたら、ソファーの後ろ――大谷さんの家に面した窓の外で、敷き詰めた砂利を踏む音が、かすかに聞こえた。

はっとして引き返し、カーテンを開けた。窓ガラスも開けて、身を乗り出して外の様子を確かめた。

誰もいない。なにもない。

「ここって、けっこう野良猫が多いのよ」

香奈恵がキッチンから、のんびりした声で言った。

第四章　最初の事件

その知らせは、休日に届いた。

秋分の日の午後——香奈恵と晴彦と三人で大谷さん宅のバーベキューに招かれ、ビールとオードブルを楽しんだあと、「そろそろ肉を焼きましょうか」と大谷さんがグリルの炭火を熾《おこ》しはじめたときだった。

玄関のチャイムが鳴った。インターホンに出た大谷さんの長女——摩耶《まや》ちゃんは、「『至急』の回覧板だって」と庭にいる両親を振り向き、「わたし取ってくるね」と玄関に向かった。

中学三年生という年頃もあるのだろう、決して口数の多いほうではないが、おとなたちの話をにこにこと笑いながら聞く、感じのいい少女だ。長男——中学一年生の真人《まさと》くんも、大谷さんが話していたとおり、隣にお兄ちゃんが引っ越してきたのがよほどうれしいのだろう、晴彦に「先輩、先輩」とすっかりなついている。

「ここは回覧板があるんですか？」

香奈恵が訊《き》くと、奥さんの迪子さんは「そうなの、古風なのよ」と苦笑する。

通常の回覧板は月に一度回ってくるだけだが、随時「至急」の知らせも回される。

「私なんかは、メールのほうが速いし確実なんじゃないかと思うんですけどねえ……」

大谷さんは火を熾しながら言って、「どうも、それじゃあだめなんですよ」とつづけた。

「だめ、と言いますと？」

私が訊くと、かがんでいた体を起こして「コミュニケーションっていうやつです」と軽く肩をすくめる。

「メールだとお互いの顔を見なくても連絡が行き渡るでしょ」

「ええ……」

「でも、それじゃ住民の交流が生まれないっていうのが、自治会の発想なんです」

回覧板を届ける、受け取る、そのときの一言二言の挨拶《あいさつ》があるかないかが、長い目で見れば大きな違いになる――「だから郵便受けに入れるだけじゃだめなんですよ」と迪子さんも夫と同じような口調で口を挟む。

「宅配便じゃないんだから、手渡しなんてねえ……」

あきれ顔で言う大谷さんに、訊いてみた。

「それって、やっぱり……」

そこまでで話は通じた。

「あの事件からです」

心が見えているか――。

心を見せているか——。

中学校に掲げられた言葉が、ふと脳裏によみがえる。なぜだろう、しごくまっとうな言葉なのに、それを思いだすたびに、胸の奥がざらついてしまう。

「まあ、もちろん、そういうきめ細かなコミュニケーションがとれてるところが、旭ヶ丘のいいところでもあるんですけどね」

大谷さんは種火を移した炭をうちわで扇《あお》ぎながら、「ときどき、うっとうしくもなるんですよね」と苦笑した。

摩耶ちゃんが戻ってきた。小脇にしたバインダー式のファイルには、「至急」と書いた大きなシールが貼ってある。

「なんだった？　回覧板」

迪子さんに訊かれた摩耶ちゃんは、「うん……」と少し元気のない声で応《こた》え、ファイルを母親に差し出した。

「ちょっと、なんかヘンなことが書いてある」

「ヘンなこと？」

「自分で読んで」

迪子さんは怪《け》訝《げん》そうにファイルを開いた。すぐに「やだぁ……」と声が漏れ、眉《まゆ》が寄った。プリントを読み進めるにつれて顔はさらに曇ってくる。

迪子さんから大谷さん、香奈恵へとファイルが回された。大谷さんや香奈恵の反応も迪子さんと同じだった。そして、私も――。

〈不審者情報〉

大きく書かれた見出しの文字を見た瞬間、自然と眉間《みけん》に力がこもった。

もっとも、本文を読んでみれば、「至急」の回覧が必要な話だとは思えなかった。

最近、夜間に不審な人影を見かけたという報告が、自治会に相次いでいる。各世帯とも戸締まりには十分注意し、声かけを徹底していただきたい――という内容のことが、妙に回りくどく書いてあるだけだ。

ただ、私の眉間の皺《しわ》は最後まで消えなかった。不審者そのものというより、それをこんなふうに伝える街の空気に、なんともいえない重苦しさを感じてしまう。

プリントの末尾に不審者の風体がまとめてあった。性別は男。年齢は十代半ばから二十代半ば。身長は百六十センチから百七十五センチ。やや痩《や》せ気味。髪形は不明。キャップをかぶっている目撃例も複数あり。

情報としては、あまりにも曖昧《あいまい》だった。これでは、そこらじゅうの若者が不審者になってしまう。

だが、その脇にボールペンの手書きで一言添えてあった。

〈旭ヶ丘中学の生徒の可能性あり〉

回覧板が回ってくる間に、どこかの家の誰かが、それを書き込んだのか。おとなの字だ。子どものいたずらではない。親切心なのだろうか。あるいは偏見にも似た悪意なのだろうか。いや、なんとなく、それは善意に満ちた親切心なんだろうな、という気がする。不審者の情報を少しでも掘り下げて、詳しく伝え、ご近所の皆さんの参考にしてほしい。書き込みをした主の、まっすぐな善意は、決して殴り書きや走り書きではない筆跡からも感じられる。

　だからこそ、たとえようもなく、嫌な気分になってしまった。

回覧板を香奈恵に返した。私も香奈恵も無言で、目も合わせなかった。

重い沈黙を振り払ったのは大谷さんだった。「よーし、火が熾《お》きたぞっ」と張り切った声を出してグリルから離れ、笑顔で真人くんを振り向いて訊いた。

「真人は、身長いくつだっけ？」

　まだプリントを読んでいない真人くんは、屈託なく「百五十八センチ」と答え、晴彦に「一年生だとデカいほうだよね」と自慢するように言った。

　だが、大谷さんは付け加えた一言には取り合わず、私に向き直って「ぎりぎりセーフってところですか」と苦笑した。もちろん、身長百五十八センチと百六十センチとの間に決定的な違いなどあるはずもない。大谷さんもわかっている。私もわかっている。だから二人で浮かべた苦笑いはすぐにしぼんでしまった。

「ね、晴彦くんは？」

　迪子さんが言う。「百六十センチちょっとある感じ？」

　香奈恵は私と一瞬顔を見合わせ、ぎこちなく笑って言った。

「そうなの、百六十二だったかな、いま」

晴彦は愛想良く「百六十二・七だから、四捨五入したら百六十三です」と言い添えた。

真人くんはすかさず「あ、でも、一の位を四捨五入したら百六十センチに下がっちゃうじゃん」と言って、「僕のほうも一の位を四捨五入したら百六十センチになるから、同じになっちゃうんだよ」と、屁理屈《へりくつ》なのかなんだかわからない自分の言葉に自分でおかしそうに笑う。なんだよそれ、ワケわかんねーっ、と晴彦も笑う。

だが、おとなたちからは、笑い声はあがらなかった。

「なんなんでしょうね、こういうのは」

肉を焼くのを子どもたちに任せ、私をリビングに誘った大谷さんは、ワインの栓を開けながら言った。

オヤジ同士、腰を据えて飲みませんか——誘い文句はありふれていたが、それだけの理由ではないことは、私にも察しがついていた。

「自分の子どもを疑ってるわけじゃないんですよ、絶対に」

回覧板のことだった。

「だいいち、不審者なんて言っても、被害が出てるわけでもないし、怪しいことをしてるわけでもない。ただ見かけない男が街を歩いてるっていうだけのことでしょう?」

「ええ……」

「ときどき神経過敏だなあって思うことがありますよ。この、旭ヶ丘っていう街は」

大谷さんはコルクにオープナーの先を突き立てた。らせんを描いた錐《きり》の先端がコルクに沈んでいくのを、つい息を詰めて見入ってしまう。

「特に、中学生の男子に対してね」

コルクを見つめたまま、わかります、とうなずいた。錐が深く沈んでいくにつれて、その周囲のコルクが盛り上がる。

「くだらない話じゃないですか、夜中に街をぶらぶら歩いただけで不審者扱いなんですよ。相互監視っていうか、相互不信っていうか、なんか嫌な話でしょう？」

七年前の事件は、いまだにこういう形で街に影を落としている。

「おかげでこっちまで妙に心配性になっちゃって……」

「でも、わかりますよ」

「清水さんはどっち側ですか？」

「え？」

「たとえば旭ヶ丘中学でいじめがあるらしい、っていう話を聞きますよね。そのときに、息子さんのこと、頭に浮かんじゃうわけですよね。いまみたいに」

「ええ……」

「で、どっちなんですか？」

わが子を被害者の側に置くか、加害者の側に置くか。

「要するに、ウチの子がいじめられてるんじゃないかと心配するタイプなのか、ウチの子が誰かをいじめてるんじゃないかと心配するタイプなのか……っていうことです」

私は少し考えてから、「まあ、両方かな」と小首をかしげてから、「大谷さんはどちらなんですか？」と訊き返した。

「私も清水さんと基本的には同じなんですけど、どっちかを選べって言われたら……加害者になるほうを心配するかなあ」

「そうですか？」

「ええ、真人を信じているとか疑っているとかの問題じゃないんですよ。こんな時代に中学生の親をやってるわけですから、息子を被害者の側にしか置かないってのは、ちょっと図々《ずうずう》しいんじゃないですかねえ」

そうでしょう？　とうながされて、ですね、と笑い返した。小さな嘘をついた。加害者の晴彦など、万が一にも想像したくない。それはありえない。晴彦はとても素直で、今日だって両親に付き合って大谷さんの家まで来てくれたのだ。私自身の中学二年生の頃なら、ご近所と家族ぐるみのお付き合いなど、とてもではないができなかった。

いい子なのだ。欲を言えば、もうちょっと私になついてほしいとは思うものの、私たちは十分に幸せな父と息子だ。そんな晴彦を、たとえ頭の片隅でも加害者の側に置くなど――私には、決してできない。もしもそれを晴彦が知ったら、いまの幸せな暮らしは根底から砕け散ってしまうだろう。信頼だ。これは、父親から息子への信頼なのだ。

「だから」

大谷さんは、根元までねじ込んだオープナーのグリップを握り直して言った。「あんな回覧板が回ってくると、ほんとにね、困っちゃいますよね……」

グリップを回しながらゆっくりとコルクを引き上げていく。

うまくいかない。コルクが悪いのか、ねじ込み方がまっすぐではなかったのか、力を入れて引き上げようとしてもコルクがぼろぼろと崩れるだけで、栓そのものはちっとも上がっていかない。

「あれ？　おかしいなあ、ちょっと待ってくださいよ……」

力任せに引き上げようとしたら、オープナーは、ひとかたまりになってはがれたコルクと一緒にはずれてしまった。注ぎ口にはぼろぼろになったコルクが残り、細かなかけらがワインの表面に浮いていた。

「大失敗だったなあ、すみません……」

大谷さんはしょんぼりとして言った。

数日後の夜、駅からのバスを降りて家路を急いでいると、少し先を摩耶ちゃんが歩いていた。

夜九時を回っている。着ているのはブラウスにベストの制服だったが、手に提げているのは通学用のカバンではなく、トートバッグだった。塾の帰りなのだろう。中学三年生の秋――受験勉強も正念場にさしかかる時期だ。

驚かせないよう、わざと足音をたてて少しだけ距離を詰め、「こんばんは」と背中に声をかけた。にこやかに、おだやかに、幼い子どもの挨拶のような声を出したつもりだったが、摩耶ちゃんの背中は、ひゃっ、とすくんだ。

振り向く顔もおびえていた。私だと気づいて、なんだ、と肩の力を抜いても、まだ表情はこわばったままだった。

「ごめんごめん、びっくりさせちゃったかな」

「いえ……」

声も震えている。

「このまえの回覧板じゃないけど、やっぱり夜道は物騒だもんなあ」

女の子なら、なおさらだろう。

「自転車は乗らないの？」

「坂が多いから……押して行くほうが長くなっちゃうんで……」

「あ、そうか、そうだよな」

旭ヶ丘は、名前どおり、丘のてっぺんから中腹にかけて造成したニュータウンだ。街並みにも細かな高低差がそのまま残されている。

「塾の帰り？」

「はい……」

「大変だなあ、三年生だもんなあ」

「いえ……」

「勉強難しい？」

「ええ……」

「特になんの科目が？」

「数学と英語」

「そっか、うん、難しいんだよなあ。三年生になるとなあ」

　話はそれで途切れてしまう。考えてみればあたりまえなのだ。女子中学生としゃべったことなど私自身が中学生だった頃以来だし、一対一で話した記憶は、その当時を振り返ってみても、一度もない。

　わが家と大谷さんの家までは、まだワンブロックある。とても間が持ちそうにない。軽い気持ちで声をかけたことを、いまになって後悔した。なにかあたりさわりのない話題はないだろうか……と考えをめぐらせていたら、摩耶ちゃんのほうから「おじさん」と話しかけてきた。

「うん？」

「おじさん、ウチの中学で昔あったこと、知ってます？」

　事件のこと——だろう。

「ああ……」

うなずくと、「犯人の名前は？」と重ねて訊かれた。適当に思いついた話題というより、最初からこれを話そうと決めていたような、しっかりとした口調だった。

「上田っていうんだよな」

上田祐太郎だよな、とつづけた。ほんとは名前がわかっちゃいけないんだけど、と苦笑すると、摩耶ちゃんは「でも、みんな知ってますよ」と言った。私の薄っぺらな笑いを払いのけるように、速く、強く、どこか冷たい声——バーベキューのときに、にこにこ笑っていた印象が微妙に揺らぎはじめた。

「伝説の男になったってわけか……」

私も今度は笑わずに言った。「七年たっても、そう簡単に忘れるわけにはいかないんだな、地元は」

摩耶ちゃんはこくんとうなずいて、「清水くん」と言った。一瞬誰を指しているのかわからなかったが、「晴彦くん」とつづけたので、ああ、そうか、と納得した。そういうところが、やはり父親としての初心者なんだという証《あかし》になるのかもしれない。

「清水くん、学校で噂なんです」

「え？」

「似てる、って」

息を呑《の》んだ。上田祐太郎の隣人だったおばあさんの悲鳴と、小川先生の苦しそうにゆがんだ顔が、頭の片隅に浮かんだ。

だが、まだ私は冷静でいられた。それはおかしいじゃないか、と理屈の筋道をすぐに立てることができた。

「似てるっていうのは……上田祐太郎と？」

「そう」

「でも、それ、ヘンだぞ。だって、いまの生徒は知らないだろ、上田祐太郎の顔なんて。きみだってそうだろ？　きみ、写真とか見たことあるのか？」

「いいえ」

「ほら、おかしいじゃないか」

憤然とした口調になった。摩耶ちゃんを責める口調にもなってしまった。おとなげなくても、ここはしっかり、毅然《きぜん》としておくべきだ、と自分に言い聞かせた。

「それって、ウチの子が転校生だからなのかな。よそものだから、そんなふうにでたらめなこと言って、いじめてるんじゃないのか？」

もしもそうだとしたら、許さない。

「誰が言ってるんだ？」

同級生だろうか。先輩だろうか。意外と女子ということもありうる。女子が相手だとなんとなく厄介そうだが、見過ごすわけにはいかない。私は晴彦の父親なのだ。

「誰って……」

摩耶ちゃんは初めて言い淀《よど》んだ。彼女を責めてもしょうがない。わかっている。むしろ感謝すべきだ。学校での生活を訊いても「面白いよ」としか言わない晴彦に代わって、とても大事なことを教えてくれたのだから。

「いや、べつにおじさんは怒ってるわけじゃないんだ。ただ、なあ、やっぱりそれ、よくないことだからな。もし、そんなでたらめな噂を最初に流した生徒がわかるんだったら、ちょっと先生に相談して……」

言葉は「でも」でさえぎられた。

「でも、最初に言ったのって、先生だから」

私は再び息を呑んだ。

「清水くん、家でなにも言ってませんでしたか？　清水くんのクラス担任の内藤先生、おととい、教室で倒れたんです」

「……なんで？」

「パニックになって、貧血起こすかなにかしちゃって」

「だから……なんで？」

摩耶ちゃんは、わたしが直接見たわけじゃないんだけど、と前置きして教えてくれた。

朝のホームルームの時間だった。

内藤先生が教室に入ってきたとき、晴彦は窓際に立って、友だちと話していた。

朝陽が射し込んでいた。先生から見る晴彦は、ちょうど逆光になっていた。

晴彦が振り向いて先生を見た――その瞬間、先生は絶叫した。真っ青な顔になって、あとずさり、壁に背中がぶつかると、膝《ひざ》からずるずると崩れ落ちて、床に倒れ込んだ。震える声でうわごとのように、「なんで……」と言った。「上田くん……なんで……」

そこから先は口がわななくだけで声にならず、隣のクラスの先生が急を聞いて駆け込んでくるまで、激しい身震いは止まらなかった。

話し終えた摩耶ちゃんは、「上田くんって言ったんです、内藤先生」と念を押した。

「二年三組のみんなが聞いた、って」

おとといの夜の記憶をたどった。晴彦はふだんどおりだったはずだ。なにも変化はなかったはずだ。だが、私にはほんとうの意味での「ふだんどおり」や「変化」など、わかってはいないのだ。

「ヘンなこと言っちゃって、ごめんなさい」

摩耶ちゃんは足を止め、頭をぺこりと下げた。「でも、いちおう、そういうことがあったって、おじさんにも教えてあげたほうがいいと思って」

確かにそのとおりだ。私はなにも知らなかったし、おそらく香奈恵も。

「ありがとう、助かったよ」

素直に礼を言えた。摩耶ちゃんに今夜たまたま会わなければ、そのできごとを知らずじまいだったんだと思うと、背中がぞっとする。

「でも、いじめとかじゃないから、だいじょうぶだと思いますよ」

摩耶ちゃんは、私を励ますように笑う。私も素直にほっとする。どっちがおとなかわからない。

これからも、晴彦のこと、いろいろ教えてくれないかな――。

喉元《のどもと》まで出かかっていた言葉を、懸命にこらえた。

帰宅すると、リビングには香奈恵だけがいた。晴彦は自分の部屋で宿題をしているという。

リビングの真上にある晴彦の部屋の気配を慎重に探りながら、私は小声で摩耶ちゃんから聞いた話を伝えた。

やはり、香奈恵もなにも知らなかった。

「なんなの、それ、ひどいじゃない……」

声が高くなるのを手振りで抑えて、「晴彦は、べつに気にしてる様子じゃなかったんだろ?」と確かめた。

「うん、全然」

「微妙に元気がなかったとか、食欲がなかったとか」

「そういうのもだいじょうぶだったと思うけど」

「あと、そうだな……爪を噛《か》んでたとか、貧乏揺すりしてたとか、じっと考え込んでたとか、そういうのは?」

香奈恵は困惑顔でかぶりを振り、「だいじょうぶ」と自分を納得させるように言った。

「おとといもゆうべも今夜も、晴彦、全然ふつうどおりだった」

「うん……」

私の相槌《あいづち》は自然と沈んでしまう。

「どうしたの？」

「いや、でもな、そんなことがあったのに、ちっとも気にしてないっていうのも、それはそれでちょっとヘンじゃないかな、って」

「まあ、ね……」

香奈恵の相槌も沈んだ。

「ふだんどおり」というのが子どものSOSのサインになることも、きっと、ある。

だが、そうなったら、私たちはいったい息子のなにを信じ、どこを読み取っていけばいいのだろう……。


翌日、夜七時を回って訪ねた中学校の職員室では、小川先生と内藤先生が待ってくれていた。

初めて会った内藤先生は、応接コーナーのソファーで私と向き合うなり、消え入りそうな声で「申し訳ございませんでした……」と頭を下げた。

小川先生も横から「晴彦くんにも、その日のうちにお詫《わ》びしたんですが、ご両親への報告が遅れまして……まことに、申し訳ありませんでした」と言い添える。

二人とも恐縮しきっていたが、私は抗議のために乗り込んだわけではない。会社から学校に電話をかけたときにも、それは念を押して伝えておいた。

知りたいのだ。晴彦は、ほんとうに上田祐太郎に似ているのか。似ているとすれば、どこが、どんなふうに似ているのか。

「いままで一度も、そんなことは思ってなかったんです」

内藤先生は言った。晴彦が二年三組に転入してから、すでに一ヵ月近くたっている。もしも、ほんとうに顔立ちが似ているのなら、もっと早い時期に気づいているはずだ。ただ、夏休みに小川先生に二人の写真を見比べてもらったとき、先生は「面影がある」という言い方をしていた。

小川先生もそのことを覚えていて、「写真で見たときより、晴彦くんとじかに会ったときのほうが遠いんですよ、雰囲気は」と言った。「だから、私もすっかり安心していたんですが……」

たまたま、だった。ほんの一瞬のはずみのようなものだった。

「ちょうど逆光でしたし、内藤先生も時間に遅れて小走りで教室に入ってきて、晴彦くんもふっと振り向いて……交通事故で言えば、出会い頭のようなものです」

私は小川先生の言葉に小さくうなずいて、内藤先生に向き直った。

「でも、その瞬間は、上田祐太郎と晴彦が重なったわけですよね」

「ええ……」

「どこが似てたんですか」

「それが……その……どこ、と言われると、わからないんです……」

内藤先生の声は、また消え入りそうになってしまう。

さっぱり要領を得ない話だった。似ている箇所はわからない。ふだんの雰囲気も遠い。なのに、一瞬のはずみで、上田祐太郎と晴彦はきれいに重なり合う。そんなことが、現実にありうるのだろうか——？

「上田祐太郎の写真を見せてもらうわけにはいかないんですか」

小川先生に訊いた。答えは、夏休みのときと同じように、「それはできません」だった。

「悪用するわけじゃないんです」

「ええ、それはわかってます、わかってるんですが……」

杓子《しゃくし》定規な対応にさすがにカッとして、「息子が迷惑してるんですよ！」と声を荒らげた。「これが原因でいじめに遭ったら、どうしてくれるんですか！」

小川先生は苦渋に満ちた顔になり、内藤先生はうなだれてしまった。

「お願いします」

私は居住まいを正し、口調もあらためて、頭を下げた。「親として、このままじゃ納得できないんです。お願いします」

「わかります。清水さんのお気持ちは、ほんとうに、痛いほどわかるんです」

「だったら——」

言いかけた言葉を、内藤先生の声がさえぎった。

「いま、帰ってきてるんです」

迷いやためらいを断ち切った、強い口調だった。

驚いて顔を上げると、内藤先生もうなだれていた顔を上げ、私をまっすぐに見つめた。

横から「ちょっと……」と止める小川先生にかまわず、私からも目をそらさない。

「あの、いま……帰ってきてる、って……」

オウム返しした自分の声が耳に流れ込んだ瞬間、背筋が冷たくなった。

まさか——。

私の表情がこわばったのを察して、内藤先生は小さくうなずいた。

「上田祐太郎……旭ヶ丘に帰ってきてるんです……」

小川先生はあわてて私と内藤先生の間に割って入り、話を強引に止めた。私を振り向いて、「すみません、いまの話、聞かなかったことにしてもらえますか」と言う。「お願いします、なんの証拠もない話なんですから」

「あります」——内藤先生は言う。

「だめですって、ちょっと黙っててください」

「帰ってきてるんです、あの子」

「内藤先生！」

「もう、いま……そこにいるのかもしれない……」

内藤先生の声は、ふわっと浮いた。私の肩越しに窓の外を見つめるまなざしの焦点から、光が消えた。

小川先生はあわてて内藤先生の肩を揺さぶり、職員室にいた他の教師を呼んだ。

内藤先生をソファーに寝かせると、小川先生は「こっちで話をしましょうか」と私を校長室に招き入れた。

「内藤先生、ちょっと精神的に疲れてるんです、このところ」

ため息交じりに言って、「だから、晴彦くんのことも……」と、もっと深いため息をつく。

「上田祐太郎が帰ってきてるっていうのは、ほんとうなんですか」

小川先生は迷い顔になってしばらく黙っていたが、しょうがないな、と自分を無理に納得させるようにうなずいた。

「清水さん、くれぐれも、これはご内密に願います。ほんとうに、ちょっと、深刻な話なんですから。万が一にでも外部に漏れたら、大変なことになるんです」

私は黙ってうなずいた。

「上田は、先月、少年院を本退院しています。俗な言い方をすれば、シャバに出てきたわけです」

「でも、それ、テレビでは……」

「マスコミには公表していません。大騒ぎになるのが目に見えてますから。九人の犠牲者の遺族には法務省から連絡が行っているはずですが……七年で、みんな旭ヶ丘から引っ越してしまいましたから、おそらく、この街でそれを知っているひとは、ほとんどいないか、ゼロだと思います」

「いま、彼はどこにいるんですか」

「それは弁護士さんや家族にしかわかりません。あとは、もしかしたら警察もずっとマークしてるかもしれませんが」

　居場所も、職業も、いま名乗っている名前も、なにもわからない。二十一歳の上田祐太郎は、どこにでもいる若者の一人になって、この時代の、この国の、この社会の中に紛れ込んだ。

「旭ヶ丘に帰ってきている可能性は……」

「それはないですよ。だって、もう家もないんだし、ご存じのとおり、ここにはアパートや賃貸のマンションもないんですから、帰ってきたって住むところもありません」

「ですよね……」

「だから、内藤先生のことも、同僚がこういうことを言うのもアレなんですが、半分は被害妄想めいたところもあるとは思うんです」

　半分は——と、小川先生は微妙に含みのある言い方をして、もう一度、このことは絶対に口外しないよう強く釘《くぎ》を刺してから、残り半分について教えてくれた。

「先週、学校宛てに手紙が来たんです。正確には、内藤先生を名指しで」

「……上田から、ですか」

「わかりません。ただ、内藤先生は、上田だと信じきっています」

便箋《びんせん》に手書きの、ほんの一行しかない短い手紙だった。

〈木曜日の子どもは元気ですか〉

「脅迫状っていうわけじゃないんですが、やっぱり気になりますから、いちおう警察に届けたんです」

所轄の旭ヶ丘署は、ただの悪質ないたずらと判断した。この程度の文面では、脅迫の被害届を出すこともできなかった。

「まあ、確かに、内藤先生宛てに送ってきたことが気になるといえばなるんですが、当時の報道を調べれば、内藤先生があのときにウチの学校にいて、現場の目撃者でもあったということはすぐにわかりますから」

ところが、さきおとといの朝——つまり、内藤先生が晴彦を上田祐太郎に重ね合わせた朝、二通目の手紙が届けられた。

「ポストに投函《とうかん》したんじゃなくて、学校の郵便受けに直接入れてあったんです」

最初の手紙と同じ便箋に、やはり同じように一行だけ手書きで記されていた。

〈木曜日の子どもが欲しい〉

奇妙な偶然——いや、運命の導きだったのだろうか。

その文面を知らされて背筋がぞくっとした私の目に、壁の時計の文字盤がくっきりと飛び込んできた。

午後七時四十九分——。

覚える必要などない時刻だったし、そもそも見る必要などない文字盤だった。

だが、あとで私は知ることになる。

旭ヶ丘三丁目のある家で、庭で飼っていた犬が急に苦しみはじめたのは、その夜の、ちょうどその時刻だった。

犬は口から泡を噴いて全身を激しく痙攣《けいれん》させ、異変に気づいた家族が獣医に連れていく間もなく、死んだ。犬小屋の前にあった水飲みボウルの水に混入されたワルキューレによる毒殺だった。

第五章　メモ

事件はマスコミでは報じられなかった。飼い犬が変死——小さなできごとだ。

だが、旭ヶ丘の住民は敏感に反応した。反応せざるをえなかった。

二日後、「至急」の回覧板が回ってきた。ペットを飼っている家庭に十分に注意するよう呼びかけている。

会社から帰ると、「ねえねえ、ちょっと、怖いことあったの」と眉《まゆ》をひそめた香奈恵に回覧板を見せられた。夕方、大谷さん宅から回ってきたのだという。

ワルキューレの箇所は、そこだけ赤いインクで、文字のサイズも大きくプリントされていた。まるで、私たちに「思いだせ」と訴えるように。思いだせ、ワルキューレだ、あの事件と同じだ、思いだせ、七年前のことを、「木曜日の子ども」を、上田祐太郎を……。

手書きの追記もあった。〈被害に遭ったのは旭ヶ丘中学卒業生の家という噂です〉——このまえの不審者情報を伝えた回覧板に書き込まれた字と、私は「似ている」と言い、香奈恵は「そうだっけ？」と首をかしげた。

「あのときの回覧板、コピーなんて……取ってないよな」

「あたりまえじゃない」

香奈恵はあきれ顔で笑う。

「回覧板って誰が書いてるんだ？」

「自治会でしょ。自治会長とか、あと防犯委員のひととか」

「自治会長って会ったことあるのか？」

「ううん……」

だよな、とうなずくしかない。ため息が自然と漏れてしまう。不審者情報の回覧板を大谷さんの家で見たときのなんともいえない重苦しさが、またよみがえる。

「この書き込み、途中の家の誰かが書いたんだろうな」

「うん……」

「近所ってことだよな、ウチの」

「たぶんね、同じ班だから」

旭ヶ丘自治会は、造成されたときのブロックを単位に組織されている。回覧板も班ごとに回ってくる。わが家は「一丁目三班」――四十世帯ほどだ。

「ウチよりも前に回ってきた家のひとが書いたってことになるんだよな」

回覧板には、閲覧済みのチェック欄も設けられていた。手書きのサインや認印で、すでに欄はほとんど埋まっている。

「この中の、誰かなんだよ」

チェック欄を指差した。「誰かが、書き込んだんだ」——一軒ずつさかのぼってたどっていけば、書き込みの主はわかるはずだ。

だが、香奈恵は「ちょっと、ヘンなことやめてよね、ご近所なんだから」と言う。

「それに親切で書いてくれたんだし」

「嫌がらせとしか思えないけどな、俺には」

「なんで？」

「噂を書いてどうするんだよ。こんなの、ひとをよけい不安にさせるだけだろ」

不審者情報のときには「可能性」という言葉をつかっていた。どちらもあやふやで、真偽の確かめようがなく、ただ重苦しい思いをなすりつけるように残すだけだった。

そしてなにより、あのときも、今度も、旭ヶ丘中学の名前が出ている。中学校に対する微妙な敵意が見え隠れする。

「ひどいだろう、なんだよ、卒業生の家っていう言い方」

きょとんとする香奈恵に、だってそうじゃないか、と声を少し荒らげてつづけた。

「旭ヶ丘には中学校は一つしかないんだ。だったら、ちょっと世代が上の家なら、みんな子どもが旭ヶ丘中学の卒業生になるだろ。こんなこと、わざわざ書く必要がどこにあるんだよ」

あのときだってそうだ。身長百六十センチから百七十五センチ、年齢は十代半ばから二十代半ばという、手がかりにもならないほどの曖昧《あいまい》な不審者像には、当然、中学生も含まれるし、旭ヶ丘中学の生徒である「可能性」ぐらいは誰だって考えつくはずだ。それを、あんなふうに、なぜ書いた？　言わずもがなのことを、なぜ、強調する？

「悪意だよ」

私は言った。「旭ヶ丘の住民に対してか旭ヶ丘中学に対してかは知らないけど、とにかく親切ヅラしながら悪意を込めて書いてるんだ」とつづける口調は、吐き捨てるようなものになった。

香奈恵は黙り込む。納得しているわけではないが反論するすべがない、という沈黙だった。

「あの事件を、俺たちみんなに思いださせようとしてるんだ、そいつは」

走り書きの苗字《みょうじ》や斜めにかしいだ印影が三十近く並んだ中の、どれだ——。誰だ——。

「なんか、サスペンスドラマみたいだね」

香奈恵は苦笑して、「でも……」とつづけた。「なんで、そんなことするの？」怪訝《けげん》そうに言う。ドラマでおなじみの、動機が見つからない、というやつだ。

そうなんだよなあ、と私も苦笑交じりにうなずいた。わざと軽く、力の抜けた笑い方をして、これ以上の深追いはやめた。

香奈恵にはまだ、上田祐太郎が少年院を退院したことも、学校に不審な手紙が届いていることも話していない。よけいな心配をかけたくない。再婚前の苦しみを繰り返させてはならない。私は夫であり、父親だ。わが家を守るのは、私の務めなのだ。

「じゃあ、サインして、お隣に回してもいいよね？」

ああ、と答えかけて、思い直した。

「俺が持って行くよ」

「そんなのいいわよ、あなたがお風呂《ふろ》に入ってる間に回しとくから」

「いや……いちおう、コピーだけ取っておきたいんだ」

やだぁ、と香奈恵は眉をひそめた。

「コンビニでコピー取って、その足で回してくるから」

「いまからコンビニまで行くの？」

「だって『至急』なんだから」

「それはそうだけど……」

「ついでにアイスクリームでも買ってくるよ。どんなのがいいか、晴彦に訊《き》いてみてくれ」

二階にいるんだろ、と天井を指差すと、香奈恵はちょっと気まずそうに目をそらした。

「ごめん、あのね……まだ帰ってないの」

午後八時過ぎ――。

おととい、ゆうべと、帰宅は九時前だったという。知らなかった。ゆうべは残業で帰宅したのは十一時を過ぎていた。学校を訪ねたおとといも、私が帰ってくる直前まで晴彦は家にいなかったことになる。

「友だちの家で宿題やってるんだって。そのほうがはかどるから、って」

香奈恵はそう言って、さらに気まずそうに「帰りはもうちょっと早くしなさいよ、って言ったんだけど……」と付け加えた。

わかるよ、と笑ってやった。ひどいいじめに遭っていたのだ。旭ヶ丘に来てからも、香奈恵は友だち関係をなによりも案じていたのだ。放課後、一緒に宿題をする友だちができた。ほんとうは、こんなふうに私の顔色をうかがいながらではなく、安堵《あんど》の笑顔とともに伝えたい話なのだろう。

「いまどきの中学生だったら、九時なんてふつうじゃないのか？　駅前なんか、十時過ぎてもけっこういるぞ、塾帰りの中学生」

「そうよねえ……」

香奈恵の頬が微妙にゆるむ。それでいい。

「二年生の途中で転校させちゃったんだから、部活にもいまさら入りづらいだろ。俺もずっと気になってたんだ、放課後のこと。だから、ほっとしたよ」

香奈恵も、ほっとした顔になる。「ありがとう」と言って私を見つめる目には、うっすらと涙も浮かんでいた。

「じゃあ、アイスは適当に買ってくるよ」

　私は回覧板を手に玄関へ向かう。門の外に出て、隣の大谷さん宅を見上げた。二階の窓に明かりが灯《とも》っている。摩耶ちゃんの部屋だろうか。真人くんの部屋だろうか。学年は違っていても、二人に訊けば、学校での晴彦の様子が少しはわかるかもしれない。

　上田祐太郎と似ているという噂は、その後どうなったのだろう。晴彦は学校で友だちとうまくやっているのだろうか。家に上がって宿題を一緒にやる友だち——ほんとうに、そんな子はいるのか？

　胸がどきどきする。喉《のど》が急に渇く。回覧板にはおとといの事件の発生時刻も書いてある。午後七時四十九分。その頃、晴彦はまだ外にいた。ばか、と自分を叱った。あわてて足早に歩きだした。関係ない関係ない、関係あるはずがないだろう、ばかな妄想を思い描くな。

　夜空はどんよりと曇っている。雨が近いのかもしれない。

晴彦——。

　おまえの顔を見て内藤先生が倒れたこと、どうしてお父さんにもお母さんにも話してくれなかったんだ？

　まいっちゃったよ、サイテー、なにアレ、すげームカついた、信じらんねーよ……。

　そんなふうにぶつくさ言いながら話してくれたなら、お父さんはおまえのために先生に怒ってやれた。どうだ、お父さんはいつだっておまえの味方だからな、と見せてやれた。胸の重苦しさがきれいに消えるとは思わない。それでも、いまよりはずっと気分が楽になっていたはずなのだ。

足取りがしだいに重くなる。通りに人影はない。一戸建ての家というのは、窓の数は多くても塀や生け垣があるせいで、外に漏れる明かりは少ない。街灯はついていても、その明かりがかえって、光の届かない場所の暗さをきわだたせてしまう。

このあたりの家々は、回覧板が先に回っている。あの陰湿な書き込みの主の家もあるはずだ。

蛍光灯がまたたく街灯の下を通りすぎた。明かりが一晩中点滅していたらさぞかし落ち着かないだろうが、すぐ前の家は通りに面したすべての窓に雨戸をたてていた。

部屋の中の明かりは漏れない。外の明かりも部屋には入ってこない。

ここは、ずいぶん寂しい街だ。

二丁目のコンビニで回覧板のコピーを取り、アイスクリームを選んでいたら、店の前の駐車場が急ににぎやかになった。少年たちが数人連れ立って、自転車で店を訪れたのだ。

制服は着ていなかったが、背丈や声の響きの幼さで、中学生だなと見当をつけた。学年まではわからない。晴彦と一つ屋根の下で暮らしていなければ、高校生との区別もつかなかったかもしれない。

どやどやと店内に入ってきた中学生たちは、まっすぐ雑誌コーナーに向かう。五人。

晴彦と比べて、ちょっとおとなびているようにも見えるし、むしろ逆に幼いようにも見える。学年はやはりわからない。それどころか、しだいに、あいつらは高校生なのかなとも思いはじめ、いや、意外と小学生なのかもしれないぞ、という気もしてくる。

そういうところがだめなんだな。ため息交じりに思う。長年子どもを見つめてきたひとならきっとすぐにわかることが、私にはわからない。

私は確かに、中学二年生の父親だ。十四歳の少年の父親だ。だが、私は晴彦を育ててきたわけではない。最初に出会ったとき、晴彦はすでに中学生だった。小学生の頃の晴彦、幼稚園に通っていた頃の晴彦、赤ん坊の頃の晴彦……アルバムの写真を見て、香奈恵から思い出話を聞かされていても、実感としては、なにもわかっていない。晴彦が少しずつ大きくなっていく日々を肌で感じることは、決して叶《かな》わぬことだった。

私が晴彦を見つめるまなざしには、「いま」しかない。「ウチの息子は、昔から――」という、ごくありふれた父親の一言さえ、私には口にすることができないのだ。

香奈恵に話したことはない。私自身、ふだんはつとめて、そんなことは考えないようにしている。だが、ときどき思う。どうしようもなく思ってしまう。私が見ている晴彦は、目に見えるところはちゃんと整っていても、ほんとうは中身が空っぽの張りぼてではないのか――。

十四歳の晴彦の心の中には、なにが詰まっているのか。十四歳の晴彦の心は、どんなふうに育ってきたのか。私にはわからない。なにもわからない。この子が赤ん坊の頃からずっと誰よりもそばで見てきたんだ、という確かな支えを持っていない父親など、父親と呼べるのだろうか、とも思う。

しかたないだろう、そんなこといまさら言っても——自分を叱り、自分を励ます言葉を、理屈で並べることはできる。いまから始めるんだ、「昨日」を取り戻すことはできなくても、「今日」の晴彦を一所懸命に愛してやって、「明日」の晴彦を見守ってやれば、それでいいじゃないか……。

それでも思う。悔しくて、悲しくて、寂しいけれど、どうしようもなく思ってしまう。「昨日」の裏付けを持たない「今日」や「明日」というのは、あまりにももろく、不確かで、ほんのわずかな風が吹き、ほんのわずか足元が揺らいだだけで、あっけなく崩れ落ちてしまうのではないか——？

アイスクリームをカゴに入れ、レジに向かおうと歩きだしたら、雑誌コーナーから声が聞こえた。

ナイトウ。

オガワ。

内藤先生と小川先生——だろうか。

私は足を止め、商品棚を回り込む格好で雑誌コーナーに入った。

五人の少年は肩を寄せ合って一冊のマンガ雑誌を立ち読みしながら、小声で話していた。

ウエダサマ。

上田、様――？

息を呑《の》む。足がまた止まる。

少年の一人が私に気づいた。ちらりとこっちを見て、あわてて雑誌に目を戻す。左右の仲間も口をつぐんだ。五人の体はさらに近づき、ほとんどひとかたまりのようになって、私には聞こえない声で誰かがささやくと、残り四人は、クククッと息をひそめて笑う。

ウエダサマ。さっき確かにそう言っていた。ナイトウ、オガワも、聞き間違いではないはずだ。

私はカゴを足元に置き、適当な雑誌を手に取って、かたちだけの立ち読みを始めた。

少年たちはしばらく黙り込んで、やがてお互いに目配せして雑誌コーナーから離れた。

追いかけるか。一瞬思った。店の中で問いただすのは無理でも、先に外に出て、駐車場で彼らを待ち受けて、自転車に乗るところを呼び止めて、ウエダサマの意味を訊いて――。

迷っているうちに、少年たちはなにも買わずに店を出てしまった。私に話を聞かれたと思って、あわてて逃げたのだろうか。だが、さっきの笑い方はそんな感じではなかった。余裕のある冷ややかな笑い声だった。彼らが知っていることをなにも知らないおとなを嘲《あざけ》っているようにも聞こえた。

私はさっきまで彼らがいた場所に移り、立ち読みしていたマンガ雑誌を手に取った。『少年ファイアー』――私の子ども時代からある、毎週百万部以上も発行されている雑誌だ。まさか、「木曜日の子ども」にまつわるマンガが連載されているのだろうか。大手出版社の雑誌でそんなことはありえないか。違う、俺たちの時代の物差しで測るな。いまはなんでも「あり」の時代だ。しかし、いくらなんでも、あの事件を題材にするのは……。

自問自答しながらページを手早くめくっていたら――一枚の紙きれが、挟まっていた。

〈ただいま〉

パソコンの文字で、ただ一行だけ。

棚には『少年ファイアー』の今週号はその一冊しかなかった。発売日は毎週金曜日で、今日は木曜日だから、これが最後の一冊なのだろう。

それ以外の雑誌はどうだ。彼らが立ち読みしていそうなマンガ雑誌を端から手に取ってめくってみたが、紙の挟んであるものは他にはなかった。

もう一度、『少年ファイアー』をめくる。紙が挟まっていた場所のマンガを読んでみた。たあいのないドタバタの学園マンガだった。話の中にメモをとるような場面は出てこなかったし、「ただいま」がキーワードになりそうな場面もない。だから、これは読者を驚かす凝った演出というわけではないのだろう。

あの少年たちが挟んだのか。それとも、彼らは、挟んであるメモを読むためにここに立ち寄ったのか。

メモをあらためて見つめた。

〈ただいま〉

ウエダサマと関係があるのか——？


コンビニから帰宅すると、ダイニングに晴彦がいた。遅い夕食を一人でとっている。

「アイス、買ってきた」

カップアイスや棒アイスのぎっしり詰まったレジ袋を差し出すと、晴彦は「うわあっ」と歓声をあげた。「ありがとうございまーす」

いつもどおり明るく、素直で、礼儀正しい。私と目が合っても、特に気まずそうなそぶりもなく、「ごはんのあと食べますね」とアイスを冷凍庫にしまっていく。

「お母さんは？」

「お風呂です。お父さんが帰ってくるのを待ってたんですけど、なんか時間がかかってるみたいだったんで、少し前に入っちゃったんです」

「そうか……」

しばらくは晴彦と二人きり、ということになる。

私は手に提げていたもう一つのレジ袋を、晴彦が背中を向けている隙にテーブルの下に置いた。

「晴彦くん」

「はい？」

「アイス、俺も一つ食べたいんだけど、いいかな」

「じゃあラムレーズンでいいですか？　リビングに持って行きますよ」

「いや、いい……ここで食べるから」

テーブルについた。晴彦は一瞬困惑したが、それをすぐに笑顔で包み隠して、私にアイスクリームのカップとスプーンを渡す。

食事をつづける晴彦を見るともなく見ながら、私はアイスクリームをスプーンですくった。一口食べると、思いのほか強い甘さが舌に広がった。ビールのほうがよかったかもしれない。

「晴彦くん……食べながらでいいから、ちょっと聞いてくれ」

晴彦は小さくうなずいて、口の中のおかずを味噌汁《みそしる》で喉に流し込んだ。箸《はし》を置く。私を見つめる。口や箸を動かしながら父親の話を聞くわけにはいかない、と思ったのだろう。

いい息子なのだ。それはもう、なんの含みもなく言い切ることができる。

中学生の息子を持つ同僚は何人もいる。みんな愚痴っている。親とほとんど口をきかない、口を開くとおとなをなめたようなことしか言わない、すぐに自分の部屋に入ってしまう、夜遅くなっても帰ってこない、ケータイばかりいじっている、ゲームばかりしている……。そんな愚痴とは、わが家はいっさい無縁でいられる。

だが、息子たちの日々の様子をひとしきり愚痴ったあとのお決まりの言葉は、私を安全な場所にいる傍観者の立場にとどめてくれない。

　なにを考えているのかわからない――。

　そこだけは、わが家も同じなのだ。

「晴彦くん、学校はどうだ？」

「ええ……まあ、楽しいです」

　なにを考えているのかわからない――。

「勉強、前の学校と比べてどうだ？」

「英語とか、けっこう先まで進んでるんで、ちょっとヤバいかもって感じですね」

「授業がわかんない？」

「そこまでじゃないんですけど、けっこう英会話とかできる奴いるんですよね、クラスにも。だから、わりとあせっちゃって」

「あわてることないよ」

「ですよね」

　なにを考えているのかわからない――。

「最近、友だちと一緒に宿題してるんだって？」

「そうなんです、数学とか、自分一人じゃわかんないところがあるんで」

「同級生？」

「ええ」

「なんていう子なんだ？　もしアレだったら、向こうにお邪魔するだけじゃなくて、ウチに来てもらってもいいんだし」

「名前ですか？」

「……よかったら教えてほしいんだけど、いいかな？」

　ええ、いいですよ、と晴彦は軽く笑って、「高木《たかぎ》くんです」と言った。「タカちゃん、って呼んでますけど」

　とっさにごまかした様子はない。

　それでも、なにを考えているのかわからない――。

　私はアイスクリームをもう一口食べた。晴彦もサラダのトマトを頬張る。

「それで……」

「はい？」

「うん、それで……じつは……」

　言うしかない。訊くしかない。

「お母さんにはまだなにも言ってないんだけど」と偽りの前置きをして、内藤先生のことを話した。先生が自分から私に電話をかけて、あのできごとを教えてくれた、という筋書きにした。「たまたま今日みたいにお母さんが風呂に入ってるときだったから、お父さんが電話に出たんだよ」――不自然には聞こえないように話したつもりだ。

晴彦は私を見つめる。まなざしは揺るがない。むしろ逆に、私の目の動きを探るように、じっと見つめている。

「……すみません」

声の震えも、なかった。「言おうかと思ったんですけど、お母さんが心配しちゃうと、なんか話が面倒になりそうだったんで、まあいいや、って」

言葉はなめらかに出る。言い淀《よど》んでしまう瞬間はなかった。苦笑交じりに「先生もひどいですよねえ、ほんと」と言って、私の胸の内を読み取って先回りするように、「そのせいで、学校の噂になってるんですよ、僕のこと」とつづけた。

「……噂って？」

「だから、内藤先生がパニックになるぐらい顔が似てるってことで、三年生なんか昼休みに教室まで見に来るんですよ」

迷惑そうに顔をしかめ、「まいっちゃうでしょ」とまた苦笑する。私を見つめるまなざしは動かない。みごとなほどの落ち着きぶりだった。

だから、なにを考えているのかわからない――。

「でも、もうだいじょうぶですよ。内藤先生もあとで謝ってくれたし、顔が似てるっていっても、べつに本人じゃないんですから」

「うん……」

「すみません、お父さんにも心配かけちゃって。でも、僕、全然気にしてないから、だいじょうぶですよ」

「いや、俺はいいんだけど、晴彦くん、ほんとに……」

「平気ですよ、そんなの。それより、お母さんに黙ってくれてて、ありがとうございます。なんか、すごくうれしいっていうか、感激してます。男同士の秘密って感じで、ほんと、うれしいです」

照れくさそうに笑う。あ、ごはん忘れてた、と勢いよく食べはじめるのも、照れ隠しなのかもしれない。

きれいに話は終わった。こっちがさらになにか訊こうと思っても、質問する隙間が見あたらない。完璧《かんぺき》だった。コンパスで描いた円のように、ゆがんだところもなければ、途切れたところもない。だが、中学二年生の少年の心とは、こんなにもきれいな円を描けるものなのか？

私はテーブルの下に置いたもう一つのレジ袋を手に取った。

「晴彦くん、こういうの読むか？」

袋から『少年ファイアー』を取り出した。

「もう出てたんですか？」

声がはずんだ。だが、表紙を見て、それががっかりしたため息に変わる。「すみません、特別に早く出たのかと思って……」と謝る声にも、落胆が覗《のぞ》く。

「いつも読んでるの？」

「いえ、そういうわけじゃないんですけど、今週号を高木くんの家で読んでたから、ひょっとして新しい号かと思って……でも、発売日は明日なんだから、ありえないですよね」

ははっ、と笑う声にも元気がない。勘違いしたとき、よほどうれしかった——新しい号をそれだけ楽しみにしていた、ということなのか。

「そうか、もう読んでたのか。最初に訊いてから買えばよかったなあ」

「あ、でも、いいです、高木くんの家だとゆっくり読めなかったんで、うれしいです」

「高木くんって、何丁目に住んでるんだ？」

「二丁目です」

「じゃあ……高木くん、コンビニで買ったのかな」

「そうです、買ったときは僕も一緒にいましたから」

なるほど。私は小さくうなずいて、『少年ファイアー』を晴彦に渡した。

「俺が買ったのも二丁目のコンビニだよ」

「そうなんですか？」

一瞬、表紙から私に移ったまなざしが、揺れた。

「おんなじ店で買ったんだな」

「そうですね……偶然っていうか、なんか、面白いですね」笑う。「まあ、でも、いちばん近いコンビニだからあたりまえですね」とオチをつけるように、また笑う。笑顔になると、よくわかる。さっきまでの晴彦とは違う。きれいに描いた円が、ゆがんだ。

私は「今度は読んだかどうか訊いてから買ってくるよ」と言って、アイスクリームを食べた。視線をはずした。晴彦はまだ途中だった食事をやめて、『少年ファイアー』をめくりはじめた。

残しておいた。〈ただいま〉と書かれた紙切れを、あえて。

晴彦はページをめくる。読むというより、確かめている――あるいは、なにかを探しているようなめくり方に見える。

メモを挟んだページに来た。晴彦のまぶたが小さく跳ねた。反応はそれだけだった。ページは淀むことなくめくられていき、うつむいた晴彦の表情にも変化はない。

最後のページまでめくり終えた晴彦は、やっと顔を上げて「あとでゆっくり読みます」と笑った。笑顔はまた、隙のないものに戻っていたが、頬はうっすらと赤く上気していた。

第六章　噂

「今夜は悪いけど、営業部の飲み会があるから、ちょっと遅くなると思う」

出がけに玄関で言うと、香奈恵に苦笑された。「そんなに申し訳なさそうに言わなくていいのよ」――おかしくて笑ったというのではなく、むしろ寂しさやせつなさがにじんでいた。

「金曜日なんだし、たまには羽を伸ばしてくればいいんだから、気にしないで」

「うん……」

「お父さんが酔っぱらって終電で帰ってくるなんて、あたりまえのことでしょ？」

香奈恵は寂しさを残したまま、少しだけ明るく笑った。

見抜かれている。旭ヶ丘に引っ越して以来、仕事で帰りが遅くなることはあっても、酒を飲んで帰ってきたことは、まだ一度もない。今夜だって本音では断りたかった。少しでも早く帰宅して、少しでも晴彦と一緒にいたい。踏み込んだ会話はほとんどなくても、一つ屋根の下にいるだけでも違うんだから、と自分に言い聞かせていた。

「無理しないで」

香奈恵は笑う。寂しさが優しさに変わる。「先は長いんだから、のんびりいこうよ」
そのとおりだと私も思う。これからずっと、私と晴彦は親子なのだ。私は一生、あの子の父親なのだ。あわててはいけない。あせってはいけない。「父親」は仕事ではない。折々にレポートをまとめたり、決算前に数字の帳尻《ちょうじり》を合わせたりするようなものではないはずなのだ、断じて。

理屈ではわかっている。そんなに力むなよ、と私の肩を叩《たた》く私も、確かにいる。それでも、私は玄関にある晴彦のスニーカーにちらりと目を落とし、「なるべく早く帰るから」と言った。

香奈恵の苦笑いには、また寂しさが戻ってしまった。

「晴彦はだいじょうぶよ。心配しないで」

「……わかってる」

「元気だから」

「ああ……わかってるって」

玄関のドアを開けてから、ふと思い立って振り向いた。

「晴彦に言っといてくれ。今夜、おみやげに『少年ファイアー』を買って帰るから、って」

「それ、マンガ？」

「ああ。今日発売なんだ、新しい号が。友だちと回し読みしてるみたいだから、たまには買ってやってもいいかな、って」

「じゃあ、お金渡して自分で買いに行かせようか？　面倒でしょう」

「買って帰ってやりたいんだ」

わかるだろ、と目で訊《き》くと、香奈恵は小さくうなずき返した。頰がゆるむ。今度は寂しさもせつなさも消えていた、と思う。


最近、ふるさとにいる父のことを、よく思いだす。両親と一緒に暮らしていた、高校を卒業するまでの私自身のことも。晴彦を見ているときや、香奈恵と二人でいるときよりも、むしろ一人きりで——たとえば会社に向かう電車に揺られているときに。

父は無口なひとだった。仕事に追われ、家庭や子どものことは母に任せきりで、息子と二人きりで話したことなど数えるほどしかなかった。

それでも、ときどき、酒に酔ってご機嫌な夜などに、私のためにマンガ雑誌を買って来ることがあった。「小銭がなかったけん、くずすついでに買うてきた」とぶっきらぼうに、少し照れたように、雑誌をちゃぶ台に置く。本屋で適当に選んだのだろう、ふだん読んでいる雑誌ではないものをもらってもたいしてうれしくはなかったが、いまになって振り返ると、やっぱりあれはうれしいことだったんだよな、と思う。

ゆうべ『少年ファイアー』を買って帰ったのも、その思い出が頭に残っていたせいかもしれない。ウエダサマのことや〈ただいま〉のメモのことも気になっていたが、それ以上に、もっと単純に晴彦を喜ばせたかった。晴彦の喜ぶ顔を見て、「お父さん、ありがとう」というはずんだ声を聞いて……いちばん喜びたかったのは私自身だったのだろう。

晴彦は確かに笑ってくれた。「うれしいです」とも言ってくれた。だが、表情や声は、私が望んでいたものとは微妙に違っていた。

なにより、あのメモだ。晴彦もメモを見た。怪訝《けげん》そうな様子はなかった。あのとき、私が「なんかヘンなメモが入っていたんだけど」とひとこと言っていたなら、晴彦はどう応《こた》えただろう。困惑しただろうか。それとも、さらりと受け流しただろうか。予想はなんとなくつく。いつものきれいな円を描いたような笑顔が浮かぶ。

その笑顔にうまく応えられるかどうか、いまは少し自信がない。


地下鉄の売店で何冊も積み上げてあった『少年ファイアー』を買った。店から少し離れたところでぱらぱらとめくってみた。メモは入っていない。やはり、あれは雑誌の仕掛けで忍ばせてあったというわけではないのだろう。誰かがこっそり挟み込んだのか。旭ヶ丘二丁目のコンビニを使っている誰かが入れたのか。

帰りにあのコンビニに寄って確かめてみたほうがいいだろうか、と思いながら、背幅が厚くてかさばる雑誌をバッグにしまっていたら、若いサラリーマンが売店の前に来て、『少年ファイアー』の山に手を伸ばすのが目に入った。立ち読みという感じでサラリーマンは金を払わずにページを手早くめくりはじめた。

はない。もっと速く、もっと気ぜわしく、まるで——本に挟んであるものを探すように。

最後のページまでめくり終えた彼は、『少年ファイアー』の山からまた一冊手に取って、さっきよりさらに気ぜわしい様子でページをめくっていった。

「ちょっとお客さん、立ち読みだめですよ、買ってください」

売店のおばさんがむっとして声をかけたが、彼はかまわず、二冊目と入れ代わりに三冊目を手に取った。

「お客さん！　いいかげんにしてください！」

おばさんが血相を変えても、彼は三冊目をめくる。さらに四冊目——おばさんは山の上に手を置いて、それ以上は取れないようにしてしまったが、彼は悪びれた様子もなく、めくり終えた三冊目を別の雑誌の山に置いて、ようやく店の前から離れた。

私のほうに歩いてくる彼と目が合った。思わずぞくっとしてうつむき、一歩あとずさってしまった。彼は思い詰めたように虚空を凝視して、なにごとかつぶやいていた。

モクヨウビ——。

低くぼそぼそとした声の、その一言だけ、耳に届いた。

「木曜日の子ども」の、モクヨウビ——？

通り過ぎた彼をあわてて振り向いたが、ありふれたグレイのスーツを着た彼の背中は、もう人混みに紛れて消えてしまっていた。

その日の飲み会は、割烹《かっぽう》の大広間を使った大がかりなものだった。春先から営業部を挙げて手がけてきたプロジェクトにようやく目処《めど》が立ったことで、営業局長の肝煎《きもい》りで慰労会が開かれたのだ。

座卓をいくつも並べた宴会なので、座る席には自然と序列や年齢の差が生まれる。いちばんの上座には局長を中心に部長や部次長クラスが集まり、私たち課長クラスはその隣の座卓に陣取った。

同じ卓を囲んだ連中とは、出世の面ではライバルの関係だが、歳もほとんど変わらず、若い頃から気の置けない仲間として付き合ってきた。私と香奈恵の結婚のことはもちろん、結婚に至るまでの事情も、彼ら四人は知っている。

仕事のキナ臭い話を避けるぶん、話題は自然と、家族の話になっていく。

「どうだ、清水。もうだいぶ慣れたか」

同期入社の野々村《ののむら》に話を振られると、残りの連中もいっせいにこっちを見た。

「まあな……引っ越してからもう一カ月たったし」

「息子さんとは？　うまくやってるのか？」

「ああ、なんとか」

「中学生だっけ」

「二年生。十四歳だ」

「けっこう面倒な年頃だなあ。だいじょうぶなのか？」

　四人には皆、子どもがいる。いちばん上が大学生で、下は小学六年生なので、「父親」としてのキャリアは十分に積んでいる。

だから——「素直でまじめな子だから、こっちとしても助かってる」という私の言葉は、誰からも額面どおりには受け取ってもらえなかった。

「それは猫をかぶってるんだよ、まだ」と片岡《かたおか》が笑う。「気をつかってるんだよ、子どもなりに」と和島《わじま》がつづけ、「逆に言えば、素直でまじめじゃないところを息子さんが見せてくれたら、清水、喜ばなきゃだめだぜ」と中尾《なかお》が言うと、「そうそうそう、親父なんて子どものことで苦労してナンボなんだから」と野々村が話をしめくくった。

　確かにそうだよな、と私も思う。

「中学生になると急に生意気なことを言い出すんだ」「うん、中学生からだな」「高校になるとまたちょっとおとなになるんだけどな」「中学なんて生意気盛りだから」「ガキの頃はしょんべん漏らしてピーピー泣いてたのにさ」「やっぱり幼稚園の頃がいちばん可愛いのかな」「でも、その頃にどんなに可愛がってやってても、全然覚えてないんだから、たまんないぜ」……。

　四人の話に私は笑って相槌《あいづち》を打ち、なるほどなあ、とうなずいた。

だが、ほんとうはなにもわかってはいないんだ、とも思う。

　十四歳の息子を持つ父親には、「父親」としての十四年分の積み重ねがある。だから過去を振り返ることができる。それがうらやましい。私と晴彦には積み重ねてきたものがなにもない。私たちは、思い出話を持たない親子なのだ。

　そのことが、ときどき、不安をかきたてる。「木曜日の子ども」事件と上田祐太郎のことが奇妙なほどわが家にまとわりつくようになってからは、特に。

「まあ、なんだかんだ生意気なこと言ったって、こっちは赤ん坊の頃から育ててやったんだから、なめるなよ、ってことだ」

　片岡がおどけて力んだ声をつくる。

「知ってるか、リビングに子どもが赤ん坊の頃の写真を飾るといいらしいぞ。親も子どもも初心に返るっていうか、家族の原点をいつも見てると気持ちが落ち着く、って」

　ウンチク好きの中尾が言う。

「俺、このまえ娘が生まれてからのビデオをぜんぶＤＶＤに焼き直したんだ。半日がかりだったんだけど、やっぱり感動するよな、どんどん大きくなっていくのを見ると」

　野々村が胸を張ると、「親ばかがしぼんでいくのもわかるんじゃないのか？」と和島が混ぜっ返す。

　私にはなにもできない。なにも言えない。家族とは、親子とは、歴史なのだ。そして、歴史とは、「いま」を支える根っこなのだ。

　私たちにはそれがない。過去のない「いま」は、つまり、なにものにも支えてもらえない「いま」ということなのだ。

　そんなの気にするなって、と野々村たちは言ってくれるだろうか。たとえ過去がなくても未来があればいいじゃないか、と励ましてくれるだろうか。だが――ならば、訊こう。おまえたちは、なぜ家族の写真を撮ってアルバムに貼っていくんだ？　なぜ子どもたちの姿をビデオやDVDに収めるんだ？　それは歴史を、目に見えるかたちで確かめたいからではないのか？

「どうした、清水」

野々村が顔を覗《のぞ》き込んできた。私はすっと目をそらし、四人に、子どもたちといつまで一緒に風呂《ふろ》に入っていたか訊いてみた。娘とは小学三年生あたりまでで、息子とも小学六年生がぎりぎり、という答えだった。

「男の子でも、中学生だとやっぱりキツいか」

「そりゃそうだろ」

野々村はあっさり言って、「清水だって、自分のガキの頃のこと考えてみろよ」とつづけた。「中学生になって親父さんと風呂に入ってたか？」

私は無言でかぶりを振る。

「親父さんが一緒に入ろうって誘っても、どうせ断ってただろ？」

黙ったまま、今度はこくんとうなずいた。野々村の言うとおりだ。自分が息子のときにやらなかったことは、父親になってからもできない。

「まあ、アレだな、息子さんとの付き合い方って難しいと思うけど、基本的には、自分が中学生の頃に親父とどう付き合ってたかを思いだしながらやっていくのが、いちばんいいんじゃないのか？」

真顔になって言う野々村に、「そうだな」と応え、焼酎《しょうちゅう》のお湯割りを啜《すす》った。酒が飲みたかったわけではない。漏れそうになったため息を酒で押し戻したのだ。

野々村の一言をきっかけに、座の話題は、四十歳を過ぎて自分がいかに父親に似てきたか、ということに移った。髪の薄くなり具合が似てくる、太り方が似てくる、ちょっとしたしぐさや癖が似てくる。みんな「まいっちゃうよなあ」「ああいうふうにはならないと思ってたんだけどなあ」と苦笑いしながら、誰もがまんざらでもなさそうな顔になる。「息子を叱るときの言い方が、親父そっくりになっちゃってさあ」と中尾が言うと、みんなそろって「わかるよ」「そうそう、そうなんだ」と膝《ひざ》を打ち、大きくうなずいた。

私は焼酎のグラスに伸ばしかけた手を引いて、トイレに立った。今夜は飲み過ぎないほうがいい。一次会はそろそろお開きになる頃だ。二次会には行かない。野々村たちには誘われるだろうが、晴彦の起きているうちに帰りたいし、「父親」たちと酒を飲んでいると悪酔いしてしまいそうな気もする。


トイレで用を足しながら、さっきはこらえたため息を大きくついた。

中学生の頃、俺は親父とどんな話をしていた――？

野々村に言われるまでもなく、いままで幾度も記憶をたどっていた。そのたびに、ため息が漏れてしまう。

なにも思いだせない。

中学時代、私はおとなしい少年だった。いじめに遭うようなことはなかったが、父親や学校の先生に対しては従順で、扱いやすい息子であり生徒だったのだと思う。同級生の中には父親としょっちゅうぶつかり合っている連中も多かったが、私は違った。父に反抗したことは一度もなかったし、父が私に対して声を荒らげることもなかった。進路のことでも生活態度のことでも、父はなにも言わなかった。私も父にはなにも相談しなかった。私たちには、ぶつかり合うほどの接点すらなかったのだ。

「父親」として生きるというのは、結局のところ、「息子」として見つめてきた父親の記憶をたどり直すことなのだろうか。

だとすれば、私は、自分自身の歴史すら持っていないことになる。そんな私が、ほんとうに晴彦の「父親」になれるのだろうか……。

大広間に戻って、若手の集まった座卓の脇をすり抜けようとしたら、板張りの床に置いてある『少年ファイアー』に気づいた。

朝のサラリーマンのことを思いだした。一心不乱にページをめくる姿がよみがえり、私の前を通り過ぎたときのまなざしも浮かんだ。

「こんなの読んでるのか、いい歳して」

かがみ込んで、あきれ顔をつくり、さりげないしぐさで雑誌を手に取った。

「清水さん、マンガ好きなんですか？」

そばにいた女子社員が意外そうに訊いた。

「いや、まあ、そういうわけでもないんだけど……最近のマンガってどんな感じなんだ？」

口実をつけて、ページを手早くめくった。メモは、なかった。安堵《あんど》とも拍子抜けともつかない気分で本を閉じたら、その席にいる全員が、驚いた顔でこっちを見ていた。

「……どうした？」

困惑しながら訊くと、直属の部下の三島《みしま》が「課長も探してるんですか？」と訊いてきた。「っていうか、課長も知ってるんですか、『木曜日の子ども』の噂」

どういうことだ……と訊き返しかけて、あわてて「いや、ちらっと、だけなんだけど」と言い直した。

「うわっ、課長、マジ若いですよ」

だいぶ酔いが回っているのだろう、もともと陽気でおしゃべりな三島は、いつも以上に饒舌《じょうぜつ》だった。

使うしかない。私はその場に座り込み、「探しても見つからないんだよなあ、なかなか」と言った。

「でしょーっ、マジ、レアですよ」

三島は身を乗り出して言う。他の若手も、そうそうそう、とうなずいた。どうやら彼らも知っている話らしい。

「なあ三島、結局なんなんだ、これ」

「なんなんだ、って？」

「だから、俺もちらっと噂で聞いただけだから、細かいところはよくわかってないんだけど……メモのことだよな？」

「そうです、幻のメモですよ、もうほんと、見つからないんですから」

「……ちょっと、詳しく教えてくれよ」

　いいですよお、と三島は軽く言って、軽く笑った。

　インターネットで流れている噂なのだという。

「木曜日の子ども」事件の犯人――三島は「どうしようかなあ、ヤバいかな、でも、もう、けっこう広がってるし」と一人で迷ったあげく、上田祐太郎の名前を口にした。

「ほら、あのときは中学生だったから名前出せなかったけど、そんなのわかっちゃうんですよねえ、上田くんですよ、上田くん」

　迷っていたのではなく、もったいをつけていただけだったのだろう。そして、まわりの連中がそれを聞いても驚かなかったということは、すでに上田祐太郎の名前は広く知られていると思ったほうがいいのだろう。

「上田が少年院から出てきてるんですよ。当然、名前は偽名使ったりして、顔も少年院に入ってる間に整形したとかなんとかって噂があるんですけどね、とにかくシャバに出てきたことは確からしいんです」

本題はここからだった。上田が少年院を退院したのは、八月。九月に入ってほどなく、『少年ファイアー』に上田の書いたメモが挟んであった、という噂が流れた。

〈木曜日の子どもを覚えていますか〉

三島はその言葉をゆっくりと、目に見えないメモを読み上げるように言って、「一枚だけじゃなかったんです」とつづけた。

名前を列挙しているメモもあった。「木曜日の子ども」事件で毒殺された九人の生徒の名前だった。九人目の名前の下に、点線で描かれた枠があった。

「それが犯行予告なんじゃないかって噂になってるんです」

いまはまだ空いている枠の中に、いつか、十人目の被害者の名前が入る、ということなのか。

さらに、こんなメモもあった。

〈ワルキューレはまだあります〉

三島は最後のメモの言葉をことさらゆっくりと口にして、「笑っちゃうでしょ」と言った。言葉とは裏腹に、頬はほとんどゆるんでいなかったのだが。

「まあ、ネタっていうか、ありえないって話ですから、おとなは相手にしませんよ、ふつうはね」

「ああ……」

「でも、ガキは本気にしちゃうんですよ、そういうのを」

中学生――事件が起きた当時はまだ小学校の一、二年生か幼稚園児だった世代が、反応した。

「あいつらにとっては、上田祐太郎は伝説の存在なんですよ。俺らがガキの頃にすげえことやった中学生がいた、って」

晴彦の顔が浮かんだ。あわててそれを振り払うと、今度はコンビニにいた中学生たちが浮かぶ。ウエダサマ、という声も一緒に。

「ある種の英雄なんじゃないですかねえ、あいつは」

同じ席にいた女子社員たちはそろって「やだぁ」と顔をしかめたが、三島は真顔で「でも、俺、その気持ちわからなくないぜ」と言って、話をつづけた。

『少年ファイアー』に挟んであったというメモがほんとうに上田祐太郎からのメッセージだったのかどうか、真偽はわからない。ネットにはメモの画像も出ていたというが、それがほんものかどうかなど確かめるすべはない。

ただの悪質ないたずら。あるいは、メモが挟んであったということじたい、でまかせの噂話。おとななら、そう考える。

しかし、中学生は、信じた。噂はまたたく間に広がり、よじれていった。『少年ファイアー』が上田祐太郎と中学生をつなぐ回路になった。

「ガキのほうもメモを挟むようになったんですよ、上田祐太郎宛ての。で、上田の書いたメモも、『少年ファイアー』に挟んである、と……要するにポストと郵便受けみたいなものですよね」

いや、でも、と私は訊き返す。

「部数、百万部以上だろ？」

「ええ。ピークは過ぎてても、いまでも少年マンガ雑誌だったらトップじゃないですか？」

「全国で売ってるんだよな、もちろん」

私の言いたいことを察して、三島は「そこがガキどものワケのわかんないところなんですよ」と言った。

上田祐太郎のメモは、毎週、何十枚も発見される。見つかる場所も、全国に散らばっている。

「どういう意味だか、課長、わかります？」

「……本人じゃない、ってことか」

答えると、三島は首を横に振って「本人だけじゃない、っていうことです」と訂正した。細かな訂正でも、大切な違いだった。うなずくと、胸がざらりとした。

「その中にほんものがあるかもしれない。ないかもしれない。ぜんぶパソコンの文字ですから。それは、もう、誰にもわからないことでしょ？」

「ああ……」

「要するに、上田祐太郎になりすましてメモを挟んでる奴らがけっこういるわけです。

笑っちゃうでしょ、上田にメッセージを送る奴らもいれば、上田になりきってメッセージを書く奴もいて……ほんと、面白いです。いまどきのガキって、なに考えてるかわからないっすよねえ」

それを面白がる三島の考えていることも、私にはよくわからないのだが。

上田祐太郎に送るメモの中身はさまざまだという。ワルキューレで殺してほしい相手の名前を書いたり、一度でいいから上田さんに会いたいと訴えたり、「木曜日の子ども」事件パート2をやりませんかと誘ったり、自分にもワルキューレを分けてほしいとねだったり……「ろくなものじゃないですよ、ぜんぶ」と三島は笑う。

もちろん、そのメモを上田祐太郎が実際に読む可能性などゼロに等しい。それでも書く。

「そこが面白いでしょ？」

三島はまた笑った。まわりの連中も、顔をしかめたりたしなめたりはしなかった。若い奴らと私とでは「面白い」の物差しが違うのだろうか。

真贋《しんがん》不明の上田祐太郎からだとされるメモも、いくつかインターネットに流れていた。

〈裁きの時はもうすぐです〉

〈準備は着実に進んでいます〉

〈日本を滅亡させます〉

〈ただいま〉と一言だけ書かれたメモも何枚かあったのだという。そして――〈実験は終わりました。犬が死にました〉というメモも。

「みんな、くじ引き感覚で『少年ファイアー』をめくるんですよ。メモが挟んである『当たり』をひくだけでも何十万分の一の確率だし、たとえメモがあっても、それがほんものの上田が書いたかどうかなんて誰にもわからないし……ほんものだったら奇跡ですよ、まさに。それでも、っていうか、だから、みんな必死になってめくるんです。探すんです。ほんと、バカみたいでしょ？」

三島の隣にいた女子社員の須《す》藤《どう》さんが「でも……」と口を挟んだ。「それって『少年ファイアー』が仕掛けてるって噂もあるんですよ。話題づくりで」

さらに、三島と同期の山崎《やまざき》も話に加わった。

「いや、俺が聞いたのは、上田祐太郎が『少年ファイアー』の製本工場で働いてるっていう噂だけどな。本が全国に発送される前に、ばーっと挟んじゃう、って」

山崎の聞いた話が正しければ、上田祐太郎からのメッセージはすべてほんものということになる。

「ないないないって、それは」

三島は笑って打ち消して、「っていうか、そんなの面白くないじゃん」と言った。

メモはあくまでもコンビニや書店や駅の売店で挟まれなければいけない。

「上田がそーっと店に入ってくるわけだよ。誰も気づかないわけだよ。で、上田は黙って『少年ファイアー』を立ち読みして、ガキが挟んだメモを抜き取って、代わりに自分のメモを挟んでから知らん顔して店を出て、また別の街に行って、同じことをするわけ。そこが面白いんだよ」

自分の住む街に、上田が来たかもしれない。自分のメモを読んでくれたかもしれない。次の「木曜日の子ども」事件の舞台は、自分の住む街かもしれない。

「でも……上田じゃない奴が書いたメモの可能性だってあるわけだろ？」

私が訊くと、三島は、まだわからないかなあ、というふうに苦笑交じりに首をかしげた。

「あのね、課長。これはゲームなんですよ。ゲームっていうか、『ごっこ』なんです。実際に挟んであったメモがほんものかどうかなんて関係なくて、なんていうのかな、あの上田祐太郎が俺たちの街に来た、俺たちの街にいるって、想像するだけで面白いんですよ」

「いや、でも……」

「都市伝説は、ぎりぎりまで本気のふりをして楽しんだほうが面白いでしょう？」

三島はそう言って、「ほんと、ニッポンはどこかおかしくなってるんですよ」と笑って話をまとめた。

私には笑い返すことはできなかった。最初から最後まで。

朝の若いサラリーマンの顔がまた浮かぶ。「ごっこ」を面白がっているようには見えなかった。もっと真剣で、もっと切実に、なにかにすがりついているようにさえ見えたのだ。

そして、なにより――。

私の街は、他の街とは違う。上田祐太郎が来るはずがない、と笑って「ごっこ」を楽しむことは、旭ヶ丘に住んでいるかぎりできない。中学校に上田からの手紙が届き、三丁目でほんとうに犬がワルキューレで毒殺されたことを教えてやれば、三島はどんな顔になるだろう。「マジですか？　なんか、すげえ、死ぬほど面白いじゃないですか」――笑うだけなのだろうか。

コンビニの明かりが夜の闇にぽつんと灯《とも》る。まだ午後十時を回ったばかりなのに、コンビニの前の通りにひと気は絶えていた。

旭ヶ丘は夜が早い。駅からのバスは会社帰りのひとたちで混み合っていたが、バスを降りてしまうと、しんとした静けさに包み込まれる。同じバス停で降りたひとたちも、道路を渡ったり四つ角を曲がったりして、闇に紛れるように姿を消してしまった。

がらんとした店の前の駐車場を抜けて、店内に入る。客は誰もいない。店員もレジを留守にしてドリンクコーナーの陳列をチェックしていた。

住宅街の中のコンビニだ。昼間も、そうにぎわっているとは思えない。メモを挟むのも抜き取るのも、簡単にできるだろう。

雑誌コーナーに向かう。〈本日発売〉のプレートの下に、『少年ファイアー』が数冊積んである。

一冊ずつ確かめた。メモはなかった。すでに抜き取られたり、雑誌ごと買われてしまったのだろうか。いや、今日とはかぎらない。雑誌が店頭に並んでいる間のいつか——明日でも、あさってでも、そっとメモを挟みに来る少年がいるかもしれない。

きりがないな、とため息をついて、駐車場に面したガラスに映り込む自分の顔に苦笑していると、軽自動車が駐車場に入ってきた。

運転席のドアが開く。降りてきたのは女性だった。なにげなくそのひとの顔に目をやった私は、とっさにうつむき、雑誌コーナーと向かい合わせの生活雑貨の棚のほうに体をひるがえした。

内藤先生だった。

店に入ってきた先生は、私とまったく同じ行動をした。まっすぐに雑誌コーナーへ向かい、最初から決めていたように『少年ファイアー』に手を伸ばし、一冊ずつページをめくりはじめたのだ。

最後の一冊を棚に戻すと、先生は私よりも深いため息をついて雑誌コーナーから離れ、そのまま店を出てしまった。

迷った。ためらいもあった。だが、それを振り切って、私も先生を追いかけて外に出た。

軽自動車にエンジンがかかり、ヘッドライトが灯った。車の前に回り込んで大きく手を振ると、先生も私に気づいた。

　運転席の窓が開く。

「……清水くんのお父さんですよね？」

　私はうなずいて、言った。

「先生、お時間いただけますか」

「え？」

「息子のことと上田祐太郎のことで、相談したいんです」

「いまからですか？」

「ええ……ご迷惑とは思いますが、できれば、少しでも早く」

　先生は一瞬困惑した表情になったが、「乗ってください」と言ってくれた。

　車は、私が乗ってきたバスの路線を引き返して、駅へ向かった。車内はひどく煙草臭い。灰皿には、まだ新しい煙草の吸い殻が、何本も捨ててあった。一口か二口で捨てたのだろう、どの吸い殻も長い。

「すみません、旭ヶ丘って、この時間になると、ちょっとお茶を飲むお店もないんですよ」

　わかります、と私は助手席でうなずいて、「残業だったんですか？」と訊いた。

「ええ、来月に文化祭があるので、その準備の会議があったんです」

「こんな時間まで？」

答えるまでに少し間があった。

「ちょっと、トラブルがあって……」

さらに間をおいて、「ごめんなさい、保護者の方にはまだ申し上げられないんですが」と言う。薄暗い車内でも、内藤先生の表情が沈んでいるのは見て取れた。

私は先生から視線をはずし、フロントガラス越しの風景をぼんやり見つめた。旭ヶ丘は地名どおり丘の上に広がる街なので、駅へ向かうときにはずっと下り坂になる。行く手に駅前の明かりが見える。居酒屋のチェーン店と消費者金融の営業所に埋め尽くされたような駅前のたたずまいは、旭ヶ丘に比べると別世界のように雑然として、猥雑《わいざつ》でもあって……けれど、その街の灯を見ていると、奇妙な安堵を感じる。「ニュータウンは清潔すぎて人間味がない」というお決まりの言葉を、旭ヶ丘に引っ越してきてから、実感することが増えた。

「そのトラブルって……上田祐太郎に関係してるんですか？」

街の灯を見つめたまま、私は訊いた。

ちょうど大きな交差点にさしかかるところだった。先生はウインカーを出しながら「すぐそこにファミレスがありますから」と言った。

答えないことが、答えになっていた。交差点を左折した車は、さっきまでよりスピードを上げる。これも、答えの一つなのだろう。

ファミレスに入ると、店員に尋ねられる前に、内藤先生は喫煙席を希望した。テーブルに向き合って座ると、腰を落ち着けるのを待ちわびていたように、すぐにバッグから煙草とライターを取り出して、「煙草がお嫌いでしたら、すみません、許してください」と煙草に火を点《つ》ける。

一口目を吸って、吐き出すと、ようやく人心地がついた顔になる。

「ごめんなさい、ご迷惑だとわかってるんですけど……なかなかやめられなくて」

私は首を横に振り、「車の中でも吸っていただいてよかったのに」と笑った。だが、先生はかぶりを振り返して、一口吸っただけの煙草を灰皿に捨てた。

「やめようとは思ってるんです。校内は完全禁煙ですし、生徒たちに煙草の害をしゃべってる教師が自分は吸ってるなんて、だめですよね、やっぱり」

「でも……煙草って気持ちが落ち着くっていいますから」

「七年前からなんです、煙草が手離せなくなったのって」

先生はぽつりと言って、オーダーを取りに来たウェイターにコーヒーを頼んだ。私は「同じのを」と手短に注文を終えて、すぐに先生に向き直り、「七年前ですか」と念を押した。

「ええ……」

それ以上は先生はなにも言わない。私も訊かない。口に出さなくてもわかる。

「じゃあ、会議中もキツいんじゃないですか」

「ええ、だから水ばかり飲んでます」

言葉どおり、先生はグラスの水をごくごくと喉《のど》を鳴らして、ほとんど一息に飲み干してしまった。グラスをテーブルに置いて「ああ、やっと楽になりました」と笑う。気持ちがとりあえず落ち着いて、覚悟も決まったのだろう、コーヒーが届くとすぐに、言った。

「今日、手紙が学校に届いたんです」

誰から、とは言わない。これも、言わなくてもわかることだった。

「『木曜日の子ども』事件、もう一度、起こします……って」

先生はまた煙草をくわえた。煙草を箱から取り出すときも、くわえるときも、ライターで火を点けるときも、指先は小刻みに震えどおしだった。

第七章　週末

明け方に目を覚ました。ベッドに入ってもなかなか寝付けなかったので、三時間ほどしか眠れなかったことになる。

天井を見つめたまま、肩で息をついた。ゆうべは肌寒かったのに、寝汗をかいていた。

夢を見た。いや、夢というより、眠る前に焼き付けられた記憶がよみがえったのだ。

内藤先生がいた。疲れのにじんだ顔で私を見つめていた。

テーブルに置いた小さな灰皿は、吸い殻で一杯になっていた。どの吸い殻も長いままだった。カップの中のコーヒーはすっかり冷めている。ファミレスにいた三十分ほどの間に、結局、先生は一度もコーヒーには口をつけなかった。

逆に私は、三杯もおかわりした。先生にとっての煙草と同じだ。味わうことなどなく、欲しいと思って飲んだわけですらなく、胸に迫ってくる重いものから逃げるためにコーヒーを飲みつづけた。

高木くんのことを訊《き》いたのだ。

晴彦がこの学校でつくった初めての友だちのことを――「高木くんの家に行って一緒

に勉強したりしてるみたいなんです」と、ほっとした笑顔とともに、「高木くんってどんな生徒さんなんですか」と尋ねてみたのだ。

いなかった。

そんな名前の生徒は、二年三組にはいない。学年ぜんたいにもいないはずだ、と先生は言った。

私の表情がこわばったのを見て取った先生は、あわてて「あ、でも――」とつづけた。

「念のために一年生と三年生のクラス名簿も見てみますね」

私は、お願いします、と小さく頭を下げて、「あいつ、けっこう年上や年下とも抵抗なくしゃべれるみたいなんですよ」と笑った。先生も「ウチの学校は学年同士がオープンなんです」と笑い返した。

だが、私の笑顔も、先生の笑顔も、すぐにしぼんでしまった。私はコーヒーカップに手を伸ばし、先生はまた新しい煙草に火を点《つ》けた。カップを持つ指先が震えた。煙草を挟む先生の指も、きっと同じだっただろう。

「タカちゃん」と、晴彦は呼んでいたのだ。一緒に勉強をして、『少年ファイアー』を読ませてもらって……「同級生？」と私が訊いたとき、晴彦は確かに「ええ」とうなずいていたのだ。

先生は煙草を一口吸っただけで灰皿に捨てた。胸に残った煙をため息と一緒に吐き出し、顔を上げた。表情からはもうつくり笑いは消えて、私を見つめるまなざしは思い詰めたように強かった。

「偶然だと思うんですが……」

震える声で言った。「高木っていう名前の生徒、昔もいたんです」――「昔」がいつのことなのか、尋ねる必要はなかった。

「亡くなった九人の中ですか？」

「……いいえ、高木くんはそれほど症状が重くなくて……入院しただけですみました」

ただ、とつづける先生の声は、さらに大きく震えた。

「仲が良かったんです」――誰と、を訊く必要もなかった。

「クラスでいちばん仲良しで……親友で……だから、高木くんまで事件に巻き込むなんて……信じられなくて……」

先生はまた煙草をくわえた。今度は、ライターの炎まで、私の目にもはっきりとわかるぐらい揺れていた。

その後もしばらく先生と話した。だが、もう、先生の話は脈絡をなくして、ただ「怖いんです」を繰り返すだけだった。

ファミレスを出て駐車場に向かうときも、先生の足取りは頼りなげだった。小さな段差に何度もけつまずき、自分の車を通り過ぎてしまったことにも、私に呼び止められるまで気づいていなかった。

旭ヶ丘まで送ってくれるというのをやんわりと断って、駅で降ろしてもらうことにした。駅までのほんの二、三分の道のりで、何度もひやっとした。センターラインを越えそうになったり、赤信号を見落としかけたり、ロータリーで車を停めたときも、歩道の段差にタイヤをこすってしまった。

別れぎわの挨拶《あいさつ》に「気をつけて」と言い添えずにはいられなかった。

「こんなこと、私が言う筋合いじゃないと思うんですが……しばらくは車じゃなくて電車とバスで通勤したほうがいいんじゃないですか？」

先生は「そうですね」と寂しそうに微笑んで、首を横に振った。

「人混みが怖いんです、最近……もしもあの子がいたら、って思うと……怖くてしかたないんです……」

そして——。

「今日も、晴彦くんを廊下で見たとき、悲鳴をあげそうになっちゃって……教師失格ですよね、すみません……」

頭を小さく下げて、私が言葉を返す前に運転席の窓を閉めてしまった。


しばらく目を閉じていたが、眠り直すことはあきらめて、体を起こした。隣のベッドでは香奈恵が静かな寝息をたてている。右肩を上にして寝顔をこっちに向け、目に見えないなにかを抱き寄せるように右手を掛け布団の外に出している。

いつもだ。眠るときの香奈恵はいつも、まるで電池が切れた人形のように同じ姿勢のまま、寝返りを打たない。結婚を決めて間もない頃に、香奈恵が教えてくれた。晴彦が生まれてからずっとそうしてきた。利き腕の右手でかばっていないと眠るのが怖かった。

「なにかあったら、すぐに晴彦を抱っこして守ってあげないと、って思ってたの」

離婚した夫の暴力には、なんの理由も前触れもないことが多かった。夜中に酔って帰ってくるなり、布団に入っている香奈恵の背中を蹴《け》りつける。夕食のおかずが気に入らないというだけで香奈恵の頬を張る。夜泣きする晴彦に腹を立てて、プラスチック製の起き上がりこぼしを壁に投げつける。

「晴彦に直接手をあげることはなかったんだけど、いつそうなるかわからないじゃない。あのひとにそのつもりはなくても、なにかのはずみで晴彦もケガをしちゃうかもしれないし。だから、寝るのが怖かった。ほんとうに怖くて、添い寝しながら、一晩に何度も何度も抱き寄せてたの」

晴彦が保育園を卒業するまで、添い寝はつづいた。小学校に上がるときにようやく離婚が成立して、二人暮らしになってからも、布団を並べて敷いた。もう夫はいない。理屈ではわかっていても、体は自然と右肩を上にして眠った。

小学四年生からは、晴彦は自分の部屋で眠るようになった。それでも、香奈恵が右肩を上にして眠る癖は直らない。体が覚え込んでいる。いや、心が覚え込んでいる、と言ったほうがいいだろうか。

新居でのベッドの並べ方は、右が私、左が香奈恵。私はどちらでもよかったのだが、香奈恵がこだわった。「逆になったら、ずっとあなたに背中を向けちゃうことになるから」――そういう彼女の人柄に、私はなによりも惹《ひ》かれたのだと思う。

ゆうべも一晩中、香奈恵は右肩を上にして眠っていたのだろう。今夜も、明日の夜も、あさっての夜も……これからもずっと、香奈恵の寝顔が天井を向いたり壁を向いたりすることはないのだろうか。

私はため息をついてベッドから降りた。スリッパの足音で香奈恵を起こさないよう、素足のまま、そっと寝室を出る。

キッチンで冷たい水を飲み、リビングに移る。カーテンを開けても、部屋の明るさはそれほど変わらない。外は雨だった。ゆうべ日付が変わった頃に帰宅したときには星が出ていたから、そこから急に天気がくずれたのだろう。

ソファーに腰かけて、庭をぼんやりと見つめた。静かな雨だ。雨脚のせいだけでなく、ビルの建ち並ぶ都心に比べると、旭ヶ丘の雨は静かに降るんだと気づいた。庭付きの一戸建てがほとんどのこの街では、雨音が土や芝生の地面に吸い込まれるからなのだろうか。

二階からも物音は聞こえない。ゆうべ帰宅したとき、晴彦の部屋にはまだ明かりがついていた。二階に上がって晴彦の部屋をノックしようかと頭の片隅で思いながら、どうしても足が階段へは向かなかった。

ゆうべはそれを疲れのせいにして、自分を納得させた。だが、いま、認める。気力ではなく、勇気がなかったのだ。

雨は朝になっても降りつづいた。それほど強くはなくても、そのぶんじっくりと腰を据えた、梅雨時のような降り方だった。ニュースの気象情報でも、今日は終日雨だと伝えていた。

「週末に雨が降るのって、引っ越してきてから初めてじゃない？」

朝食の皿を並べながら、香奈恵が言う。

私はパンをトースターに入れて、「今日はひさしぶりに車を出そうかと思ってたんだけど、この雨じゃ無理だな」と苦笑する。

「いいじゃない、雨の日のドライブ」

「そうか？」

「洗車の手間も省けるし」

香奈恵は冗談の口調で言ったあと、真顔になって「憧《あこが》れだったし」とつづけた。私も、ああ、そういうことか、と声を沈めてうなずいた。

香奈恵と晴彦は、家族でドライブに出かけたことが一度もない。別れた夫は子どもを連れて遊びに出かけるようなひとではなかったし、香奈恵は運転免許を持っていない。

「わたしも、そろそろあなたにリクエストしようかなって思ってたの」

引っ越しの後かたづけもすみ、旭ヶ丘の街にもだいぶ慣れた。確かに、ちょっと遠出をするにはいいタイミングだった。

「前もって言ってくれてたら、お弁当もつくったのに」

「ゆうべ思いだしたんだ。そろそろ車を出さないと、バッテリーが上がっちゃうな、って」

　嘘をついた。ゆうべ、内藤先生と別れて駅から帰るときに、明日はドライブに行こうと思ったのは、確かだった。だが、それは車のバッテリーが気になったからでもないし、初めての家族のドライブを楽しもうと思ったからでもない。

　逃げたかったのだ。この街の外に逃げだしたかったのだ。

　帰り道、私を乗せたタクシーは片側二車線のバス通りを走った。街を貫く背骨のようなメインストリートだったが、すれ違う車は一台もなかった。タクシーの前にも、後ろにも、車のライトは見えない。歩道を歩くひとも見かけなかったし、雨戸をたてているのか、建ち並ぶ家から漏れる明かりもほとんどなかった。街路樹の影と街灯の光が交互に繰り返されるのを後部座席からぼんやり見つめていると、背筋がぞくっとするような薄気味悪さに襲われた。

　ひと気のない街並みは、整然としていて、閑静で、だからこそ、冷たい。瀟洒《しょうしゃ》な家が建ち並んでいても、その一軒一軒に家族がいるんだという気配が伝わってこない。ひとが暮らして、生活を営み、人生の歩みを刻んでいく場所を「街」と呼ぶなら——ここは、ほんとうに「街」なのだろうか？

トーストが焼き上がる。香奈恵はバターを冷蔵庫から出しながら、「晴彦、まだ寝てるのかしら」と言った。「ちょっと起こしてくるね」

胸が、どくん、と高鳴った。「いや、いいよ」――思わず言った。

「だって、もう八時回ってるんだし、学校が休みだっていっても、朝ごはんぐらいはちゃんと食べなきゃ」

「……寝させといてやれよ、どうせ腹が減ったら起きてくるから」

「いいの？」

笑って、「いいっていいって」とうなずいた。うまく笑えたかどうかはわからないが、香奈恵は申し訳なさそうに、「お父さんと朝ごはん一緒に食べられるのなんて、お休みの日しかないのに……」と言った。

「転校してきて一カ月だろ、そろそろ疲れも出てくる頃だし、ゆっくり寝させてやろう」

「うん……」

「先に食べちゃおう」

「ごめんね……」

「謝ることないって、ほら、食べよう、トースト冷めちゃうぞ」

香奈恵は食卓についたあとも、何度も時計に目をやっていた。二階から物音は聞こえない。晴彦が起きてくる気配はない。これ以上気をつかわせたくないから、「ゆうべは晴彦、寝たのが遅かったみたいだな」と言ってやった。「俺が帰ってきたときも、まだ部屋の電気がついてた」

「うん……やっぱり勉強が大変みたいなの、こっちの学校はレベル高いから」

「塾に行かせたほうがいいのかな」

「本人は自分でやれるからだいじょうぶだって言ってるんだけどね」

それに、と香奈恵はつづけた。

「ゆうべも高木くんの家で勉強してきたの」

胸がまた高鳴った。

「やっぱり、塾に入って大勢の中で勉強するより、気の合う友だちとマイペースでやるほうがいいみたい」

なにも知らない香奈恵の顔には、晴彦に友だちができた喜びや安堵《あんど》感《かん》が漂っている。

私は目をそらして言った。

「……高木くんと会ったことあるか？」

「ううん、まだ」

「電話で話したことは？」

「ごめん……晴彦から話を聞いてるだけなの、まだ」

一度そらしてしまうと、もう目を香奈恵に戻せなくなってしまった。

「高木くんのこと、ほかにどんな話を聞いてるんだ？」

「なんか、いろんなところですごく気が合うみたい。好きなマンガとか、ゲームとか、ぜんぶ同じなんだって」

香奈恵の声は浮き立っていた。きっと表情も輝いているだろう。

「晴彦から友だちの話を聞けるなんて、いままでは考えられなかったから……」

私はテーブルにこぼれたパン屑《くず》を見つめて、黙ってうなずく。

「ゆうべも、あの子、旭ヶ丘に引っ越してよかったって言ってたの。お母さんがお父さんと再婚してよかったって、そんなことまで言うのよ」

生意気よねえ、と笑う。ほんと、生意気なこと言うんだから、とつづける声に涙が交じる。私は香奈恵の顔を見ることができない。

香奈恵はいま、幸せなのだ。ずっと苦労をつづけてきて、いま、ようやく安らぎを得た。それを壊すことは、私にはできない。

「ドライブは、明日にしよう」

香奈恵から目をそらしたまま言った。「明日なら晴れると思うし、今日は書斎で本でも読むよ」とつづけ、「せっかくつくった部屋なんだから、たまには使わなきゃな」と笑った。

書斎は二階にある。晴彦の部屋の隣だ。ドアは開けておく。部屋の前を晴彦が通りかかったら、ちょっと入らないか、と誘ってやる。そこから先は、まだ、決めていない。

「じゃあ、わたしはケーキを焼こうかな。あとで持って行ってあげるね」

香奈恵はそう言って、「ドライブもいいけど、ダンナさんと子どものためにケーキを焼いてあげる休日も、憧れだったの」と泣き笑いの顔になった。

　雨が降る。書斎の窓ガラスが白く曇る。外を見るためにガラスを手で拭《ふ》くと、冷たさにかじかんだ。もう秋の雨なんだな、とあらためて気づく。

　音楽をかけた。ビートルズにした。ジョン・レノンも、子どものいたオノ・ヨーコと結婚したんだっけ。ふだんは「いい曲だな」と思う程度の『イン・マイ・ライフ』が、今朝は耳よりも胸に染みる。

　書斎には本やＣＤやＤＶＤがぎっしり並んでいる。晴彦には「気に入ったものがあったら勝手に持ち出してもいいからな」と言ってあるが、ざっと見たところ、棚からなにかを抜き取った様子はない。

「まだあの子、書斎には一度も入ってないみたい」と香奈恵は言っていた。私だって、晴彦の部屋には入ったことがない。一つ屋根の下に暮らしていても、すべてをさらし、すべてを分かち合っているわけではない。わからないものはたくさんある。見えないものは、いくらでもある。

　カーペットを敷いた床に寝ころんだ。クッションを枕に仰向《あおむ》けになって、窓の外に目をやった。この角度だと向かいの家は消えて、空だけが見える。降りつづく雨は、水の中で身をくねらせる小魚のように、空から落ちてくる途中、一瞬だけ銀色に光って消える。それが延々と繰り返されるのをぼんやりと見つめているうちに、いまになって眠気が襲ってきた。

雨が降る。雨が降りつづく。静かな朝だ。静かな街だ。だが、静かというのと平穏で平和というのとは違うんだと、この街に移り住んで知った。

ローンを背負った。香奈恵はいまの暮らしをとても喜んでいる。おそらく、私たちはもう引っ越しをすることはないだろう。この街の、この家で、私たちは晴彦を育てる。育てるっていうのはヘンだな、赤ちゃんや幼い子どもじゃないんだしな、と笑った。まぶたが重い。頭がぼうっとする。

中学生や高校生の子どもと親の関係は、どう呼べばいいのだろう。面倒を見る、というのもヘンだ。世話をする、も違う。メシを食わせてやる、学校に通わせてやる……そうじゃないよな、と目をつぶる。

見守る――？　評論家のようなきれいごとだ。

見張る――？　嫌な言葉だ。

わからない。父親として晴彦にしてやれることはなんだろう。なにをしてやらなければいけないのだろう。なにができるのだろう。なにをするために、私は晴彦の父親になったのだろう。

私が中学生だった頃、父は自分が父親であることをどう思っていたのだろう。なにも考えていなかったような気がする。働いて、家族の生活を支えるための金を稼げば、それで役目は終わりだと思っていたのかもしれない。シンプルな時代だったということなのだろうか。子どもの人生の始まりからずっとそばにいた父親なら、みんな同じなのだろうか。

私はなぜ、ここにいる。もしも人事異動で地方の支店に転勤になり、単身赴任をすることになったら——月々の生活費さえ振り込んでもらえるのなら、香奈恵と晴彦の毎日はなにも変わらないのだろうか。だとすれば、ほんとうに、私はなんのために、ここにいるのだろう……。

ひとの気配を感じて、はっと目を開けた。

戸口に晴彦が立っていた。

「お母さんが、これ……持って行け、って」

折りたたんだブランケットを持っていた。

「さっきお母さんがちらっと覗《のぞ》いたら、お父さん、昼寝してたから、風邪ひいたらいけないから、って」

体を起こした。ただ目を閉じていただけだと思っていたが、すうっと眠り込んでしまったのだろう。

晴彦は戸口に立ったまま手を伸ばして、ブランケットを差し出した。

「いいよ、入ってこいよ」

不意をつかれたぶん、かえって自然に言葉が出てくれた。

「いいんですか？」

晴彦の声がはずんだように聞こえたのは、まだ頭が半分眠っているせいなのだろうか。

「勝手に入っていいんだぞ、ここはみんなの部屋なんだから」

ほら、入りなよ、と手招くと、晴彦は遠慮がちに、けれど確かにはにかみながら、足を踏み入れた。

ブランケットを受け取るのと引き替えに、枕にしていたクッションを晴彦のそばに置いて、「座るか？」と声をかけた。

晴彦は拒まなかった。嫌な顔や困惑した顔にもならなかった。またはにかんだ笑みを浮かべ、クッションの上に膝《ひざ》を抱いて座る。興味深そうに部屋の中を見回して、「CD、すごくたくさんあるんですね」と言う。

「好きなのがあったら持って行っていいんだぞ」

「いいんですか？」

「引っ越すときにも言っただろ？　ここは、いちおう俺の書斎だけど、みんなの部屋なんだし、CDや本もみんなのものなんだから、って。遠慮しなくてもいいんだよ」

「はい……」

「最近の音楽はないけど、ちょっと古いやつでも、カッコいいの、たくさんあるんだ。どんどん聴いて、自分の好きなのを見つければいいんだ」

「本もたくさんありますね」

「読んでいいんだぞ、ぜんぶ」

ありがとうございます、と晴彦は笑う。いつもと同じ、きれいに整った笑い方だった。ていねいな言葉づかいと同じように、なにかお手本を見て練習したような笑顔だ。

私に気をつかっているから、そんなふうに笑うのだと、最初は思っていた。時間がたって距離が縮まれば、もっと素直に笑ってくれるだろう。そう信じていた。

だが、いまは——それが信じ切れなくなってしまった。そつのない笑顔の奥に隠れているものが、なにかある。敬語をつかって覆い隠しているものが、確かに、ある。

「晴彦くん」

「はい？」

「『少年ファイアー』の今週号、もう読んだの？」

晴彦は整った笑顔のまま、「はい」とうなずいた。「昨日、発売でしたから、すぐに」

「……高木くんに借りたのか？」

笑顔は、ゆがまない。こわばることすらない。

「はい、ゆうべも高木くんの家で勉強したんですけど、そのときに読ませてもらいました」

私は息を深く吸い込んで、言った。

「メモは、入ってたか？」

晴彦の笑顔は、変わらない。

「へえーっ、お父さんも知ってるんですか、メモの噂」

目を丸くして、背筋を伸ばし、「もう、そこまで広がってるんだあ」と言う。

「……上田祐太郎のことだから」

「ですよね、地元ですもんね」

なぜだ。なぜ、おまえは目をそらさない。なぜ、おまえはこんなに自然に——だからこそ不自然に、笑って、話すことができるんだ。

「入ってたのか？　今週号」

「無理無理、そんなの無理ですよ、『当たり』ってめったにないんです。今週号もだめでした。僕はそんなの全然楽しみにしてないんですけど、高木くん、がっくりきてました」

私はまた、さっきよりも深く息を吸い込んだ。訊かなければならないことを訊く。それは父親としての義務なんだ、と自分に言い聞かせた。

だが、その前に、晴彦は逆に私に訊いてきた。

「お父さんは信じてるんですか？　そのメモ、ほんとうに上田祐太郎っていうひとが書いてる、って」

「……いたずらだと思ってるけどな」

「でしょ？　僕もそうです。だって、そんなのありえないじゃないですか。でも、ゲームっていうか、シャレとしてはイケてるほうだから、面白いじゃん、って」

初めて、つるん、としていた晴彦の心にほころびが見えた。

笑顔にはあいかわらず隙がなかったし、まなざしが揺れ動いたりもしなかった。声も震えていないし、笑ったあとにぎごちなさも残らない。

それでも、感じた。心の中のなにかをあわてて隠そうとする手つきが、確かに覗いた。

「晴彦くん……高木くんって、二年三組にはいないよな」

笑顔が消えた。テンポ良く返ってきていた言葉が、止まった。

晴彦は黙って立ち上がる。座ったままの私を見下ろすような格好になって、いち、にの、さん、というふうに笑顔を浮かべた。

「お母さん、喜んでるんです。高木くんの話をすると、お母さん、すごく喜んでくれるんです。お母さんが喜ぶと、僕もうれしいんです、すごく」

それだけ言って、部屋を出た。言い訳や弁解ではなかった。晴彦は、静かに、おだやかに——私を、脅したのだ。

雨は土曜日の夜中にあがり、日曜日の朝は、目にまぶしいほどの青空が広がっていた。昨日の雨が埃《ほこり》を洗い流してくれたのだろう、家並みも道路も色がくっきりとして、庭に出て深呼吸すると朝の空気のうまさをひさしぶりに感じた。

早起きした香奈恵はキッチンにこもって、三人分のお弁当をつくっている。二階の晴彦もすでに目を覚ましているはずだ。さっきリビングの天井が小さく軋《きし》む音がした。

だから、庭に出た。深呼吸は朝の空気を吸うためだけではなく、昨日から胸の奥にずっと溜《た》まっているもやもやを吐き出すためでもあった。

庭からカーポートに回る。引っ越してから一度も乗っていない銀色のハッチバックは、うっすらと汚れている、ということにした。せっかくのドライブなのだから、出かける前に洗車をしたほうがいいだろう、ということにした。

家の中に戻って、玄関からキッチンに声をかけた。

「ちょっと、車を洗ってくる」

卵焼きの甘い香ばしさと一緒に、香奈恵の「そこまでしなくてもいいんじゃない？」という軽い声が返ってきた。

「うん、でも……かなり汚れてるんだ。あと、ついでにオイルも交換したいから」

「じゃあ、なるべく早く帰ってきてね。もうお弁当できたし、晴彦も起きてきて、いま顔を洗ってるから」

洗面所は玄関からは見えないが、確かに水音が聞こえる。

「二十分ほどで帰ってくる」

香奈恵の返事を待たず、靴箱の上に置いてある車のキーを手に、また外に出た。逃げるように――とは、思いたくなかった。

バス通りにあるガソリンスタンドまで、ふだんはめったに点けないラジオを聴きながら車を走らせた。音が欲しい。音楽よりも、たあいのないおしゃべりの声がいい。

昨日は夕方まで書斎で過ごした。ヒーリングや安眠効果を謳《うた》ったモーツァルトのＣＤ

を小さな音で流しながら、ぼんやりと眺めているだけですむ野生動物や宇宙の写真集をめくって、まどろんでは目を覚まし、また目をつぶってうとうとするのを繰り返した。

　壁一枚隔てて、晴彦がいた。昨日はどこにも出かけずに中間試験の勉強をしていた。きっといつものようにイヤホンをつけているのだろう、部屋から物音はほとんど聞こえてこなかった。

　一階でかたづけものをしていた香奈恵は、ときどき二階に上がってきて晴彦の部屋を覗き、私の書斎に顔を出した。特に言葉を交わすわけではなくても、目が合うと、うれしそうに、幸せそうに微笑んで、また階下に戻っていった。

　夕方になって香奈恵が買い物に出かけると、家には私と晴彦だけになった。すぐそばにいた。ドアを開ければ晴彦の部屋に入っていける。壁を叩《たた》けば音が伝わる。耳をそばだてるだけでも、気配は感じ取れる。それでも、晴彦は遠かった。私たちは、こんなに近くにいるのに、どうしようもないほど離れていた。

　うたた寝は、ちっとも心地よくなかった。ほんの数分まどろんだだけで、寝汗をじっとりとかいてしまった。

　なにをやってるんだ——。

　自分を責めた。晴彦は嘘をついている。私と香奈恵に隠し事をしている。それを本人も認めている。

　なのに、なぜ、おまえはなにもできないんだ——。

怖かったのだ。悔しく、情けなく、なにより悲しい話だが、そうとしか言いようがない。

私は怖い。晴彦のことが、怖い。

夕食は家族そろってとった。香奈恵は食べきれないぐらいのごちそうを食卓に並べ、トーク番組の司会者のようによくしゃべり、よく笑った。晴彦も口数こそ少なかったが、あいかわらず隙のない笑顔を私に向けていた。

高木くんの話も出たのだ。香奈恵が「いつも高木くんちにお邪魔してるんだから、たまにはウチに来てもらったら？」と言うと、晴彦は「うん、じゃあ今度訊いてみる」と答えた。なんのためらいも、ぎごちなさもなかった。答えたあと、私を見て、ふふっと笑う。その笑顔も、なにかのお手本のように整っていた。

「明日は晴れるみたいだから、ドライブに行くからね」

香奈恵が言うと、晴彦は「三人で？」と訊き返した。

「そうよ、だって旭ヶ丘に引っ越してきてから初めてでしょ、家族でどこか行くのって」

「あ、そっか、ほんとだね」

「用事ないんでしょ？」

「うん、まあ……」

多少は戸惑っている様子だったが、嫌がっているふうには見えなかった。

私は思わず言った。

「テスト前だから、まずいかな？」

晴彦はすぐに「平気ですよ、今日たくさん勉強したから、どうせ明日は休もうと思ってたんです」と答えた。困惑はきれいに消えていた。私の一言で、逆に余裕が生まれたかのようだった。だから、怖い。とにかく怖い。それも、目の前にはっきりとした恐怖が迫っている怖さではなく、もっとあやふやで、おぼろげで、目に見えない霧がまとわりつくような怖さだ。

中学二年生だ。十四歳だ。男子だ。少年だ。

思いだせ。私自身が中学二年生で、十四歳で、少年だった頃――「わかるわかる、俺もガキの頃はそんな感じだったよ」とうなずいて、笑え。それができないから、街路樹のイチョウが色づいたバス通りを走りながら、私は思うのだ。

ほんとうは、上田祐太郎のことがなかったとしても、出会った最初から、私は晴彦のことが怖かったのかもしれない。

車を洗車機に入れている間、ガソリンスタンドのロビーで缶コーヒーを飲んだ。ふだんはブラックしか飲まない私が、カフェオレを選んだ。甘いものが欲しい。舌にも胃にも優しいものが飲みたい。疲れているのだろう。

ガラス張りのカウンター席に座り、ゆっくりと往復する洗車機のモップの動きを見るともなく見ていたら、給油所にワゴン車が入ってきた。ボディーに、私たちにいまの家を仲介した不動産会社の社名が記されている。もしかしたら、と思っていたら、予想が当たった。店員と話しながら車を降りてきたのは、川島くんだったのだ。

川島くんも私に気づいた。あ、どうもどうも、ごぶさたしてます、という声が聞こえてきそうな愛想の良い笑顔で私に会釈して、そっちに行きます、とロビーを指差して足を速めた。

正直に言って、いまは誰とも話す気分になれない。だが、川島くんなら、たとえ噂話の又聞きであっても、上田祐太郎の消息を知っているかもしれない。

カフェオレを啜《すす》る。口の中に広がるミルクのにおいが急にわずらわしく感じられた。

「いかがですか、ご新居の住み心地は」

カウンターの隣に座った川島くんに訊かれ、「悪くないよ」と答えた。

「実際にお住まいになってみると、いろいろと不都合も出てくるかもしれませんが、その際はご遠慮なくおっしゃってください。ウチの会社、メンテナンスやハウスクリーニングの部署もありますので」

よろしければパンフレットだけでもお渡ししておきましょうか、と分厚いブリーフケースの蓋《ふた》を開けかけるのを、そのときになれば連絡するよ、と制した。

「まあ、でも、おかげさまで旭ヶ丘の物件はだいぶ動いてるんです。こういうこと言っちゃいけないんですが、相場も右肩上がりなんです。その意味では、清水さん、いいタイミングでお買いになったと思いますよ」

「上がってるっていっても……もともとが安かったんだろ？」

軽くカマをかけると、川島くんは、ああアレですね、と苦笑いで応《こた》え、逆に私に訊いてきた。

「息子さん、旭ヶ丘中学ですよね？」

「……うん」

「学校ではあの事件、どんなふうに伝説になってるんでしょうね」

「……さあな」

「なにか息子さんから訊いてません？」

黙ってかぶりを振った。ヤブヘビになってしまった。

だが、「そうですか……」とうなずく川島くんの相槌《あいづち》も微妙にくぐもった。横顔に迷いやためらいが浮かぶ。ペットボトルのウーロン茶を一口飲むしぐさは、まとまらない考えを整理しているようにも見えた。

「清水さん、ひとつお願い事をさせてもらってもいいですか」

「……なに？」

「息子さんの学校で、あの事件の噂が流れたら、なんでもけっこうですから教えていただきたいんです。僕たちも仕事柄、旭ヶ丘の動きといいますか、あそこでなにがあった、どんなひとが引っ越してきたっていうのは、噂のレベルも含めてチェックしてるつもりなんです。ただ、おとなの社会に流れる噂と、子どもの社会に流れる噂って、微妙に違うんですよ」

川島くんは両手を顔の前で上下にすれ違わせて、「海の深いところって、浅いところとは違う海流があるっていうじゃないですか。それと同じです」とつづけ、「で、ミネラルとか栄養分は、じつは深海の水のほうにたっぷり含まれてるわけです」と笑った。

だから知りたい、と川島くんは言う。

「なんといっても、事件の現場は学校の教室なんですから。何年たってもまっさらな無関係になるっていうのはありえませんよ」

海流のたとえが頭に残っていたせいだろうか、無人の教室の床を、目に見えない霧が流れていく光景が浮かんだ。

「じつはですね、旭ヶ丘の物件を紹介させていただいたお客さんの中にも、そこのところを心配なさってるひと、多いんです。ちょうど、ほら、上田祐太郎がシャバに出てきてるはずですから」

霧は、教室を出て、廊下を進む。まるで大蛇が身をくねらせるように。

「清水さんもご存じだと思うんですが、先月……ちょっと嫌な事件があったでしょ、旭ヶ丘で」

「犬が殺されたこと?」

「自治会の回覧板にも出てましたよね」

「うん……」

「あと、これはまだお客さんにはいっさい伝えてないんですが、上田祐太郎を見かけたとか、街を歩いてるのを見たとか、そんな噂も流れてるんです」

廊下を進んだ霧は、階段を下りていく。校内は無人だ。夜だ。暗闇の中、非常口の緑色の明かりが、なぜだろう、くっきりと浮かび上がっていた。

「それと、清水さんはマンガなんてお読みにならないかもしれませんが……」

「『少年ファイアー』のこと？」

「……ご存じだったんですか」

「息子から聞いたよ」

「ですよね、やっぱりそうですよね、こういうのって中学生がいちばん早いんですよ、早くてディープなんですよ」

霧は校舎の外に出た。誰もいないグラウンドの先に、旭ヶ丘の街並みが広がる。街灯の光が見える。窓に明かりの灯《とも》った家も多い。なのに、そこにひとが暮らしているという感じがしない。校舎やグラウンドよりもむしろ街のほうが、がらんとしている。

「なんでもけっこうですから、いろいろ教えてください」

上田祐太郎からの手紙が学校に届いたことは、もちろん、言うつもりはない。

それでも、「お願いします」と頭を深々と下げられると、「わかった」としか言えなかった。「なにかあったら連絡するよ」

川島くんは名刺の裏に携帯電話の番号とメールアドレスを書いて、私の前のカウンターに置いた。

「メンテナンスやハウスクリーニングのこと、必要でしたらいつでもお声をかけてください。見積もりは無料ですし、僕のほうでもいろいろ値引きのルートはありますから」

私は黙ってカフェオレを啜る。皮肉なものだ。いまはブラックの苦みが恋しい。

「でも、いいですね、清水さん」

「なにが？」

「だって、『少年ファイアー』の話とか、息子さんが教えてくれたわけでしょ？　親子の会話があるってことじゃないですか。いまどき珍しいですよ、そんなの」

私はまたカフェオレを啜る。甘ったるい。もっと苦いものが欲しい。それも、舌が縮んでしまいそうなほど、うんと苦いものが。

目に見えない霧は、中学校のグラウンドから街に広がって、消えた。


国道の交差点にさしかかる手前で、車をバス通りの路肩に寄せて停めた。

「どうする？」

助手席の香奈恵に訊いた。交差点をまっすぐに抜ければ、駅を通って湾岸の工業地帯に出る。右に曲がって小一時間も走れば、もっと水のきれいな砂浜の海に着く。左に曲がれば、車は都心に向かうことになる。

家を出るときには決めなかった。「ちょっと車に乗ってみて、そこから気分で決めよう」という私の発案を、香奈恵はゲーム気分で面白がってくれた。行き先はどこでもよかった。とにかく、この街の外に出ることだけ考えていた。

「まっすぐ行くと工場しかないんでしょ？　せっかくお弁当をつくってきたんだから、もっと景色のいいところにしない？」

「でも、海沿いに少し行くと海浜公園もあるぞ。水族館とか、人工のなぎさとか、いろいろあるみたいだけど」

「あ、そうか……それもいいね」

「右に曲がると、ほんものの砂浜だけどな」

漁港もある。新鮮な魚介類が格安で買える魚市場もあるし、土産には干物だってある。私が手短に説明すると、香奈恵はまた迷い顔になって、「そっちもいいなあ」と笑った。

「左に曲がっても、けっこういろいろあるんだ」

すぐに高速道路に乗れば都心までは三十分ほどだし、国道をのんびり走るのなら、アウトレットモールで買い物をして、森林公園で弁当を広げることもできる。香奈恵はどの選択肢にも興味を惹かれて、「うーん」と苦笑交じりに首をかしげ、顔を後ろに向けた。

「晴彦はどれがいい？」

どこでもいい――と、答えの見当はついていた。そのときの隙のない笑顔も思い浮かんでいた。ところが、晴彦はリアシートから身を乗り出して、「行きたいところ、どこでもいいの？」と香奈恵に訊いた。

「うん、いいわよ、どこ？」

「……道、Uターンしなきゃいけないけど」

「かまわないかまわない、そんなのは」と私は言った。「家に帰っちゃうってのは『なし』だけどな」――ほんの少し、本気で案じながら、笑った。

晴彦は笑い返して、意外な街の名前を口にした。

「富士見台に行ってみたいんです」

どくん、と胸が高鳴る音が重なって聞こえた。一つは私の体の中から、そしてもう一つの音は、左隣の助手席から。

「なんか、懐かしくて、行ってみたくて」

晴彦は笑顔のままで言う。香奈恵は黙り込んだ。横顔がこわばっているのがわかる。

「……弁当を食べる場所なんてあるかな」

私の声も、喉《のど》の奥から絞り出すようなものになった。

「食べなくていいですよ。どうせ行って帰るだけなんですから」

晴彦は軽く私に言ってから香奈恵に向き直り、「弁当、ウチに帰ってから食べようよ」とつづけた。香奈恵の返事はない。怒ったり腹を立てたりというのではなく、忘れかけていた記憶が不意によみがえり、身も心もすくんでしまったのだろう。そして、そんな香奈恵の胸の内も、晴彦は読み取っていた。

「お母さんは嫌だと思うけど、このまえからずっと行ってみたかったんだ、僕」

どうして、と私が横から訊くと、「だって、このままだと逃げたままじゃないですか」と言う。「そういうのって、お父さんもよくないと思いませんか？」

「……富士見台に行って、なにするんだ？」

「なにもしません。でも、行きたいんです。だって、あそこは小学生になる頃からずっと住んでたんですよ。いろんなことがあったけど、引っ越しちゃって、そのまま一生逃げてるって、嫌じゃないですか」

晴彦は淀《よど》みなく言って、「もしお父さんやお母さんが嫌だったら、僕、一人で電車に乗って行きます」と付け加えた。

「いや、でも、晴彦くん、それは……」

「わかってます、お母さんの気持ちも、お父さんの気持ちも。だから、一人でいいです。電車のお金も持ってるから、駅で降ろしてくれれば、あとはもう平気だし、そこのバス停からバスでもいいですから」

口調はどこまでもなめらかで、笑顔は絶えることがない。あの街を訪ねたいという思いにも筋道がまっすぐに通っていて、たとえば晴彦が知り合いの息子だったとすれば、私は大きくうなずいていただろう。いいことじゃないか、そうだよ、たとえつらい思い出がたくさんあったとしても、あの街で生きてきた年月を自分で否定するのは、もっとつらくて寂しいことなんだから……。

だが、父親として聞く晴彦の言葉は、正しすぎる。父親の目に映る晴彦の笑顔は、かたちが整いすぎている。

「駅までバスで行きます、やっぱり」

ドアを開けかけた晴彦を止めて、香奈恵に「どうする？」と訊いた。

香奈恵はこわばった顔のまま、「ごめん、ちょっと気分が悪くなっちゃった……」と細い声で言った。

「いいよ、一人で行くから」

晴彦が、いたわるように言う。「お母さん、ごめんね、ヘンなこと言い出して」と申し訳なさそうにつづける。

私は香奈恵からも晴彦からも目をそらし、車のハンドルを握り直して言った。

「俺が一緒に行く」

サイドブレーキを解除して、ウインカーを右に出しながら香奈恵に声をかけた。

「悪いけど、家で休んでてくれ」

香奈恵よりも、むしろ晴彦の反応をうかがった。ルームミラーに晴彦が映る。目が合った。笑顔はくずれない。

「じゃあ、お父さんと二人でドライブってことですね」

「……嫌かな」

「そんなことないです。初めてだから、うれしいです」

声も揺るがない。私は黙って車をUターンさせた。

「ねえ、これって意外とラッキーな展開なんじゃない？」

玄関で香奈恵は言った。まだ動揺が消えたわけではなかったが、「わたしがいないほうが晴彦もあなたとしゃべりやすいと思うし」と、なんとか気を取り直して、今日のドライブを前向きにとらえようとしている。

そうだな、と私も笑ってうなずいた。車で待っている晴彦は、私や香奈恵にうながされる前に、自分から助手席に移っていた。

「お弁当、いちおう持って行けば？　富士見台って公園もけっこうあるし、私のお昼は適当にウチでつくるから、二人で外で食べればいいんじゃない？」

そうするよ、といったん車から持ち出した弁当の袋を提げ直した。

「それでね……もしも、万が一なんだけど、もしも、富士見台で同級生の子にばったり会ったりして、なにか嫌なことされそうになったら……」

「わかってる」

「……お願い」

「心配しないでいいって。ちゃんと守る。なにがあっても、守ってやるから」

私は晴彦の父親なのだ。「父親なのだ」と自分に言い聞かせなければ実感できない関係でも——父親なのだ。

車に乗り込んだ。

「弁当……やっぱり、向こうで食べよう」

晴彦は「はい」と笑ってうなずいた。

香奈恵は玄関の外で手を振って、私たちを見送ってくれた。晴彦は手を振り返して応え、車が走りだしてから、ぽつりと言った。

「お母さん……富士見台って、ずっとトラウマになってるんですね」

観察の結果を伝えるような落ち着いた口調だった。冷たい声にも聞こえたし、突き放しているようにも、哀れんでいるようにも聞こえた。

「そりゃあそうさ、あれだけ苦労してきたんだから」

私の声は、もしかしたら、晴彦をたしなめるように聞こえたかもしれない。

晴彦はなぜか、ふふっと笑って、ポケットからイヤホンを取り出しながらつづけた。

「高木くんのこと、お母さんに黙っててくれて、ありがとうございます」

「いや、それは……」

「でも、これからも、お母さんにはよけいなこと言わないほうがいいですよ。お母さんって、けっこう精神的にもろいんで」

「よけいなことかどうかって、俺にはよくわからないけどな」

せめてもの、逆襲にも反論にも、皮肉にすらならない言葉を返した。すると晴彦はまた、ふふっと笑って、「僕のこと、ぜんぶです」と言った。

イヤホンを耳に入れる。ポケットを探って、プレーヤーの再生ボタンを押し込む。私にそっぽを向くように助手席の窓を見つめ、あとはもう、なにも話しかけてこない。

車はバス通りに出た。さっきは一気に下っていった坂道の途中で交差点を曲がった。

旭ヶ丘から富士見台までは、鉄道なら何度も乗り換えなければならないが、道路なら意外と近く、車で三十分も走れば着く。中学生の足なら、自転車を飛ばして出かけることもできるだろう。ふと思い、晴彦をちらりと見て、アクセルを踏み込んだ。

カーナビの指示に従って往復四車線の道路から二車線の旧街道に入ると、空が急に狭くなった。道の両側にビルや家が建ち並び、信号が増えた。右折する車や、左折して大型店舗に入る車、脇から合流してくる車も多い。

私は何度もブレーキをかけ、車道を走る自転車にひやひやしながら、車を走らせた。それでも、その雑然とした風景や時間が、なんともいえない安堵感を私に与える。旭ヶ丘ではめったに見かけないトラックやダンプカーの巨体が、うっとうしくはあっても懐かしい。ロードサイドの安売り店のけばけばしい看板や、電柱に結わえ付けられた不動産物件の捨て看板が、ふだんなら顔をしかめさせるだけなのに、いまはむしょうに、私をほっとさせる。

旭ヶ丘は美しすぎる。静かすぎる。綿密な都市計画と厳しい規制によって住環境を守られたあの街には、はみ出すものや欠けているものがない。すべてが輪郭どおりにきれいに塗り分けられて、ほつれた糸の一本すら見あたらない。

失敗した。引っ越す先をもっとよく考えればよかった。富士見台から離れられれば、どこでもよかったのだ。もっと下町ふうの古びた街でも、小さな商店や工場と住宅が入り交じる街でも、鉄道の踏切の音が聞こえる街でも、夜中にトラックが行き交う轟音《ごうおん》が聞こえる街でも……ほんとうに、どこでもよかったのだ。

旭ヶ丘を選んだのは私だ。閑静な街並み、成熟の街、理想的な環境、そんな言葉に惹かれた。庭付きの一戸建てというのも大きな決め手になった。

なにを思い描いていた。どんな暮らしを想像していた。浮かんでくるのは、それこそ不動産の広告に出てくるような家族三人の笑顔だけだった。そんなのは広告用のつくりものだということぐらい、ほんとうはわかっていたはずなのに。

間もなく目的地周辺です——。

カーナビの音声どおり、見覚えのある建物が増えてきた。あとはもう、案内なしでも走れる。

ずっと音楽を聴いていた晴彦も、私がカーナビのスイッチを切るとイヤホンをはずし、軽く伸びをした。

「思ったより近いんですね」

「ああ、直線距離なら二十キロほどだから」

「そっか、だったら自転車でもがんばれば行けちゃうんだ」

私がちらりと思ったことを、晴彦は屈託なく口にして、「自転車なら往復で半日ってところですか？」と訊いた。

「そんなにはかからないだろ、行って帰るだけなら三、四時間ですむんじゃないかな」

晴彦は「そんなものですか」と拍子抜けしたように返し、ふふっ、とくすぐったそうに笑った。「やっぱり、そういうのって、お母さんと違うんですね」

「なにが？」

「お母さんって、自転車とか車とかの時間の計算って、全然できないんですよ。方向音痴なところもあるし、地下街の出口とか、案内板を見てるのに間違えちゃうんです」

わかるわかる、と私も笑ってうなずいた。香奈恵には確かにそういうところがある。派遣社員で私のオフィスにいたときも、難しい仕事をそつなくこなしながら、簡単なお使い事を頼むと、地下鉄の乗り継ぎを間違えたりエレベータホールがわからなくなったりして、ときどき迷子になってしまうことがあった。しっかりしているようで、頼りない。私はたぶん、最初はその頼りなさに惹かれたのだ。

「どうだ、やっぱり親父がいるっていいもんだろ」

私は言った。冗談めかして恩着せがましい口調にした。

晴彦は、「ですね」と素直に応えてくれた。距離が一歩だけでも縮まった、と思いたい。

「どこに行く？　もうすぐ団地だし、その先を曲がったら学校じゃないかな」

「団地でいいです」

「中まで入るのか？」

「いえ、外から、ちょっと見るだけでいいんです」

それより、と晴彦は言った。「トイレ行きたくなっちゃったんで、団地の前のコンビニで停めてもらえますか。車の中で待っててください、すぐ帰ってきますから」

「じゃあ、ファミレスで、なにか軽く食べるか？」

「ううん、いいです、ほんと、コンビニで」

私は「わかった」とうなずき、晴彦は「すみません」と笑って、そこから先はコンビニに着くまで、香奈恵の失敗談で盛り上がった。私が会社にいた頃の香奈恵の話を教えると、晴彦は「わかるなあ」「それ、けっこう意外です」と一つずつきびきびと反応して、お返しに、「小学生の頃にはこんなこともあったんですよ」「お父さんも聞いてるかもしれないんですけど」と私と出会う前のエピソードをいくつも話してくれた。

香奈恵が言っていたとおり、二人きりでいたほうが話がはずむ。距離が縮まる。胸が隅から隅まですっきりしたわけではなかったが、澱《よど》んでいたものがだいぶ消えた。

コンビニの前で車を停め、晴彦を待っている間も、私の頬はやわらかくゆるんでいた。なかなかいいじゃないか、こういうの。仕事中ならネクタイをゆるめて、ふーう、と大きく息をつくところだ。

晴彦がコンビニから出てきた。前の学校の知り合いには出くわさなかったようだ。私と目が合うと、足を速めて車に向かう。

「すっきりしたか？」

そういう言い方は嫌がるかなと案じながら声をかけたが、晴彦は「はい」と笑って、シートベルトを締めながら「じゃあ、団地までお願いします」と言った。

頬がかすかに上気しているように見えた。急いで出てきたせいだろう、と思っていた。

ほんとうの理由を知ったのは——もう少しあとになってから、だった。

団地の外に停めた車から、晴彦は自分の住んでいた棟をじっと見つめた。なにを思っているのだろう。どんなことを思いだしているのだろう。声をかけるのをためらっていたら、晴彦は団地に目を向けたまま、自分から口を開いた。

「お母さんも、僕も、ここにいた頃、ほんとにキツかったんです」

「うん……わかるよ」

「中学に入ってから、お母さん、笑ったことってほとんどなかったんです」

晴彦は少し間をおいて、「僕も」と付け加えた。言葉よりも、その前の沈黙に、悲しみと怒りが溶けていた。

「その前の、離婚するまでも……」

「晴彦くんは覚えてるのか？」

「なんとなく、ですけど。怖かったんです。暴力はぎりぎりふるわれなかったんですけど、その前のところで、とにかく怖くて……大声を出したり、いきなりテーブルの上の物をなぎ倒して、壁を殴ったり、コタツを蹴ってひっくり返したりして……とにかく怖かったことだけ、怖くて怖くてどうしようもなかったことだけ、いまでも忘れてません」

　父親のことは、私はほとんどなにも知らない。詳しいことは香奈恵も教えてくれない。昔を思いだすだけでも身震いがするらしい。

「お母さんって、なんか、ずーっと不幸だったんだなあ、って……」

　私はなにも応えられない。香奈恵よりも、母親のことをそんなふうに思いやる晴彦に、たまらないせつなさを感じた。だから、言葉と口調と表情を慎重に選びながら、言った。

「高木くんのこと……お母さんを安心させたかったのか？」

　晴彦は、そうだとも違うとも言わず、団地を見つめる。

「高木くんと勉強してるっていう時間、どこでなにをやってるんだ？　一人で勉強してるんだろ？　ファミレスに行ってるのか？」

「高木くんと会ってるんです」

「でも……」

「高木くんは、いるんです」

「いや、ちょっと待てよ……」

「お父さんの思ってるような友だちじゃないんです。でも、高木くんはいるんです、旭ヶ丘に」

言葉に詰まる私に背中を向けたまま、晴彦は「お母さんが心配するから、なにも言わないでください」とつづけ、さらに言った。

「お父さんがよけいなことを言って、お母さんがまた笑えなくなったら……僕、お父さんのこと、殺します」

コロシマス。

軽く、さらりと、けれど間違いなく、確かにそう言った。言葉だけでなく、息も詰まる。胸と喉が締めつけられる。

「僕、いじめに遭ってるとき、『殺す』って何度も言われたんです。実際に殺されるって思ったことも、たくさんあります。前の父親も、僕のこと、死ねばいいと思って、殺すと自分が捕まるから、できれば僕が恐怖でおかしくなって死んじゃえばいいと思って……それを狙って、脅して、おびえさせて、追い詰めて……だから、あんなに怖かったんだと思うんです」

でも、と晴彦は言った。

「殺すときは、黙って殺せばいいんですよね」

肩の力の抜けた、ふわっとした、微笑み交じりの声だった。私を振り向いて、「駅のほうにも回ってみたいから、連れて行ってください」と言う顔も、笑っていた。

休日のドライブは、思いがけないところで、あっけなく終わった。駅前の交差点で信号待ちをしているとき、晴彦は不意に「僕、やっぱり帰りは電車にします。お母さんには適当に言っといてください」と言って、車を降りてしまったのだ。

「お母さんを心配させないでくださいね」

その一言を残してドアを閉め、困惑する私にぺこりと頭を下げて、車の入れない狭い路地に駆け込んでしまった。

車は詰まっている。信号は青に変わった。だが、追いかけることができなかったほんとの理由は——怖かったのだと、思う。

さっきのコンビニに寄った。晴彦がいなくなってからようやく、そうか、と気づいた。コンビニには『少年ファイアー』がある。

雑誌コーナーに向かう。私の形相にただならぬものを感じたのだろう、立ち読みをしていた若い男は逃げるように身を退《ひ》いた。

三冊積まれた『少年ファイアー』のいちばん上の一冊に、メモが挟んであった。

〈許さない〉

パソコンの文字で記されていた。

第八章　七年前

渡された名刺には、肩書きはついていなかった。「沢井《さわい》良樹《よしき》」という名前と連絡先だけの、シンプルだが紙質もデザインも品のいい名刺だった。

もっとも、名刺をもらわなくても顔と名前は知っていた。作家だ。私と同い年という興味もあって、二、三冊文庫で読んだこともある。どれも家族や親子を描いた短編集――それが作家としてのテーマなんだと語っていたインタビュー記事も、どこかで目にした覚えがある。

名刺と一緒に「もしよかったら、お暇なときにでも読んでください」と一冊の文庫本も渡された。

新作ではなかった。小説でもない。

「四年前の本ですが、もう絶版になって、新刊の本屋さんでは手に入りませんから」

「絶版なんですか？」

私たちを引き合わせた内藤先生が、意外そうに訊《き》いた。

「ええ」沢井は苦笑してうなずいた。「こういうのは、単行本で瞬間最大風速みたいに売れることはあっても、文庫の棚で何年も長く売れるわけじゃありませんから。旬のものです。単行本出版から三年たって文庫にしてもらう時点でも、出版社の営業サイドからは反対の声があがったんです。それを編集者ががんばって企画を通してくれたんですが、やっぱり、売れ行きは散々なものでした」

「旬のもの」という言い方に、自嘲《じちょう》めいた複雑な心理を感じた。不謹慎な言葉ではある。しかし、実感としてよくわかる。私だって、旭ヶ丘に引っ越して来なければ、あの事件のことはほとんど忘れ去っていたはずだ。

文庫本のカバーは、無人の教室の写真だった。黒板の端に〈七月一日（木曜日）〉という日付がチョークで書いてある。事件をにおわせるものは、その日付だけだった。『殺戮《さつりく》』というタイトルも、〈「木曜日の子ども」事件の深層〉という副題がなければ、ホラー小説かサスペンス小説と間違えてしまうかもしれない。

「単行本とタイトルを変えたんですね」

私が言うと、沢井は「読んでくださったんですか？」と少しだけ声をはずませた。

「すみません……読んだわけじゃないんですが、もっと派手っていうか、センセーショナルなタイトルだったような気がして」

それなりに話題になったのだ。七年前、事件の直後に刊行されたときには。

「これでしょ？」

内藤先生がバッグから取り出したのは、その単行本のほうだった。

タイトルは『少年はなぜ同級生を毒殺したか』という。わかりやすくはあっても、週刊誌の記事タイトルをそのまま使ったような安直なものだった。中学生らしい男女の写真のネガをコラージュしたカバーも、いかにも話題になっているうちに売ってしまおうというデザインだった。

沢井は忘れたい記憶を無理やり見せつけられたように顔をしかめ、内藤先生も「勝手に送りつけてきて……」と恨めしそうにつぶやいた。

「僕じゃないですよ、それは。担当した編集者が、取材させてもらったひとには全員送ったんです」

「取材を受けたわけじゃありません。家まで押しかけてきて、待ち伏せもして、コメントだっていいかげんなことばっかり……」

沢井はうつむいて、「申し訳ありませんでした」と謝った。

「沢井さんのことじゃないんです、ほかのマスコミの、いろんなひとたち」

「まあ、でも……僕も似たようなこと、いっぱいやっちゃいましたから」

沢井はそう言って、「総力戦でしたから、あのときは」と私に向き直った。「新聞もテレビも週刊誌も、お祭り騒ぎとしか言いようのない盛り上がりで追いかけてましたから」

私にもわかる。あれは確かに祭りだった。私たちは皆、テレビの画面や雑誌の誌面を通じて、旭ヶ丘を取り囲み、祭りを見つめていた。上田祐太郎に毒殺された九人の被害者をはじめとする事件の関係者は生け贄《にえ》だったのだろう。だが、生け贄は、誰に捧《ささ》げられたのか。あの祭りには「神」はいなかった。祭りを取り仕切った司祭は早々に姿を消してしまい、顔も名前も明かされることなく、高い壁の向こう側へ去ってしまった。

「七年なんですね、あれから」

沢井は顔をしかめたまま、それでも微妙に感慨深そうに二冊の本を見つめた。

「懐かしいなんて言っちゃいけないんですが、あれからいろんなことがあったなあ、ほんとに……」

単行本と文庫本の著者名は、沢井良樹ではなく、週刊誌の名前を冠した「特別取材班」になっていた。事件が起きた頃は無名のフリーライターにすぎなかった沢井は、その直後に新人賞をとって作家デビューをはたし、三年前にはそこそこ大きな文学賞を受賞して、いまでは中堅どころの作家になっている。

七年間という歳月は、それだけの長さだ。私だって、七年前には、自分が家族を持ち、中学二年生の少年の父親になるなんて、夢にも思っていなかったのだから。

内藤先生は単行本をバッグにしまいながら、ため息交じりに言った。

「読んでないんですよ、この本。いまでも絶対に読みたくない」

でも、ともう一度ため息をついてつづける。「どうしても捨てられないんですよ……」

七年間という歳月が短すぎるひとも、ここにいる。

沢井はなにかを嚙《か》みしめるようにうなずいて、居住まいを正した。

「お忙しいところ、すみませんでした」

私に小さく頭を下げる。

「いえ……こちらこそ……」

声がかすれた。コーヒーを啜《すす》り、咳払《せきばら》いをして、椅子に座り直した。

もう後戻りはできない。自分に言い聞かせた。私は七年前の事件に足を踏み入れる。

それはつまり、晴彦をめぐるもやもやとした不安に、形を与えることでもある。輪郭が見えることで、安心するのか。逆に、もはや逃げられないというのを見せつけられてしまうことになるのか。それはまだ、なにもわからない。

知ろう、と決めたのはゆうべのことだ。「木曜日の子ども」事件のことを、マスコミが報じたあらましではなく、もっと深く、わがこととして受け止めたかった。

そうしないと、私は晴彦とまっすぐに向き合えなくなってしまう。怖いのだ。二人で富士見台に出かけてから一週間、晴彦はあいかわらず帰りが遅い。ずっと高木くんと会っている。なにも知らない香奈恵は「よっぽど仲良しになったみたい」とうれしそうに私に言う。晴彦の態度も、いままでと変わらずにこやかで、愛想良く、私と目が合うと、きれいすぎる笑顔を浮かべる。だから、怖い。とにかく、むしょうに、怖い。いつも声がうわずってしまう。逃げるように目をそらしてしまう。そんな私のぎこちなさに、香奈恵もいつか気づくかもしれない。「ねえ、あなた、晴彦のことを避けてるの？　あの子のことが嫌いなの？」――もしも香奈恵に問いただされたら、私はどう答えればいいのだろう……。

ゆうべ、会社から内藤先生に電話を入れたのだ。事件のことをもっと詳しく教えてください、とすがるように訴えたのだ。

すると、内藤先生は「こういうことってあるんですね……」とため息をついた。

私の電話を受けるほんの少し前に、沢井良樹から電話がかかってきたのだという。

沢井も「木曜日の子ども」事件をあらためて調べはじめていた。事件直後の扇情的な記事を繰り返すのではなく、もっと深いところまで掘り下げた作品に——ノンフィクションよりもむしろ小説として挑みたい。そのために内藤先生に連絡をとって、「あらためてお話をうかがえませんか」と頼んできた。

一度は拒絶して電話を切ったものの、おそらく内藤先生も形のない不安に押しつぶされそうになっていたのだろう、「いま、迷ってたんです」と私に言った。

少年院を退院してからの上田祐太郎の消息や『少年ファイアー』のメモのことは、マスコミにいる沢井のほうが詳しいはずだった。それを聞くことで少しでも楽になるだろうかと思い直しかけたところに、私からの電話が鳴ったのだ。

「もし清水さんがよければ、三人で会いましょうか」

内藤先生の言葉に、私も「お願いします」と応じた。マスコミの人間に対する警戒心がまるでなかったと言えば嘘になるが、それ以上に、とにかく、いまの追い詰められた——しかも、追い詰めてくるものの正体がわからない状態から逃げだしたかった。

そして今日、火曜日の午後になって、内藤先生から連絡が来た。

「今夜、このまえ清水さんとお話ししたファミレスで、沢井さんに会うんですが……」

「うかがいます」と私は言った。


上田祐太郎の消息は不明だった。

「嘘じゃありません。どこのメディアも必死になって探していますが、まったく手がかりがないんです。少年院を出る前に顔の整形手術を受けたという説もあるんですが、とにかく警察のガードが堅くて、どうにもならないみたいです」

沢井は「信じてください」と念を押して、「ただ」とつづけた。

奇妙な手紙が、来た。出版社気付で、沢井に宛てて。

「差出人の名前は、もちろん上田祐太郎なんかじゃありません。上田が書いたのかどうかもわかりません。手紙の中身も、事情をなにも知らないひとが読んだら、ただのファンレターです。だから、先に開封した編集者もそのまま僕に転送してくれたんですが……」

沢井は手紙のコピーを私と内藤先生に見せてくれた。

パソコンで打った短い手紙だった。沢井さんの小説が大好きです、今度の新作も感動しました、これからもがんばってください、応援しています。確かにどうということのない文面だったが、最後の一行に私たちの目は吸い寄せられた。

〈沢井さんのファンは僕だけではありません。同級生の渡辺さんも、白石《しらいし》さんも、佐山《さやま》さんも、川添《かわぞえ》くんも、石田《いしだ》くんも、児玉《こだま》くんも、園部《そのべ》くんも、井《い》ノ原《はら》くんも、吉澤《よしざわ》くんも、みんな沢井さんの昔の作品が大好きです〉

「昔」という一言が、私には気にかかった。

だが、内藤先生は別の箇所で、私よりはるかに激しく動揺した。

「ここに出てくる名前、全員あの事件で亡くなった生徒さんです」

沢井が言うと、先生はわななくようにうなずいた。

「手紙の最後を、見てください」

〈七月一日（木曜日）午前十一時五十二分〉

事件の起きた日付だった。

「手紙が出版社に届いたのは九月になってからです。まあ、書いてから投函《とうかん》するまで時間がかかったんだと考えれば、考えられないこともありません」

相槌《あいづち》を打ちかけた私は、次の瞬間、はじかれたように顔を上げた。

沢井も、そうです、とうなずいてつづけた。

「今年の七月一日は、木曜日なんかじゃないんです」

さらに、文庫本のカバーを指差して――。

「じつは、この本、ひそかに凝ったところがあって……黒板の日付だけじゃないんですよ、事件に合わせたのは」

指差したのは、黒板の上にある時計だった。

「最初の被害者、川添くんが野菜スープを飲んで床に倒れた時刻です」

時計の針は十一時五十二分を指していた。

「もちろん、その時刻も、被害者の名前も、当時の新聞や雑誌を見れば誰にだってわかることです。タチの悪いいたずらだという可能性もないわけじゃない」

「ええ……」

「でも、事件をマスコミで知っただけの連中が、手紙を僕に送ってくることはありえないんです」

週刊誌の記事はすべて無署名で、単行本や文庫本にまとめたときにも「特別取材班」のメンバーは明かされていない。作家デビュー以前にこの事件の取材にかかわっていたということも、少なくとも沢井自身は一度も語ってはいなかった。

「考えられるのは、取材のときに名刺を渡した相手……要するに、事件の関係者だけなんですよ」

沢井は、テーブルに置いた手紙のコピーに、もう一枚のコピーを重ねた。封筒の表と裏——差出人の名前を目にした瞬間、背筋を冷たいものが滑り落ちた。

そこには、宛名と同じように、定規かなにかを使ったような不自然にまっすぐな文字で、〈高木俊介《しゅんすけ》〉と書かれていたのだ。

七年前――。

上田祐太郎は、給食の野菜スープが入った寸胴鍋《ずんどうなべ》に、二十数人分の致死量のワルキューレを混入した。二年一組の生徒は上田を含めて三十一人、担任の教師を加えれば三十二人だから、全員を死に至らしめることはできない。そして、もちろん、殺す相手と生かす相手を選《え》り分けることもできない。

ロシアンルーレットという表現が、『殺戮』の中ではつかわれていた。文中の人名や固有名詞はすべてイニシアルや架空の名前に置き換わっていたが、それを元に戻すと、こんな文章になる。

〈上田祐太郎は、同級生を使ってロシアンルーレットを楽しんだのだ。同級生の誰が死に、誰が一命を取り留めるか。誰が苦悶《くもん》の形相で息絶え、誰が心に深い傷を負ったまま生き残るか。同級生の一人は、生徒が次々に倒れる教室で、上田祐太郎がにやにや笑っているのを見た、と言う。別の同級生は、上田祐太郎が死者を数えるように指を動かすのを目撃しているが、さらに別の生徒は、その指の動きは、まるで合唱の指揮をとっているようだった、とも語っている〉

〈いずれにせよ、上田祐太郎にとっては、誰が死んでもよく、誰が生き残ってもかまわなかったわけだ。クラス内でいじめに遭っていたわけではない。折り合いの悪かった相手がいたという話もない。つまり、動機は怨恨《えんこん》や復讐《ふくしゅう》ではない。ただのゲーム、あるいは実験にすぎなかったのだ〉

〈上田祐太郎は、七月一日の凶行におよぶ以前から、同居している父方の祖母に対し、微量のワルキューレを食事に混ぜて投与していた。時間をかけて衰弱していく祖母の様子を観察しながら、狂気をじっと胸の奥で育てていたのである〉

〈警察に連行された上田祐太郎は、死者の数を知らされて、ぼそぼそとした声で「九人か……そんなものか、まあ」とつぶやいた。満足しているのでも悔しがっているのでもなく、なんの感情もない、冷たい口調だったという〉

〈同級生を使ったロシアンルーレットに誤算があったとすれば、死亡した九人の中に、上田祐太郎が一方的に思いを寄せていた渡辺真理子《まりこ》さんが含まれていたことだろう〉

〈一時は意識不明の重体に陥ったものの一命を取り留めた高木俊介くんは、記者の取材に悔し涙を流して答えてくれた。高木くんは上田祐太郎と小学生の頃からの友人で、自他ともに認める「親友」だったのだ。もちろん、高木くんは上田祐太郎が内に秘めていた狂気には気づいていなかった。上田祐太郎は「親友」すら欺いて、ゲームを完遂したのだ。高木くんは病室のベッドで「裏切られました」と言った。「僕はあいつを一生許しません」とも言った。だが、その怒りと悲しみは、「親友」の心には、おそらく届かない。入院した被害者の中に高木くんがいるのを知ったときも、上田祐太郎は眉《まゆ》一つ動かさなかったという〉

七年後――。

沢井良樹は手紙のコピーをじっと見つめて、『殺戮』には書いていなかったことを私たちに伝えた。

「取材班は六人で動いてたんですが、僕は裏スジを追ってたんです。万が一の話でも、可能性がないわけじゃない……そういう話です」

上田祐太郎は、はたしてワルキューレをぜんぶ使ったのか。まだ使われていないワルキューレがどこかにあるのではないか――。

内藤先生が抗議するような顔で言いかけたのを制して、沢井は「家宅捜索ではなにも出てきませんでした」と言った。「でも、彼の家になかったからといって、この世界のどこにもない、とは言い切れないんです」

「……別の場所に隠してある、ということですか？」

私が訊くと、沢井は「僕はそう読んで、取材をつづけました」と言った。

結果は、空振りだった。警察も厳しく取り調べたが、ワルキューレはすべて使い切ったという上田祐太郎の主張をくつがえすことはできなかった。

「でも、こういうことは考えられませんか？」

警察が決して疑わない人間がいるとすれば、それは誰か――。

警察が決して捜索をしない場所があるとすれば、それはどこか――。

「被害者です」

沢井は静かに、しかし強い口調で言った。

「もちろん、共犯というわけじゃありません。でも、たとえば上田祐太郎がひそかに、同級生の誰かの家にワルキューレを隠していたとしたら……それは誰にも見つけることはできないわけです」

内藤先生の横顔がこわばるのが、隣の私にもわかった。やめて……やめて……と小さく、うめくようにつぶやく声も。

だが、沢井は「妄想ついでに、もうちょっとしゃべらせてください」と話をつづけた。

「上田祐太郎の交友関係を調べてみると、彼が自宅に上がれるような間柄の子は、二人しかいないんです。ほかの子は友だちといっても学校で付き合うだけで、家まで遊びに行くような関係ではなかったらしいですから」

「……二人なんですか？」

私は念を押して訊いた。沢井は「ええ、二人です」とうなずく。

「一人は……高木俊介ですよね」

「そうです」

もう一度うなずいた沢井は、「高木くんの場合には、もしかしたら、ほんとうに妄想中の妄想だと思っていただいてもけっこうなんですが、彼は知っていたのかもしれない、という気もするんです」と言った。

「ワルキューレを隠されたことを？」

「それだけじゃなくて……計画も」

　まさか、と苦笑いでいなそうとしたが、頬がうまく動かなかった。

「もっと言えば、高木くんは共犯になっていたかもしれないという気もするんです」

　病室で高木俊介に話を訊いたのは、沢井自身だった。記事にまとめるときには伏せておいたが、ずっと——いまでも、気になっていることがある。

　裏切られた、一生許さない、と言ったときの高木俊介の顔と声には、ぞっとするような怖さがあった。理不尽な凶行に巻き込まれた被害者の怒りというより、もっと暗く重いものがまなざしの奥ににじみ、喉《のど》を絞ったうめき声には、死の淵《ふち》を覗《のぞ》いた恐怖よりも、もっとどす黒く濁ったものが溶けていた。

「あえて言うなら、彼はあんな目に遭っても、まだ上田祐太郎のそばに自分を置いて……」

　途中で沢井は言葉を切り、回りくどい言い方はやめます、とひとりごちて、つづけた。

「あれは共犯者の怒りのような気がしたんです」

　うつむいていた内藤先生の肩が、びくっと揺れた。

「もしかしたら……ほんとうは、あのロシアンルーレット、二人で仕掛けるつもりだったのかもしれない。でも、上田祐太郎は一人で勝手に、共犯のはずの高木くんまで被害者にして、ゲームをしてしまった……」

　だから——裏切られた。

　だから——許さない。

「あのときの高木くんの顔は、僕にはそんなふうにしか思えないんですよ」

「じゃあ……」私は震える声で言った。「もしそれがほんとうだったら……」

「彼は、まだワルキューレを持っているかもしれません」

晴彦の顔が、浮かんだ。七年前の上田祐太郎とそっくりだという晴彦の顔が——浮かんで、揺れて、砕けそうになった。

やめろ。自分に命じた。もう話を終えろ。これは沢井の妄想だ。作家の想像力がつくりあげた、でたらめな仮定の話だ。信じるな。乗せられるな。巻き込まれるな。だが、沢井は逆に、逃げるな、というようにコピーの〈高木俊介〉の文字を指差してつづけた。

「この手紙を、上田祐太郎と高木くんのどっちが書いたのかはわかりません。でも、二人のうちのどちらかだというのは、これは妄想よりもうちょっと確信を持って、思ってるんです」

手紙を受け取ってすぐ、高木俊介の家に連絡をとってみた。本人とも電話で話した。

「話したんですか？」

「ええ、ごくふつうにね。少なくとも電話の様子だと、僕に手紙を出したような気配はなかったし、上田祐太郎のことも、もう二度と思いだしたくないっていうふうに言ってました」

一瞬、安堵《あんど》した。だが、緊張がゆるんだところを狙い撃つように、沢井はつづけた。

「七年ぶりにいきなり電話したんですけど、すぐに僕のことを思いだしてくれたみたいで、それも、嫌な思い出につながってるはずなのに、妙ににこやかで、はきはきとして……まるで僕の電話がかかってくるのを、楽しみに待ってたような感じでした」

晴彦の顔が、また浮かぶ。きれいな笑顔だ、にこやかに挨拶《あいさつ》をする顔だ。

沢井は内藤先生をちらりと見て、「妄想はもうやめます」と言った。「でも、事実だけ、伝えさせてください」

沢井が電話を切る間際、高木俊介は言った。

内藤先生、旭ヶ丘中学に帰ってきたんですってね――。

内藤先生が、口元を手で押さえて席を立った。すみません、ちょっと気分が悪くて、と早口に言ってトイレに向かう。その背中を目で追った沢井は、ため息交じりに教えてくれた。

「彼女、こういうところの弱さはあの頃とちっとも変わっていません……」

トイレから戻ってきた内藤先生は、まだ顔が青ざめていた。「今日はもう帰りましょう」と沢井が言うと、ぐったりした様子でうなずき、運転を案じる私たちをせいいっぱいの笑顔で制して、自分の車で帰宅した。

私と沢井も、外の風に当たりたくなって、店を出ることにした。

駅へつづく道路を並んで歩きながら、沢井は、さっき中途半端なところで終わっていた話――上田祐太郎が家を訪ねる可能性のあった、もう一人の同級生の話を切り出した。

「じつは、『殺戮』では一箇所、あえて嘘を書いたところがあるんです」

渡辺真理子にかんするくだり、だった。

「本では上田祐太郎が一方的に彼女に好意を寄せていたって書いたんですが、取材をしてみると、たんなる片思いとは、ちょっと言えないような感じだったんです」

「……付き合ってたんですか？」

「いわゆる恋人だったかどうかはわかりませんが、少なくとも、二人で一緒に歩いてるところを見かけたひとは何人もいましたし、上田祐太郎らしい中学生の男子が渡辺さんの家に上がるところを見たっていう情報もありました」

ただし、両親はそれをいっさい認めていない。「一方的に」という表現も、代理人の弁護士を通じて強く求められたのだという。

「なにしろ彼女は殺されたわけですから、被害者であることは間違いないんです。だから、親御さんの立場や気持ちを思うと、こっちも突っぱねるわけにもいかなかったし、実際、確かな証拠があるわけでもないし……」

でも、と沢井は言った。ここからはまた妄想の範囲になっちゃうんですが、と前置きして、つづけた。

「もしも、二人がそういう関係だったんだとすれば、上田祐太郎がワルキューレを隠す場所は、もう一つ増えるわけです」

渡辺真理子の家——。

それはつまり、私たちの家――。

頭がクラッとした。足がもつれかけた。内藤先生のように倒れることができるなら、そのほうが楽になれるのかもしれない。だが、私は足を踏ん張り、こめかみに力を入れて、奥歯を噛みしめた。

倒れるわけにはいかない。逃げることも後戻りすることもできない。

私はもう、事件の当事者になっている。七年後のロシアンルーレットは、すでに始まっているのかもしれない。

七年前――。

〈十一時五十一分。給食の配膳《はいぜん》が終わり、給食当番が席につくと、日直がいつものように教壇に立って、「いただきます」の号令をかけた。唱和する生徒の声の中で、その日は不思議と上田祐太郎の声が甲高く耳に響いた、と生徒の一人は言っている。楽しそうな、はずんだ声だったらしい〉

『殺戮』の仮名やイニシアルを正しい名前に置き換えれば、事件の経緯は、こんなふうになる。

〈給食の始まりはふだんより少し遅れた。昼休みにサッカーをするのを楽しみにしていた男子生徒が、グラウンドの場所取りをするために、いらいらしながら時計を何度も見ていた。それで、給食が十一時五十一分に始まったことがわかったのである。

そういえば、とその生徒はあとで思いだしてくれた。給食当番だった上田祐太郎は野菜スープを注ぐのを担当していた。一杯一杯をやけにていねいに、時間をかけて注いでいた、という。

十一時五十二分。川添敏也《としや》くんがうめき声をあげて席から立ち上がった。自分で自分の首を絞めるような格好で、全身を硬直させ、一歩、二歩と歩いたところでうつ伏せに倒れた。驚く間もなく、教室のあちこちで、生徒が倒れる音が響きわたった。悲鳴もあがった。窓際の生徒は全身を痙攣《けいれん》させながら、息苦しさから逃れるためだろうか、頭を窓に何度もぶつけ、分厚いガラスが割れた。床に転がってのたうち回る生徒もいた。

「先生、助けて……」

クラス担任の友成《ともなり》先生は、その声を聞いてもなにもしてやれなかった。先生自身、野菜スープを一口飲んだとたん、内臓が裏返るような激しい吐き気に襲われ、床に倒れ込んでいたのである。

十一時五十五分。騒ぎを聞きつけて駆け込んだ二年二組担任の内藤先生は、足元に倒れている生徒を見た。亡くなった井ノ原敏広《としひろ》くんである。井ノ原くんは、目をカッと見開き、口から嘔吐《おうと》物《ぶつ》を吐き出したまま、内藤先生が声をかけてもぴくりとも動かなかった〉

七年後――。

午後九時を回って人通りが少なくなった街に、夜風が吹き渡る。街路樹のイチョウの葉が夜の闇に舞う。駅から歩ける距離でもそうなのだから、わが家のあたりはいまごろ、もっと静かで、寒々しいだろう。

「旭ヶ丘、七年前も閑静な住宅街でしたが、いまも変わらないんでしょうね」

沢井は歩きながら、ぽつりとつぶやいた。

「ええ、静かで……無気味な街です」と私は言った。弱音を吐くつもりはなかったが、つい、口に出してしまった。

沢井は「わかります、それ」とうなずいて、「取材班でも、よくその話になったんです」とつづけた。

こんな静かな街で凄惨《せいさん》な事件が起きるなんて、と取材班で最年長の記者は、どうしても納得がいかないというふうに途方に暮れていた。だが、最も若い二十代の記者は、こんな静かな街だから凄惨な事件が起きるんですよ、と得心した様子で言う。

「僕はそのとき三十五歳で、ちょうど真ん中あたりだったんで、まあ、どんな街だろうととんでもない事件はあるんだよな、という程度しか思わなかったんですけど……いまは、若い奴の言ってたとおりだと思います。静かな街は怖いです、ほんとうに」

私も黙ってうなずいた。駅前のにぎわいが近くなるとほっとする。けばけばしく悪趣味な看板の電飾に、温《ぬく》もりを感じる。だからこそ逆に、背にした旭ヶ丘の街並みの暗さや冷たさがいつまでもまとわりついてくるようにも思う。

上田祐太郎は、もしこの街に住んでいなければ、「木曜日の子ども」事件を起こしただろうか――。

そんなことを、ふと思った。

その週の土曜日、沢井がわが家を訪ねることになった。もちろん、香奈恵にも晴彦にも正体は明かさない。大学時代の友人――同い年で出身大学も同じことが幸いした。

「顔でばれたりしませんか？」

電話で口裏合わせの台本をつくったときに訊いたら、沢井は「残念ながら、僕はそこまでのベストセラー作家じゃありませんから」と少し悔しそうに笑って、「ただ、名前は変えましょう」とつづけた。

「沢井」をひっくり返して「イザワ」、「良樹」を入れ替えて「キヨシ」にした。

言葉づかいも変えなければいけない。他人行儀な「です、ます」ではなく、学生時代をともに過ごした気の置けない古い友人ならではのざっくばらんな「俺、おまえ」――

「途中で間違えたりせずに、しっかりやってくれよ、清水」と沢井は乱暴な声色で言って、「頼むぞ」と念を押した。

「だいじょうぶだ、任せろ」

私も声に力を込めて応《こた》えた。芝居がかっているのは自分でもわかっていたが、意外とすんなり馴染《なじ》めそうな気もした。

沢井には、晴彦をめぐるすべてのことを打ち明けてある。いきなり十四歳の少年の「父親」になってしまった私自身の困惑とあせりと不安についても、包み隠さず話した。ためらいや迷いがまるでなかった、と言えば嘘になる。沢井は「無断で書くようなことはしませんから」と言ってくれたが、つい数日前までは見ず知らずの他人だった彼に百パーセントの信頼を置いているというわけでは、正直なところ、ない。

それでも、話すことで楽になれた。一人きりで背負っていた荷物を、たとえ誰かにゆだねることはできなくても、ここに荷物があるんだとわかってもらうだけで、ずいぶん救われる。

沢井は笑っていたのだ。

「なんていうか、清水さん、責任感強いひとですねえ」

褒め言葉ではなかった。

「まあ、気持ちはわかりますよ。でも、そんなに『父親はいかにあるべきか』なんて意識する必要ないと思いますけどね」

反論はできない。沢井は二人の子どもの父親だった。どちらも女の子。高校二年生と小学五年生。姉は難しい年頃を卒業しつつあるが、入れ替わるように妹のほうが最近扱いづらくなってきた。「上の子のときもそうでしたけど、いまどきの女の子は難しいですよ、なにかと」と苦笑する顔や声は、むしろ扱いづらさを楽しんでいるようにも感じられた。

「赤ん坊の頃の育児はともかく、ある程度大きくなってからは、ぜんぶカミさん任せです。女の子ですし、父親がしゃしゃり出たって嫌われちゃうだけですから」

でも、それでいいんだと思ってます、と沢井はつづけた。

「割り切るしかないんです。子どもは僕の分身じゃない。血のつながりがあろうとなかろうと、他者は他者です。子どもには子どもの人生があり、世界があり、内面があるわけで、そんなの親にわかるわけないじゃないか、って思うんですよ。そこに踏み込む権利っていうか、資格は、親にもない……親だからこそ、踏み込んじゃいけない、僕はそう思ってます」

軽い口調だったが、自信に満ちていた。長女が生まれてから十七年間、ずっと「父親」でありつづけたからこそ生まれる自信なのだろうか。

その自信に、すがってみよう、と決めた。

土曜日の朝は、この秋いちばんの冷え込みになった。涼しさを超えて、寒い。十月も半ばだ。

風が強い。しなった電線が、甲高く、かすれがちに、ひゅんひゅんと鳴る。

「女のひとが泣いてるみたいね」

香奈恵は朝食の後かたづけをしながら、窓の外に目をやった。

「丘の上だから、やっぱり風は強いよな」

「今年は来なかったけど、台風のときってすごいんだって。庭木が幹から折れちゃった年もあるって、お隣の迪子さんが言ってた」

「そうか……」

「大谷さんのところ、この土日でバーベキューやるって言ってたけど、今日は無理よね、さすがに」

「なんだ、またやるのか」

「恒例だもん」

「恒例っていうか……義務だな、ほとんど」

大谷さんの客好きは、私や香奈恵の予想をはるかに超えていた。週末は必ずと言っていいほど客を招く。先週の週末も、二日つづけて庭はにぎやかだった。土曜日は大谷さんの会社の同僚を呼び、日曜日は真人くんの友だちを集めて肉を焼いた。おかげでこっちは庭に出づらくなって、洗濯物を干すこともできない。

「寂しがり屋なんじゃない？」

香奈恵は少しあきれたふうに苦笑した。私も「イベント好きなんだな」と苦笑いを返す。

「でも……ウチはまだいいけど、渡辺さんは、けっこうキツかったかもね」

確かにそうだ。一人娘を同級生に毒殺され、寂しさと悲しさに満ちた日々を過ごす渡辺真理子の両親は、隣家のにぎわいをどんな思いで聞いていたのだろう。

「来週あたりいかがですかって迪子さんに言われてるんだけど……どうする？」

「バーベキューか？」

「うん、バーベキューでもいいし、鍋もそろそろおいしい季節だし、って。笑っちゃうっていうか、よく考えてみたら失礼っていうか、来週だったら空いてますから、って言うのよ」

来客のスケジュール表でもつくっているのかもしれない。そういうことにはマメな性格なんだろうな、と大谷さんを見ているといつも思う。

「まあ……俺はどっちでもいいけど……」

「じゃあ、やめちゃおうね。適当に理由つけて断っとくから」

香奈恵はあっさり言った。私が乗り気ではなかったことにほっとしたような口調でもあった。

「迪子さんのおしゃべり、あいかわらず長いのか」

「うん、放っといたら朝から夕方までしゃべりつづけるんじゃないかな、あのひと」

初めてかまえたわが家の、初めての隣人だ。一人暮らしが長かった私にも、ご近所との人間関係が大事だということはわかっている。女手一つで晴彦を育ててきた香奈恵には、ご近所の目のわずらわしさも、身に沁《し》みてわかっているだろう。

大谷さんとは仲良くしていきたい。だが、引っ越してきて二カ月たつと、付き合いに少しずつ疲れてきた。

大谷さん夫婦は決して悪いひとではない。真人くんは屈託のない元気な少年だし、摩耶ちゃんはまじめな優等生タイプだ。隣人としては申しぶんのない家族だろう。

それでも、とりとめのない世間話を、張りのある声でにこやかにしゃべる大谷さんの話し方が、ときどき耳に障る。香奈恵も、おしゃべり好きな迪子さんにだんだん辟易《へきえき》してきたようだ。

大谷さんのせいではない。絵に描いたようなニュータウンの幸せな暮らしというものに、私たちがまだ慣れていないだけなのだ。

大谷さんの家族は、私が香奈恵の二人目の夫だということも、私と晴彦が血のつながっていない親子だということも、まだ知らない。打ち明けるつもりはないし、話す必要があるとも思わないし、逆に、それを知られたからといってどうということはないはずだ、とも思っている。なのに、負い目がある。いつも、どうしようもなく、ここに――この胸の中に、ある。それがいつ消えるのか、どういうきっかけで消えてくれるのか、あるいはどんなにしても決して消えてしまうものではないのか、私にはなにもわからない。

階段を下りてくる足音が聞こえた。リビングのドアが開き、晴彦が顔を出す。

「じゃあ、行ってきまーす」

いつもと変わらない、きれいに整った明るさで、晴彦は私たちに笑いかけて、今日も高木くんと会う。

「高木くんと図書館で勉強して、お昼はコンビニで弁当買って食べるから。晩ごはんまでには帰ってくるからね、じゃあね」

　てきぱきと言って、さっさとドアを閉めて、玄関に出る。香奈恵の「気をつけてね」の声には、玄関のドアを開けながら「はーい」と応える。その手早さを、香奈恵は「落ち着きがないんだから」と元気のよさだと受け止めて、黙ってうつむく私は、逃げ足が速いんだと感じる。戸口から顔を覗かせていたほんの短い間、晴彦が私とも香奈恵とも目を合わせなかったのを、私は知っていて、背中を向けていた香奈恵は気づいていない。

「高木くんと恋人同士みたいね、あの子」

　うれしそうに言う。

「富士見台にいた頃なんて、休みの日に友だちと遊びに行くことなんてなかったんだから」

　ほっとした微笑みも浮かべる。

「なあ……」

「なに？」

「……いや、なんでもない」

　何度も繰り返している。行き場のない思いが、私の胸の中でぐるぐると巡り、澱《よど》んで、沈んで、溜《た》まっていく。

　お母さんがまた笑えなくなったら——。

晴彦の声は、あれからもう二週間たっているというのに、消えるどころか、日ましにくっきりと耳の奥に響く。

殺します――。

そして、いま、もう一人の声がそこに重なり合ってくる。

親だからこそ、踏み込んじゃいけない――。

沢井の考えが正しいのかどうかはわからない。確かにそのとおりだ、と思う一方で、どこかのなにかが間違っているんじゃないか、という気もする。ただ、沢井の言葉は、私を導いてくれる。立ちつくしたままどこにも行けない私に、こっちだ、と進むべき道を教えてくれる。

おい――。

自分で自分に言った。

おまえは、いつからそんなに弱い男になったんだ――？

香奈恵は朝食の後かたづけを終えたあともキッチンに残って、昼食の支度にとりかかった。気をつかわなくてもいいと言っておいたのに、私の古い友人イザワのために手作りのごちそうを準備している。

「ここに引っ越してきてからお客さんが来てくれるのって、初めてだもん」

うれしそうに言う。

「あなたのお友だちに会わせてもらうのも、初めて」

ほっとした微笑みも浮かべる。

お母さんがまた笑えなくなったら――。

中学二年生の少年の声は、おとなとも子どもともつかない。

殺します――。

子どもの幼さはなく、かといって、おとなの脅し文句の凄《すご》みもない。

だから、なによりも、怖いのだ。


沢井は約束の正午ちょうどにやって来た。香奈恵は「旭ヶ丘を初めて訪れるイザワさん」を満面の笑みで迎え、沢井もにこやかに初対面の挨拶を交わした。

だが、香奈恵がキッチンに戻ると、沢井はすかさず玄関から廊下、廊下からリビングと、リフォーム前の渡辺家の記憶をたどるように目をやった。

「間取り、かなり変えたんだな」

小声で言う。私が黙ってうなずくと、さらに声をひそめ、そのぶん早口になって、

「水回りもいじってるってことは、床下も掘ってるわけだよな。配線はどうだ？　天井裏も開けてるのか、工事のとき」とつづける。

私はまた、沢井の険しい表情に気おされながらうなずいた。ほとんど建て直しに近い大がかりなリフォームだった。もしも床下や天井裏にワルキューレが隠されていたら、工事の途中できっと業者の誰かが見つけていたはずだが、沢井は安心した様子は見せず、

「庭はどうだ？」と訊いてきた。「俺も庭まではよく覚えてないんだ」

「植木は……そのままにしてあります」

「掘り返してない？」

「……ええ」

なるほどな、と沢井は険しい表情で庭を見つめ、「工事の図面があったら、あとで見せてくれないか」と言った。念のために、という口調や表情ではなかった。もっと真剣で、切実で、庭を見つめたままため息をつく横顔には、あせりの色さえにじんでいた。

「なにかあったんですか」

私の問いに、沢井は「言葉づかい、変えろよ」と釘《くぎ》を刺してから、「あとで話す」とだけ言った。それ以上は訊けなかった。香奈恵がキッチンからビールを持ってきた。

「わたしも乾杯だけお付き合いさせてもらっていい？」とにこやかに笑った。いまの暮らしの幸せを微塵《みじん》も疑っていない笑顔が、一口飲んだビールでほんのりと赤く染まる。

沢井はちらりと私を見た。よくわかったよ、と目配せで伝えてきた。納得して、私の思いを理解してくれて、だからこそ、どこか哀れむようなまなざしでもあった。

ダイニングに場所を移してからも、香奈恵は楽しそうで、うれしそうで、幸せそうだった。テーブルに並べきれないほどのごちそうを沢井に勧め、「ひさびさに再会したお二人さんに、わたしからのプレゼントでーす」といたずらっぽく笑って、昨日こっそり買っておいたという高級なワインを出した。

はしゃいでいる。喜んでいる。晴れがましそうで、なにより幸せそうだった。わが家で迎える初めての客だ。休日に誰かをわが家に招くことなど、私と出会うまでの香奈恵にはなかった。

「最高の奥さんだなあ、清水。四十過ぎまで独身だった甲斐《かい》があったよな」

沢井も香奈恵に応えて、美味《うま》そうにワインを飲み、手料理をぱくついた。旧友になりすましたお芝居は、付き合うこっちの背中がむずがゆくなるぐらい完璧《かんぺき》だった。

香奈恵は、離婚歴のことを沢井が知っているのだと確かめると、ほっとしたように「バツイチのコブ付きを拾ってもらったんです」と言った。冗談めかした口調だったが、「だから、わたしも息子も、ほんとうに感謝してるんです」とつづける言葉には、ワインの酔いのせいだけではない力がこもっていた。

「いやあ、感謝してるのは清水のほうですよ。こいつね、学生の頃から、子どもは息子にかぎるって言いつづけてたんですから。男同士でキャッチボールしたり、息子が大きくなったら酒を飲んだり……そういう親父のロマンを持ってたんです」

「そうなんですか？」

「若いくせにシブいでしょ？」

沢井は笑いながら「なあ、清水」と私を振り向いた。

私も苦笑いを返して「まあな」と認めた。沢井がとっさにつくりあげた思い出だったが、まったくの間違いではなかった。子どもは娘よりも息子のほうがいい、と思っていた。男同士の付き合いに憧《あこが》れていた。結婚はもうしないかもしれないな、と思いはじめた三十代の半ば頃から忘れ去っていた、ささやかな夢だ。

「でも、ほら、この歳まで独身だったでしょ。いまから息子が生まれても、息子が成長する前に清水がジジイになっちゃうじゃないですか。だから、晴彦くんと親子になれてよかったんですよ。中二だったら、まだキャッチボールもぎりぎり間に合うし、あと六、七年で酒も飲めるし……最高のタイミングで、最高の歳の息子ができたんです。それを思うと、清水のほうが奥さんに感謝するしかないんですよ。なあ、清水、そうだろ？」

　今度の相槌は、さっきより苦くなった。息子とのキャッチボールに、息子と酌み交わす酒――若い頃には、ありきたりな発想しかできないことに、自分でも少しあきれていた。だが、いまは違う。ありきたりな、いかにもお決まりの光景だからこそ、むしょうにそらぞらしく感じられる。

　そして、やがて背中に新しいむずがゆさが這《は》い上ってきた。私たち夫婦はどうなんだ？

　香奈恵の幸せそうな笑顔に、嘘やお芝居はない。わかっている。わが家で初めて迎える客を、心からもてなしてくれている。休日に客を迎えられる暮らしを、私よりずっと深く愛《いと》おしんでくれている。結婚してよかった。香奈恵はきっと、迷いなく言ってくれるだろう。私だって言う。香奈恵と巡り合えてよかった。嘘も偽りもなく、誓う。

「こんなに幸せそうな清水を見るのって、俺、初めてだよ」

沢井の言葉を、あえて、お芝居としては受け止めなかった。

「ああ、俺、幸せだ」

胸を張って応えた。なのに、その胸の片隅には、いたたまれなさも確かにあるのだ。

誰かをだますための嘘ではなく、なにかをごまかすためのお芝居でもなく、私と香奈恵は、私たち自身ですら気づかないうちに、嘘をつき、お芝居をつづけているのではないか。「幸せ」という台本を律儀になぞっているだけではないのか。香奈恵は「幸せな家庭の妻」を、私は「幸せな家庭の夫」を、それぞれ演じながら、終わりのないお芝居の舞台に立ちつづけているような気がしてならない。

沢井が冗談を言う。香奈恵が「やだあ、イザワさん」と声をあげて笑う。形だけ付き合って頬をゆるめながら、気がつくと、私はさっきから一言もしゃべっていない。

背中のむずがゆさが、居心地の悪さに変わっていた。そんなふうに考えるな、と自分にどんなに言い聞かせても、香奈恵の声や表情やしぐさのすべてがつくりもののように感じられてしまう。

お母さんから笑顔を奪うな、と晴彦は言ったのだ。お母さんを「幸せ」の舞台に立たせつづけろ、ということなのか。僕のようにやればいいんですよ、ということなのか。僕の笑顔を見てくださいよ、お父さん、完璧でしょう、このにこやかな笑顔、お父さんもそうしてください、お母さんのために、お父さんも舞台から逃げないでください、ここで笑っていてください、よけいなことはなにも考えず、なにも疑わず、幸せな家庭の幸せな夫でいてください、幸せな家庭を守る幸せな父親でいてください、お母さんのために、ずっと笑えなかったお母さんを幸せなままでいさせるために、お父さん、あなたも完璧に笑いつづけていてください、ずっと笑顔のままでいてください、それができないのなら、お父さん、僕はあなたを殺します……。

「どうしたの？　ぼーっとしちゃって」

　ワインのボトルを持った香奈恵が、私の顔を覗き込む。

「いや、べつに……」

「お代わり、注《つ》いでもいい？」

「ああ……」

　グラスに満たされるワインの深い赤が、急にまがまがしい血の色になった。

風が吹く。電線が、ひゅんひゅん、と鳴る。

香奈恵は私の様子をさほど怪訝《けげん》にも思わずにボトルをテーブルに戻したが、沢井はなにか言いたげな顔で私を見ていた。その視線を感じながら、私は沢井とも香奈恵とも目を合わせずに、ワインをあおる。

　話が途切れた。微妙に気まずい沈黙になってしまった。あわてて言葉をねじ込むように、香奈恵が「晴彦、彼にすごくなついてるんです」と言った。「いつも『お父さん、お父さん』って言って、三人でいると、私のほうがのけ者みたいになっちゃって」

香奈恵の声が、初めて、危なっかしく揺れた。「へえーっ、すごいなあ、よかったなあ、清水」とうなずく沢井の笑顔も、初めて、こわばった。

風が吹く。女のひとがすすり泣くように、電線が鳴る。

私の顔を立てようとしたのか、この場にはいない晴彦のためだったのか、小さな見栄《みえ》を張ったのか、気づかいや優しさなのか、わからない。きっと、とっさに言った香奈恵自身にも正確な答えはわからないままだろう。

香奈恵の口にした言葉よりも、むしろ香奈恵が沈黙を恐れたことのほうが、哀しい。「幸せ」の舞台に立つ者は、休むことなく舞いつづけなければならない踊り子なのだろうか。

「清水、おまえ、書斎までつくったんだよなあ」

沢井はすでに、頬のこわばりを消し去っていた。「六畳一間に万年床だったのが嘘みたいだ」——嘘やお芝居だと割り切っているぶん、舞台でもうまくふるまえるのだろう。

「あとで見せてくれよ、ご自慢の書斎を」

目配せされた。ワインをずいぶん飲んでいるはずなのに、頼むぞ、と私に伝えるまなざしには酔いはかけらもなかった。

「じゃあ……二階で飲むか」

声が震えてしまったが、香奈恵には気づかれなかった。

「あ、ごめんなさい、せっかくひさしぶりに会えたのに邪魔しちゃって」

席を立ち、「すぐに料理、小さなお皿に移し替えますから」とキッチンに向かう背中は、どこかほっとしているようにも見えた。

舞台に幕が下りた。だが、それはお芝居の終幕ではない。やがてまた——晴彦が帰宅したときに、幕は上がる。私と香奈恵は踊りつづける。

幕間《まくあい》に流れる音楽のように、窓の外では電線が絶え間なくすすり泣く。

「やっぱり、こういうところが同世代だな」

書斎に入るなりCDラックを眺め回した沢井は、「俺と似たようなCDをそろえてる」と笑って、ラックからCDを一枚取り出した。

「これ、かけてくれ」

私たちがまだ学生だった頃に人気を集めていたロックバンドのベスト盤だった。

もちろん、沢井は懐かしさにひたるためだけにCDを選んだわけではない。「なるべくボリュームを上げてくれ」と言って、その音に紛らせて話を切り出した。

「内藤先生、また具合が悪くなって倒れたぞ、職員室で」

昨日、学校に手紙が来た。宛名は内藤先生で、差出人の名前はない。

「いつもと同じ封筒と便箋《びんせん》で、いつものように一言しか書いてなかったらしい」

〈木曜日の子どもが増えました〉

私はじっと沢井を見つめる。沢井も私のまなざしを受け止めて、小さくうなずいた。

隣の部屋に晴彦はいない。わかっているのに、壁の向こう側の気配を探ってしまう。

「いまの様子だと、内藤先生、しばらく学校には来られないかもしれないな」

「……うん」

正直に言って、内藤先生の精神的な弱さがもどかしくてしかたない。あなたは教師じゃないですか、あなたがしっかりしないでどうするんですか、と言ってやりたい。

だが、そんな私の胸の内を見抜いたように、沢井は「しかたないんだ」と言った。

「七年前のことを思うと、こうして旭ヶ丘中の教師に復帰できただけでもたいしたものだと、俺は思ってる」

考えてみろ、と言われた。

「目の前で隣のクラスの生徒がみんな倒れてるんだぞ。反吐《へど》を吐いたり、口から泡を噴き出したり、床を転げ回ったり、全身を痙攣させたりして、苦しんで、うめいて、一人ずつ動かなくなっていくんだ。地獄だよ。殺された生徒や、殺されかかった生徒だけじゃなくて、それを目の当たりにした内藤先生にとってもな」

殺人ではない。殺戮だ。死亡した生徒九名。入院した生徒二十一名。マスコミを通じて事件を知らされた私たちには、殺戮の惨状は被害者の人数でしか想像することができないが、内藤先生は違う。数字ではなく光景として、殺戮の現場を見てしまった。生き残った生徒の証言をつなぎ合わせると、内藤先生が教室に駆けつけたのは、最初の生徒が倒れた午前十一時五十二分の三分後だった。職員室の戸口から、顔面蒼白《そうはく》になった内藤先生が、救急車を呼んでほしいと、うわごとのように訴えたのは十二時五分。その間の十分ほどの記憶が、先生の頭からはすっぽりと抜け落ちているのだという。

「でも、記憶っていうのは、思いだせないから消えたわけじゃない。思いだすための糸がプツンと切れただけで、心の中にはちゃんと残ってる。それが、なにかの拍子に目の前に浮かんできたら……清水、おまえなら耐えられるか？」

　私は無言でかぶりを振った。想像はできない。どんなに想像力を巡らせても、決して内藤先生の見た光景には迫れないことぐらいは、私にもわかる。

「目が合ったらしい」

　上田祐太郎と――。

「生徒が全員床に倒れたり机に突っ伏したりしてるのに、上田祐太郎だけは立ってた。自分の席から教室を見回して、最後に内藤先生を見て、笑った……」

　想像はできない。なのに、全身がびくっと震えるほどの悪寒に包まれた。

「まあ、実際にそうだったのか、内藤先生があまりのショックで、あとからつくりあげたものなのかは、誰にもわからない。とにかくあの十分間の記憶は真っ白なんだから」

　ただ、と沢井はつづけた。

「やっと、この一、二年ほど、上田の顔がよみがえることがなくなったらしい。仕事に復帰して、なんとかやっていけるっていう自信もできて……旭ヶ丘中学に戻ってきたのも、自分から希望したんだ、あのひと」

　決して振り返りたくないおぞましい出来事があったからこそ――殺された生徒たちの

ためにも、あの事件に向き合いたい。上田祐太郎のような生徒を二度と生まないよう、子どもたちの心とまっすぐに向き合いたい。

校内のあちこちに貼られた〈心が見えているか／心を見せているか〉の言葉は、内藤先生自身が考えたものだった。

「実際、旭ヶ丘中学はあの事件以来、なんの、問題も起きてない。いじめも、二、三年前に兆しレベルのものが報告された程度で、もちろんすぐに対処して事なきを得た。不登校の生徒もいないし、犯罪もゼロ。理想的な学校になってる。やっていける、だいじょうぶ、内藤先生も少しずつ立ち直ってきた、その矢先に……」

上田祐太郎とよく似た面影を持つ晴彦が転校してきた。そして、差出人のない手紙が、内藤先生を名指しして届くようになった。

「俺は……」

言いかけた沢井は、ふと気づいて言葉を止め、「奥さんはいないけど、このままの言葉づかいのほうが話しやすいな」と笑った。私もそうだ。あらためて、沢井は話をつづけた。

「俺は……晴彦くんには会ったこともないし、子どもを疑うようなこともしたくない。顔が似てるだのなんだのってことも、ただの偶然だと思う。でも、彼が『高木』と名乗る男と会ってることは、どうしても気になるんだ」

それは、わかる。私だって、なにかがある、と思う。

だが、「晴彦くんの部屋、鍵《かぎ》は付いてるのか」と沢井に訊かれると、「やめてくれ」としか言えなかった。

「部屋を荒らしたりはしない。ちょっと様子を見るだけだ」

「……やめてくれ」

沢井は立ち上がり、ドアに向かう。私はその前に立ちはだかった。

「俺は……晴彦を信じる」

振り絞るように言った。

「疑ってるわけじゃないって、いま言っただろ？　ただ、もしかしたら、なにかの手がかりが見つかるかもしれないだろ」

沢井の言うことはわかる。理屈の筋道も通っている。それでも、俺はあの子の父親なんだ、と自分に言い聞かせた。

「部屋に入るときは、俺が一人で入る」

「……なあ、清水。これはもう悪質ないたずらとか模倣犯の真似事とか、そんなレベルの話じゃなくなってると思うんだ。学校側もいまごろ臨時の職員会議を開いてる。その結果しだいでは警察にも連絡する。警察が本腰を入れて動いたら……悪いけど、晴彦くんも事情を訊かれると思うぞ、俺は」

わかっている。ほんとうにわかっているのだ――頭では。

だが、ドアを背にした私は両手を大きく広げたまま動かない。動いてはならないんだ、と奥歯を嚙みしめて、沢井と向き合った。押し黙ったにらみ合いがしばらくつづいた。

先に目をそらしたのは、沢井のほうだった。

「……息子をほんとうに信じたいんだったら、確かめることから始めろよ」

低い声で、諭すように言った。

「自分の目で、確かめるから」

私も低い声で返す。

沢井は、わかったよ、と私の前から離れ、視線のやり場を見つけあぐねたように窓の外に目をやって、「お隣さん、バーベキューなんだな」と言った。

「好きなんだ、客を呼んでバーベキューをするのが」

私も気を取り直して窓辺に寄った。強い風の吹きつける中、隣の庭では大谷さんが折り畳み式のバーベキューグリルを組み立てているところだった。

大谷さんも私たちに気づいて二階を見上げ、よかったらご一緒しませんか、とグリルを指差し、串《くし》付きの肉を頬張るしぐさをして誘ってきた。

ごめんなさい、また今度、と私が苦笑交じりの片手拝みを返すと、大谷さんはちょっと残念そうな顔になって、シャツのポケットから煙草を取り出した。

いつまでも見下ろしているのも失礼な気がして、私は窓から離れたが、沢井は「いかにもニュータウンのマイホームパパっていう感じだな」と大谷さんを見つめたまま言った。

「でも、渡辺さんがここに住んでた頃は、けっこう気をつかってたらしい。上の女の子、いま旭ヶ丘中の三年生だから」

「うん……渡辺真理子の両親は、取材するのが申し訳ないぐらい憔悴《しょうすい》してたんだ。一人娘の命をあんな事件で奪われたら、そりゃあ、誰だって——」

沢井は不意に息を呑《の》んで、言葉を止めた。狼狽《ろうばい》して窓の鍵を探る。

「どうした？」

驚いて駆け寄るより早く、沢井は窓を開け、隣家の庭に怒鳴った。

「だいじょうぶですか！」

バーベキューグリルのそばに、大谷さんがうつ伏せに倒れていた。

第九章　第二の事件

その日の夜遅く、大谷さんは黒塗りのワゴンに乗せられて自宅に帰ってきた。

翌朝、葬儀会社の担当者が、お騒がせします、とわが家に挨拶《あいさつ》に来た。大谷さんの亡きがらはもう一晩自宅で過ごし、月曜日の朝に市営斎場に移されて通夜を迎えるのだという。

「ご自宅ではご親族だけの仮通夜ですが、車の出入りもいろいろあると思いますので、ご迷惑かと思いますが、なにとぞ……」

神妙な顔で言う担当者に、香奈恵が訊《き》いた。

「わたしたちもお線香をあげにうかがいたいんですが、かえってお邪魔になりますか？」

ゆうべも夫婦で話したのだ。こういう場合は隣家としてどうふるまえばいいのか、初めてのことなので、私にも香奈恵にもわからなかった。

担当者は少し考えてから、「奥さまに訊いてみます」と言った。「ただ、ちょっと今日は難しいかもしれません」

迪子さんはゆうべは一睡もせず、大谷さんの亡きがらから片時も離れなかった。あまりにも突然だった夫の死を現実として受け容《い》れられず、精神的に不安定になっているのだという。

「明日からのこともあるので、ご親族も心配されているんですが、やはり奥さまのお気持ちも……」

　私と香奈恵は目を見交わしてうなずき合った。斎場は旭ヶ丘から車で十五分ほどの場所にある。明日仕事を終えてから香奈恵と晴彦を連れてお通夜に参列すればいいだろう。

「清水さんが救急車を呼んでくださったこと、ご家族も感謝されてました。くれぐれもよろしくお伝えください、とのことです」

　黙って会釈を返した。これで助かっていれば素直に喜ぶことができた。だが、沢井と二人で庭に駆けつけたとき、ウッドデッキに倒れた大谷さんはすでに意識を失っていた。急性心不全という診断だった。心室が細動を起こして、全身に血液を送れなくなってしまったのだ。駆けつけた救急隊員がその場でＡＥＤを使って除細動を試みたが、間に合わなかった。もともと血圧が高く、狭心症の薬も持っていたようだ、と担当者が教えてくれた。

　大学病院まで付き添った私と沢井は、霊安室には行かなかった。なにか手伝えることはないかと訊こうとしたが、迪子さんはとても話しかけられるような状態ではなく、摩耶ちゃんが公衆電話で伯父《おじ》さんだか伯母《おば》さんだかに連絡をとっているのを確かめて、なんともいえないやるせなさを背負ってひきあげたのだ。

「子どもさんたちはだいじょうぶですか？」

香奈恵が訊くと、担当者は沈痛な面持ちになって、「お姉ちゃんのほうは部屋に閉じこもったきりです」と言った。

「そうですよね……」

「弟さんのほうは逆にきょとんとしてて、それもまた横で見てると、ほんとうにかわいそうで、やりきれません」

香奈恵は涙ぐんで小さくうなずいた。私も、真人くんの無邪気な笑顔と、それをにこにこ微笑んで見つめる大谷さんの顔を思いだすと、胸が締めつけられてしまう。

大谷さんが倒れたとき、摩耶ちゃんと真人くんは二人とも家にいた。救急車が来るまで呆然《ぼうぜん》とたたずんで、動かない父親と、その体にとりすがる母親を、黙って見つめていた。

大声をあげて泣きわめいたり、おろおろとあわてふためいたりするより、その静けさのほうがずっと、大谷さんの死の手ざわりをなまなましく思い起こさせる。

私はまだ家族の死を知らない。誰かの臨終に立ち会ったこともない。ついさっきまで元気だったひとが、一瞬にして命を失い、この世からいなくなってしまう——その悲しみは、頭の中で想像するしかない。そもそも、それを「悲しみ」という言葉でまとめてしまっていいのかどうかも、私にはわからない。

ゆうべはなかなか寝付かれなかった。香奈恵も何度もベッドから出て、キッチンで水を飲んでいた。二階の晴彦はどうだっただろう。気配はなにも伝わらなかった。

空が白みかけた頃、肌寒さに目を覚まし、寝室を出た。リビングの窓のカーテンを開けると、大谷さん宅が見えた。窓に明かりが灯《とも》っていた。一晩中その明かりはついていたんだと思うと、不意に涙があふれた。その涙の理由を説明する言葉も――私には、ない。

葬儀会社の担当者がひきあげたあと、晴彦が起きてきた。

「今日は静かにしてなきゃだめよ」

朝食をテーブルに並べながら香奈恵が言うと、晴彦も「わかってる」とうなずいた。

「まいっちゃうよなあ、突然のことだもんな」

私の言葉には苦笑いで応《こた》え、「心不全って、苦しいんですか」と訊く。

「そりゃあ、心臓が止まっちゃうわけだから……苦しいんじゃないのかな」

「顔を見たんですよね、お父さん」

「ああ……」

「苦しそうな顔でした？」

思いだすと、自然としかめつらになった。大谷さんは眉間《みけん》に皺《しわ》を寄せ、口を半開きにして息絶えていた。ただ、苦しみ抜いたすえに絶命したという感じではない。痛みや苦しみを感じる間もなく、ぷつんと命の糸が断ち切られてしまったのだろう。

「安らかな顔っていうわけじゃなかったけど、どうなんだろうな……意外と、死ぬなんてこと考えもしないうちに亡くなったのかもしれないよな」

「いまの顔は？　死んじゃったら、もう顔は変わらないんですか？」

「口や目を閉じさせることぐらいは、できるんじゃないのかな」

「じゃあ、ふつうの顔なんだ……」

晴彦は少し拍子抜けしたように言った。残念がっているようにも見えた。香奈恵もそれに気づいて、「晴彦」とにらんだ。「ゲームとかアニメじゃないんだから、ヘンなこと言わないで」

「そんなのわかってるよ」

言い返すというより、軽くいなすような口調で、晴彦は苦笑する。「ゲームなわけないじゃん、これ、ゲンジツなんだからさ」——硬い響きの「現実」は、逆にゲーム用語のように聞こえた。

「明日のお通夜、一緒に行くだろ？」

「行っていいんですか？」

「ああ……お隣さんだし、摩耶ちゃんや真人くんのお父さんなんだから、参列してあげれば、おじさんも喜ぶよ」

「対面とかできるんですか？」

「うん？」

「おじさんの顔、見られるんですか？」

「それは……無理だと思うけど」

「ああいうのって、やっぱり遺族しか見ちゃだめなんですか？」

「たぶんな」

晴彦は「ですよね」と笑った。「そんなの、当然ですよね」

淡々としたやり取りだった。大谷さんの遺体を見ることに晴彦が特に強く惹《ひ》かれているとは思わなかったし、たとえ興味本位だったとしても、その程度の興味は誰にでもあるはずだった。

だが、晴彦はつづけて言った。

「ユカンって、あるんでしょ？」

湯灌――だろうか。

「遺体を浄《きよ》める、アレか？」

「そう、お風呂《ふろ》に入れてあげるんですよね、家族みんなで」

「いや、いまはもう……看護師さんが体を拭《ふ》くだけじゃないのかな」

「真人、やってないんですか？」

「たぶんな」

「なんだ……そうなのか……」

拍子抜けしたように言って、さらにつづける。

「明日お通夜だったら、いつ焼くんですか？」

「焼く」という身も蓋《ふた》もない言い方を笑ってたしなめることは、もうできなかった。晴彦の口調には熱がこもっていた。私を見るまなざしも、さっきより強い。漠然とした遺体や死への興味ではなく、はっきりと、大谷さんの遺体にこだわっている。

「あさってだろうな。午前中に告別式をやって、午後、火葬にすると思う」

「骨になったところって、やっぱり見られないんですよね、他人は」

「……よっぽど親しいひとだけだろうな」

「ウチは？」

だめだめ、無理だよ、と笑う顔がひきつったのが、自分でもわかった。

「でも、真人は見るんですよね、コツアゲっていうんですよね、それ」

「ああ……」

「姉貴も？」

「うん……」

「火葬したあとの骨って、標本みたいに頭から足まで並んでるんですか？」

「晴彦」香奈恵が、もういいかげんにして、と訴えるように言った。「そんな話、もうやめなさい」

晴彦は素直に「はーい」と応え、朝食を食べはじめた。私はコーヒーを啜《すす》る。うつむいてハムエッグを食べる晴彦は、トレーナーの襟から首筋を覗《のぞ》かせている。まだ子どもの面影を残した首筋の細さと白さが、奇妙なほど目に焼きついて、胸の奥にもやもやしたものが湧いてくる。

「なあ、晴彦くん」――「くん」付けは、やめるつもりだったのだが。

「びっくりしたか、昨日は」

「大谷のおじさんのこと？」

「そう……ゆうべも同じこと訊いたけど、ひと晩たったらちょっと違うかな、と思って」

「信じられないです」

晴彦は顔を上げて言った。「ゆうべと同じですね」

「あとは？」

「あとは……なんか、怖いな、って。人間って一瞬で死んじゃうんだなって思うと、けっこう怖くなっちゃいますよね」

これもゆうべと変わらない。

「あ、でも、いまはお父さんのこと心配です。お父さんは心臓だいじょうぶかな、って。よくないかもしれないけど、まだ全然、おじさんの冥福《めいふく》を祈るとか、そんなの考える余裕ないです」

きれいに整った答えだった。訝《いぶか》しく思わせるようなものはなにひとつない。なのに、胸の中のもやもやは、まだ消えない。

「悲しくないか？」

「……よくわかんないです。いまは、なんか、悲しいっていうより、びっくりしてるし」

無理に答えをまとめないところも、ほんとうに、ごく自然なのだ。

「真人くんや摩耶ちゃんのことは？」

「ええ、それは……でも、同情するって感じじゃなくて、もう、なんか、ワケわかんなくて……」

困惑も困惑として、素直に、隠さずに出す。

「そういうものよ、ひとが死んじゃったんだもん、ゲームとは違うんだから」

香奈恵が口を挟んで、話は終わった。晴彦は「なんでもかんでもゲームを悪者にしちゃうんだもんなあ、お母さんって」とあきれ顔で笑って、また食事をつづける。

だいじょうぶだ。自分に言い聞かせた。しつこく問いただすおまえのほうがヘンだったぞ、と自分を叱ってコーヒーを啜ったとき、携帯電話が鳴った。

沢井からだった。

ダイニングから廊下に出た。通話の内容を香奈恵や晴彦に知られるわけにはいかない。

沢井は昨日、大谷さんが搬送された大学病院で私と別れたあと、かつての仕事先だった週刊誌や月刊誌の伝手《つて》をたどって、法医学や薬学の専門家に片っ端から連絡をとった。

大学病院の医師は、心室細動による病死と診断して、事件性はない、とした。警察は呼ばれなかったし、司法解剖もない。私も気が動転したまま、それ以上のことには考えが巡らなかった。

だが、沢井は違った。病院の廊下で、まわりに誰もいないのを確かめてから「万が一の話だけどな」と前置きして、私に言った。

「ワルキューレかもしれない」

遅ればせながら、私も気づいた。沢井の書いた『殺戮《さつりく》』にも出ていた。

ワルキューレは、粉末や水に溶けた状態で摂取したら消化器の粘膜からたちまち吸収されて、嘔吐《おうと》や痙攣《けいれん》とともに呼吸が停止する。「木曜日の子ども」事件の被害者の多くは、そうやって殺されたり殺されかけたりしたのだ。

さらに、この厄介な毒物は、気化した状態でもきわめて危険だった。ワルキューレの溶けた水が熱せられたときの湯気を吸い込んだだけでも、心臓がすぐさま痙攣を起こしてしまい、血液を全身に送るポンプの役目を果たせなくなる。ちょうど心室細動と同じ状態に陥るのだ。あの事件の被害者の何人かは、湯気を吸い込んで命を奪われ、あるいは奪われかけたのだという。

『殺戮』には、こう書かれていた。

〈二年一組の教室に倒れている二種類の遺体の見分け方は容易《たやす》かった。口元が反吐《へど》にまみれているほうが消化器ルートで、比較的きれいな死に顔をしているほうが呼吸器ルートなのだ〉

呼吸器ルートで死に至った場合、遺体の状況だけでは、通常の心不全とほとんど変わらない。かつて政治家や王侯貴族が遂げた不慮の死の中にも、ワルキューレによる暗殺が相当数含まれているというのが、近年では定説になっているほどだ。いまでも、毒物の専門医が精密な検死をおこなわないと診断は難しい。慣れていない医師なら、まず見逃してしまう、という。

大谷さんは庭で飲み食いはしていなかったし、嘔吐もしていない。ただし、煙草を吸っていた。その煙草の葉っぱか巻紙かフィルターに、気化したワルキューレを染み込ませることが可能だとすれば――。

「いまから調べてみる」

沢井はそう言って、私と別れたのだ。

「週末だから、話が聞けそうで、なおかつ口が堅い先生は、そう簡単に見つからないとは思うけどな」

覚悟していたとおり、報告の電話がかかってくるまでに一晩かかった。

「……簡単にできるらしいぞ」

沢井の声はぐったりと疲れていた。「特別な設備も、スキルも要らない。純度は落ちるけど、ヤカンにワルキューレ入りのお湯を沸かして、蒸気をあてるだけでもいいみたいだ」

予感が当たってしまった。沢井は、そもそも予感を抱いたことじたいを悔やむかのようにため息をついてつづけた。

「これで事態はますますヤバい方向に転がっていった、っていうわけだ」

「いや、でも……」

あくまでも可能性にすぎないんだから、と言いかけるのを制して、「もう一度言うぞ」と声を強める。

「煙草にワルキューレを染み込ませるのは簡単なんだ」

「……ああ」

「ハタチそこそこの若造でもできる。わかるよな？」

私は黙っていた。電話だから見えるはずもないのに、思わず目をそらしてしまった。

「もっと言えば、中学生にだって、できないわけじゃない」

私はなにも応えない。今度は目をつぶった。

「でも、その煙草を大谷さんに吸わせるのは、とんでもなく難しい。封を切っていないまっさらな箱に入った煙草に細工をするのは不可能だから、吸いさしの箱を手に入れて、残りの煙草にワルキューレを染み込ませて、また箱に戻して、大谷さんの手元に置かないといけないわけだからな」

わかるよな、と念をまた押された。私は無言で、閉じたまぶたに力を込める。

「それが簡単にできるのは、大谷さんのすぐそばにいる、ごく限られた人間だけだ」

だから——とつづける沢井を「ちょっと待て」とさえぎった。もう限界だった。

「それ、どういう意味だ」

目を開けると、立ちくらみを起こしたように風景が揺れた。

「意味の前に、事実だ」と沢井は冷静に返す。

「おまえが勝手に考えてるだけだろ」

「可能性がゼロになったら、考えるのをやめる。でも、それまでは、すべての可能性を考えるしかない」

すべての可能性――その一つに、私の息子がいる。

「晴彦くん、大谷さんの息子と仲がいいんだよな」

「やめろ」

「可能性は、ある」

「いいかげんにしろ、これ以上くだらないことを言ったら――」

「煙草がどうなったか覚えてるか」

私の怒りをぴしゃりと封じた沢井は、「吸い殻と箱に残ってる煙草を調べれば、すべてがわかるはずなんだ」と言った。

大谷さんのそばに落ちていたはずだ。救急車に乗せたとき、大谷さんの手に煙草はなかった。ポケットに煙草の箱は入っていただろうか。

「今夜は仮通夜なんだろ」

「ああ……」

「家に行って確かめるしかないな。第一発見者っていうか、病院まで付き合ったご縁があるんだから、焼香ぐらいさせてもらっても、べつにおかしくないだろ」

二人で大谷さん宅を訪ね、庭に出て、吸い殻を探す。

「昼過ぎにはそっちに行くから」

沢井はそう言って、押し黙る私に、「ひとつだけ教えといてやる」とつづけた。

大学病院で大谷さんの死亡が確認された直後のことだ。迪子さんが大谷さんにとりすがって号泣していたところは、覚えている。

「子どもたちのことは見てないか」

「ああ……」

「ベッドの横に並んで立って、手をつないで、親父さんとおふくろさんを見てたんだ」

泣いてなかったぜ、と沢井は付け加えた。呆然としていた、というわけでもない。

「冷静だった。姉貴も弟も、黙って、じっと、観察するように親父の死体を見てたんだ」

「でも、それは……」

声が震えた。息も詰まった。あまりのショックに感情が消えてしまったんだ、お姉ちゃんは弟のことを思って泣くのを我慢してたんだ、弟もお姉ちゃんが泣いてないんだからと思って涙をこらえてたんだ、お母さんが先にわんわん泣きだしたから、子どもたちはどうしていいかわからなくなったんだ……。言いたい言葉はいくつもあったが、どれも頭の中をぐるぐると巡るだけで、声にはならなかった。

「わかるよ、清水の言いたいことは。俺だって同じだ。病院では、そういうものなんだろうな、と納得してた」

だが、ワルキューレについて調べていくうちに、じわじわと背筋を這《は》いのぼるような不安を感じた。病室で目にした摩耶ちゃんと真人くんの姿が、忘れかけていた記憶の奥底から、まるで亡霊のようにたちのぼってきた。二十年以上も事件や犯罪を追いかけてきた経験が教えてくれる。納得のいかないものは確かめるしかない。それを逃してしまうと、必ず後悔する。

「いまは妄想でも、いつか現実に変わる可能性だって、あるんだ」

「……作家の想像力か」

それが精一杯の皮肉だった。沢井に「フリーライターの観察眼だ」と返されると、私にはもうなにも言えなかった。

さらに沢井はつづけた。

「七年前の事件にかかわった一人として、俺には責任があるんだよ。二度とあんな事件、起こさせるわけにはいかない」

そして——。

「おまえだって、もう『木曜日の子ども』と無関係ってわけじゃないんだ」

電話は向こうから切れた。

朝食のあとは、仕事の調べものをするからと香奈恵に言って、書斎にこもっていた。昼前になるとタクシーが何台も大谷さん宅に着いた。親戚《しんせき》や親しいひとたちが次々に駆けつけているのだろう。庭にひとが出ている気配はない。煙草の箱や吸い殻があるとすれば、いまもウッドデッキの上に落ちているはずだった。だが、書斎の窓から確かめるかぎりでは、それらしいものは見あたらない。

ドアがノックされた。軽く小さな音に肩がびくっと震えた。

「お父さん、ちょっといいですか」

晴彦がドアを細めに開けて、顔を覗かせた。

「……おう、どうした？」

つくり笑いで応えると、「なんか、一人でいると緊張しちゃって」と中に入ってくる。

初めてだ。息子との触れ合いのためにつくった書斎に、初めて、待ちびとが来た。それも、思いのほか軽く、ためらいのない足取りで。

「緊張って、なにが？」

「だって……窓から見えるんですよ、大谷さんちが。そこにおじさんの死体があるんだって思うと、なんか、怖いっていうか、ドキドキしちゃって」

カーペットに腰を下ろした晴彦は、私が差し出すクッションを「ありがとうございます」と受け取って、手持ちぶさたを紛らすようにそれを抱いたまま、書斎を見回した。

「今度、ＣＤ借りていいですか。昔の音楽、最近好きなんですよ」

そういうことを言うのも、初めて。

「なんでも好きなの持って行っていいぞ」と言う私のほうが気おされて、目が泳ぐ。

「僕がいても、邪魔になりませんか？」

「……そんなことないって、大歓迎だ」

「だといいんですけど、すみません」

　頭をぺこりと下げる。まるで、私の困惑や緊張をすべて見抜いて、それを楽しんでいるかのように――と感じてしまう自分が、悔しい。

「大谷さん、かわいそうだったな」

「……ええ」

「同い年なんだ、お父さんと。だから、ああいうふうに亡くなるのって、他人《ひと》事《ごと》じゃないっていうか……悔しかっただろうな、って」

「いきなり死んじゃうことが？」

「それもあるし、まだ中学生の子どもをのこして死んじゃうって、やっぱり、悔しいし、心残りだしな」

　本音だった。おそらく、香奈恵と結婚して晴彦の父親になっていなければ感じなかったことでもある。

「長生きしなきゃな」

　笑って言った。今度の笑顔は素直に出た。晴彦も「ですよー」と笑い返して、部屋の空気がやっとゆるんでくれた。そのほのかな温《ぬく》もりに身をゆだねるように、私は言った。

「真人くんもしばらく落ち込んでると思うから、まあ、無理に励ましたりすることはないけど、いろいろ面倒見てやってくれよ」

なっ、と笑いかけると、晴彦はちょっと困ったように頬をぎごちなくゆるめた。

「どうした？」

「これ……言っちゃっていいのかどうかわかんないんですけど……」

「うん？」

「お父さんもお母さんも知らないと思うんで、ちょっと、ヤバいかもしれないんですけど」

「なんだ？　なにか真人くんと二人で秘密の話でもあるのか？」

冗談めかして言ったが、晴彦は笑い返さなかった。あるんですよ、と言う声は急に冷ややかに、突き放すような響きになった。

「真人と姉貴、どっちもおじさんのこと大嫌いだったんです」

部屋の空気が、一瞬にして、凍りついた。

週末にはバーベキューを楽しむ、絵に描いたような幸せな家族だった。子どもたちの姿をワインを啜りながらにこやかに眺める大谷さんも、ちょっとおしゃべりではあるけれど、いかにも理想的な父親だった。

だが、それはすべてつくりものだった——と晴彦は言った。淡々とした口調で、感情を交えることなく、私の反応をじっと観察するように。

あのおじさん、子どもを自分の思いどおりにしないと気がすまないんですよ。お客さんを呼んでバーベキューをやるからっていうときは、姉貴も真人も、絶対に外に遊びに行けないんです。家族そろってお客さんを迎えないとだめなんです。それがおじさんのルールなんです。

一回ね、姉貴が急に友だちに遊びに誘われて、どうしてもそっちに行きたくて、黙って行っちゃったんですよ。そうしたら、夜になって、お客さんが帰ってから、おじさん、キレたんです。暴力ですよ。すごい怖いって。殺されるってマジで思うぐらい怖いんだって。

で、すごいんです、怒る前になにやるかっていうと、くわえろって言うんですよ。タオル。丸めて。口に入れて。そうしたら声が出ないでしょ。顔を殴っても、歯が折れたり舌を噛《か》んだりしないから、おまえらにもそっちのほうがいいだろう、って。脅すんです。脅迫です。でも、ほら、顔を殴るとやっぱりヤバいじゃないですか。外からわかっちゃうから。だから、つねったり、風呂場で冷たい水をぶっかけたり、メシ食わせなかったりして、ギャクタイするんです。悲鳴とかあげようと思っても、タオル口に入れてるから、声が出ないんですよ。息も苦しくて、死にそうになるときもあるんだけど、ほんと、殺されるって百回ぐらい思ってたって、真人、言ってました。

子どもの頃からです。おじさんが大事にしてる本とか飾り物とか、つい破ったり壊しちゃったりすると、わざとじゃなくてもキレちゃうんです。許さないんです。

ほんとですよ。お父さんは信じてくれないかもしれないけど、これ、ほんとです。僕、真人に見せてもらったんですよ、青アザ。背中とか、すごいんです。あと、腕の内側の、付け根のほう。ほら、服を着たら見えないじゃないですか。そういうところを狙うんです、おじさんは。つねるんです。殴られたら一瞬だけど、つねられるほうが痛いんだって。リアルでしょ。なんかすごいリアルでしょ、そういうのって。

なぜ――。

なぜ、それを私に聞かせる――。

口答え、絶対に許さないんだって。おばさんも、じつを言うと、けっこう殴られてて。新婚の頃からずっと。だからもう、あきらめてるっていうか、怖いから、逆らうとマジ殺されるかもしれないから、絶対服従なんだって、おじさんには。

バーベキューするでしょ。お客さん来るでしょ。そのときに、なんていうか、おじさんが許してくれる範囲のヤンチャとか生意気ってのがあって、それをするとご機嫌いいんですよ。娘や息子にツッコミ入れられてるパパって、なんか、おじさん的にはOKなんだって。

でも、その範囲を一ミリでも超えちゃうと、あとでキレるんですよ。お客さんが帰ったあと、さっきのあれはなんだったんだって、おまえは俺に恥をかかせたんだって。

　わかんないんです、許してもらえるのとキレちゃうのと、境界線、わかんないんです。決まってないんです。その日のおじさんの機嫌しだいっていうか、気まぐれっていうか、バーベキューしてるときにあんまり楽しそうじゃないのに叱られないときもあるし、すごい盛り上がってたのに、お客さんが帰ると、急に怖い顔になるときもあるし、もう、なんにもわかんないんだって。

　九月に、ウチが一家そろって遊びに行ったときあったじゃないですか。バーベキューして、お父さんとおじさんがワイン飲んで。

　あのあとも、姉貴が怒られたんだって。途中で二階に上がっちゃったでしょ。あれが気に入らなかったみたいで、自分勝手な行動するなとか、おまえが一人で部屋に入ったからお父さんは恥ずかしかったとか、清水さんになんて言えばいいかわからないとか、そんなこと言って。

　やめろ——。

　それがほんとうなのかどうかは知らない。ただ、もう、聞かせないでほしい——。

　なんかね、あのおじさんって、幸せじゃないと嫌なんですよね。幸せな家族っていうか、幸せな時間っていうか、それがちょっとでも崩れると、許せなくなるんですよ。

でも、家族はみんな不幸になってるんだけど。ワケわかんないですよね。お父さんもあきれるでしょ？　信じられないでしょ？

でも、ほんとなんですよ、これ。今度、真人に青アザを見せてもらうように頼んでみましょうか？　見たらわかります。信じますよ、お父さんも。

晴彦の口調はどこまでも淡々としていた。表情にも高ぶったものはなにもない。遠い国の昔話を語るように、わが家の隣人の狂気を伝える。

大谷さんのにこやかな笑顔に隠されていたもう一つの顔が、静かに、おだやかに、微笑みとともに暴かれる。そして、それは同時に――わが家にひそむ狂気と、家族のもう一つの顔を、私に見せつけているのかもしれない。

よかったんじゃないですかね、意外と。

おじさんが死んでくれて。

僕、そう思います。おばさんにとっても、姉貴にとっても、真人にとっても、幸せなことなんじゃないですかね。

急性心不全ですよね。いいですよね、それ。ガンなんかと違って看病しないでもすむし、入院費用とかもかからないし、あっさりいなくなってくれるのって、真人にとってはサイコーだったんじゃないかなあ、って。

だってあいつ、言ってたんですよ。

殺したい、って。おじさんのこと、いつか、殺したいって。

僕ね、それであいつと仲良くなったんですよ。いいじゃないですか、そういうの。殺したいほど憎んでる相手がいる奴って、なんか、僕、好きなんですよねえ。

あいつ、よかったなあ。おじさんが死んでくれて、ほんとによかったなあ。おじさんには悪いけど、僕、そう思います。あいつの友だちだから、あいつが幸せになるんだったら、それ、やっぱり、いいことだと思いませんか?

なぜだ——。

なぜ、そんなことを私に聞かせる——。

私のなにを見たいんだ、おまえは。私からなにを聞きたいんだ、おまえは。

ごめんなさい、ヘンな話しちゃって。ショックだったでしょ?　お母さんには言えないんですよ、なんか、夢を壊しちゃいそうで。

でも、大谷のおじさんって、ほんとうはこういうひとだったんだってこと、お父さんにはわかっててほしかったんです。なんで、って訊かれると全然うまく説明できないんですけど、お父さんには言っておきたくて。

なんででしょうね、ほんとに。

でも、幸せって、なんか、すごい、嘘ですよね。僕、そう思いますよ。嘘ついてるもん、そういうの。

あ、でも、お母さんは幸せですから、いま、すごく幸せですから。ずっと幸せにしてあげてくださいね。

晴彦は、なにかを終えてしまった。私の前で巧妙に装っていた完璧《かんぺき》な笑顔は、いまは、もう、ない。晴彦は大谷家の仮面を剝《は》ぎ取り、自分の仮面も脱ぎ捨てた。

そして、なにかが始まったのだ。

家の前で車が停まった。インターホンが鳴った。沢井だ。応対は香奈恵に任せて、私はまっすぐに晴彦を見据えて言った。

「高木くんに会わせてくれ」

晴彦は目をそらさずにフフッと笑い、立ち上がる。

「今度、ＣＤを貸してください。勝手に持って行っていいですか？　あと、『少年ファイアー』はもう買わないんですか？　残念だなあ、これからどんどん面白くなるのに」

「……高木くんに会わせろ」

「命令？」

「ああ……そうだ」

晴彦は、また薄く笑った。

「もうすぐ会えますよ、どうせ」

そう言って、すうっと、なめらかな風の音を立てるように、晴彦は部屋を出て行った。

入れ代わりに、階下から香奈恵が私を呼ぶ声がする。

「すぐ下りるから」

香奈恵には聞こえるはずもないつぶやきを漏らして、私はゆっくりと立ち上がる。黙っているのがつらかった。廊下の壁に手をつき、階段の手すりにすがらないと、歩けなかった。

晴彦はなにかを終え、なにかを始めて、そして私からなにかを奪ってしまった。

私はもう晴彦の前で笑顔になることはできないだろう。晴彦も、もう私の前で完璧な笑顔を見せることはないはずだ。

私たちの「幸せ」の芝居は終わった。しかし、それは——大谷さんが演じていた芝居と、どこがどう違っていたのだろう……。

門の外で待っていた沢井は、背広を羽織って玄関を出た私を、硬い表情で迎えた。

「これがほんとうに『事件』だったら、けっこうヤバい状況になるかもしれない」

そう言って、背にした車を振り向き、助手席をウインドウ越しに指差した。『少年ファイアー』の今週号が置いてある。

「俺もさっき知ったんだけど、おとといの夜からネットで騒ぎになってる」

おとといの夜——『少年ファイアー』の発売日だった。

「……俺も、そのこと、訊きたかった」

「晴彦くんが言ってたのか？」

「ああ……詳しいことは教えてくれなかったけど」

「見たんだな、彼も」

沢井はパソコンからプリントアウトした紙を私に見せた。『少年ファイアー』に挟んであったというふれこみのメモが、画像になってネットに出ていたらしい。

〈降臨せよ　木曜日の子どもたち〉

いつものパソコンの文字とは違って、肉筆の殴り書きだった。

「俺は七年前の取材で、上田祐太郎の作文やテストの答案をかなり集めたんだ。あいつの書き癖はだいたいわかってるつもりだ」

まさか——とメモから顔を上げると、沢井はさらに険しい表情になってうなずいた。

「上田祐太郎の字だ」

弔問に訪れた私と沢井は、玄関先で大谷さんの親戚の男性に迎えられた。私が名前を告げ、隣人だということを伝えると、迪子さんからいきさつを聞かされていたのだろう、恐縮したそぶりで家に上げてくれた。

ゆうべから一睡もしていなかった迪子さんは、ついさっき、やっと床に就いたのだという。

「起こしてきましょうか？」

親戚は訊いた。もちろん、かたちだけの問いだ。明日のお通夜、あさっての告別式、気持ちの張りを保つには、いまのうちに少しでも休んでおくしかない。

私はすぐに「いいえ、お焼香だけすませたら、ひきあげますので」と返し、親戚もほっとした様子でうなずいた。

だが、沢井は違った。

「申し訳ないんですが、ちょっと奥さんと話をさせてほしいんです」

おい、なに言ってるんだ、と私が袖《そで》を引いても、かまわず「起こしてきていただけますか」とつづける。

「あの……いま布団に入ったばかりなんで、すぐには起きられないかもしれませんが……」

親戚は困惑顔で言った。

「じゃあ、起きていらっしゃるまで待たせてもらっていいですか」

沢井は譲らない。決して切り口上というわけではなく、言葉づかいも口調もやわらかだったが、有無を言わせない押しの強さがあった。

親戚も、憤然としながらも結局断ることができず、私たちをリビングに通すとすぐに

「起こしてきます」と二階に上がった。

ちょっとは遠慮しろよ、と沢井に目で伝えると、時間がないんだ、とにらみ返された。このまま大谷さんが火葬されたら、毒殺だったかどうかは永遠に闇に閉ざされてしまう。

リビングには、親戚や会社の同僚が集まっていた。ソファーに荷物や上着を置いて、みんなカーペットを敷いた床に直接座り込んで、誰もが呆然としている。

顔を白い布で覆われた大谷さんの亡きがらは、隣の和室に安置されていた。白木の台が枕元に置かれ、一本だけ立てた線香が、頼りなげな煙をたなびかせている。

「子どもさんたちは？」

沢井が訊くと、親戚は「二階で休んでます」と答え、「二人とも疲れ切っていますから」と付け加えた。突き放すような口調だった。玄関先でのやり取りが聞こえていたのかもしれない。

私は沢井に目配せした。これで子どもたちまで起こしてくれと言い出したら、いくらなんでも非常識すぎる。沢井は不承不承うなずいた。ずいぶん甘くて優しいものだな――ちらりと私を見たまなざしが伝える。いや、それは、弱くて臆病《おくびょう》なんだな、と責めるまなざしだっただろうか。

リビングに戻ると、迪子さんが二階の寝室から下りてきた。なまじ一度眠ったぶん疲れがいっぺんに出てしまったのだろう、憔悴《しょうすい》しきった様子で、戸口にたたずむのもつらそうだった。

「……清水さんにも、そちらのお客さんにも……ご迷惑をおかけしまして……」

挨拶《あいさつ》の声も消え入りそうに細い。

だが、不思議と、夫を亡くした悲しみは伝わってこない。

あたりまえじゃないか。あまりにも突然のことで、いまはただ呆然としているだけだ。それがふつうの人間の心理だ。俺が死んだら、香奈恵もそうなる。香奈恵が死んだら、俺だってそうだ……。自分に言い聞かせて、さっき晴彦から聞かされた話を頭から振り払おうとした。

それでも、挨拶を終えてぼんやりと虚空を見つめる迪子さんの顔からは、感情が消えていた。むしろ重荷を下ろしてほっとしたように、見えなくもなかった。

「奥さん、ひとつおうかがいしていいですか」

沢井が言った。迪子さんがのろのろと顔を向けると、表情のほんのわずかな揺らぎも見逃すまいとするように、じっと見つめ返す。

「ご主人は庭で煙草を一服されているときに倒れられたんです」

「ええ……」

「僕と清水くんも、たまたま、清水くんの家の二階からそれを目撃しました」

「はい……」

「煙草を持ったままだったか、落としたのかはわかりませんが、とにかく煙草をくわえたのは確かなんです」

怪訝《けげん》そうにうなずく迪子さんに、沢井はひときわ強い口調で訊いた。

「その煙草、どうなったか、ご存じないですか？」

親戚や同僚が顔を見合わせる。なにを急に言い出すんだと訝しく思い、そんなのどうだっていいじゃないかと咎《とが》めるような沈黙が、私と沢井を包んだ。

迪子さんは「さあ……」と首をかしげる。気のないしぐさと声だった。

「病院に持って行った、ってことはないですよね？」

「ええ……たぶん……」

「煙草の残りは？　シャツの胸ポケットから煙草を出したので、箱があったはずなんです」

「そうでしたっけ……」

「箱はシャツのポケットの中に入っていたはずです。ご存じありませんか？」

「なにも……なかったと思います……」

「そんなことはないですよ、僕と清水くんは確かに見たんです。こうやって、ポケットから箱を出して、一本だけ抜いて、また箱を戻したのを、ちゃんと見たんです」

「ええ……でも……」

「思いだしてください。救急車の中で、ポケットに箱は入ってましたか？　病院でシャツを脱がされたとき、どうでしたか？」

沢井の口調は問い詰めるようなものになってしまった。迪子さんは戸口にたたずんだまま困惑してうつむいてしまい、リビングにいたひとたちが「ちょっと、あなた……」

「もういいじゃないですか」と、とりなそうとした。

だが、沢井は周囲のひとたちには一瞥《いちべつ》もくれず、まっすぐに迪子さんを見つめて、

「救急車が来るまでは、確かにポケットの中にあったんです」と言った。

「でも……わからないんです、すみません、すみません……」

迪子さんの声が震える。

「いまは、ないんですね？」

「ええ……」

「ちょっと庭に出ていいですか」

訊いたときには、もう腰を浮かせていた。迪子さんが応える前に窓に向かって歩きだす。窓際にいたひとも、なにか言いたげな顔ではあったが、気おされたように道を空けた。

私もしかたなくあとにつづく。左右にぺこぺこと頭を下げ、迪子さんを振り向いて、申し訳ありません、と会釈すると――沢井に、おまえはまだわかってないのか、という顔でにらまれてしまった。

庭のデッキに出た。後ろ手に窓を閉め、デッキの端まで行くと、やっと重苦しさから逃れられた。

沢井は、デッキに立つ位置を測るように足元を細かく調整した。

「このあたりだよな、大谷さんが俺たちに気づいたのって」

「ああ……」

バーベキューグリルは昨日のまま、出しっぱなしだった。グリルの中には、火を点《つ》ける前の炭もあった。休日のバーベキューを楽しみにしていたのだろう。そろそろ客が来る頃だから、火を熾《おこ》して、椅子を並べ、万全の準備で迎えよう、と張り切っていたのだろう。

なにも知らなければ――大谷さんのひとの良さだけを思って、やるせなさに胸をふさがれていたかもしれない。

だが、私はもう、大谷さんのにこやかな笑顔をそのまま受け止めることはできない。

「知る」というのは残酷なものだ。知ってしまうと、もう「信じる」ことができなくなってしまう。

「ここで俺たちを見上げて、バーベキューに誘ってきたんだよな」

こうやって、こう、と沢井は記憶をたどり、そのときの大谷さんのしぐさを真似た。わが家の二階を見上げて、グリルを指差したのだ。串《くし》に刺さった肉を横から頬張る身振りをして、いかがですか、と笑ったのだ。

「で、清水が断ると、ちょっと残念そうな顔になって……そのときか、煙草を出したの」

「ああ、そうだ」

「このあたりだよな。ここでポケットから出して、一本抜いて……」

「俺はそこで目を離した」

「うん、清水が窓から離れて、俺はまだ大谷さんを見てて……くわえたんだ、うん、ここで、あっちを見ながら煙草をくわえて、火を点ける前に倒れたんだから……」

ここだ、と沢井はデッキを指差した。

「このあたりに落ちてなきゃおかしいんだ、くわえた煙草は」

デッキの板の隙間は、煙草が落ちてしまうほどの幅はない。倒れたはずみや、救急隊員が担架に乗せるときのはずみで、遠くまで転がってしまったとしても、範囲は限られている。

沢井はデッキに膝《ひざ》をついて、周囲を細かく確かめていった。私にも「葉っぱだけでもいいんだ、なにかあればすぐに教えてくれ」と言う。リビングにいたひとたちは怪訝そうに、というより、はっきりと不審な表情を浮かべてこっちを見ていたが、沢井は気にも留めない。しかたなく、私もしゃがみ込んで、デッキを細かく、なめるように見つめた。

なにもない。あきらめて顔を上げると、ちょうど沢井も私に声をかけようとしていた。

「ないな……」

私の言葉に小さくうなずいた沢井は、「振り向くなよ」と言った。「びっくりした様子も見せるな、いいな」

「……どうした？」

「見られてる」

「なにが？」

「俺たちのこと……晴彦くんが二階の窓から、じっと見てる」

顔をこわばらせた私に、「動くな」と釘《くぎ》を刺して、「彼の部屋からもここが見えるんだな」と言う。「じゃあ、そっちはどうだ？　この家の二階の窓は、ここからどんな角度にある？　真上が誰の部屋なのか、わかるといいんだけどな」

見上げるなよ、なにげなく立って、なにげなく確かめてくれ、と言う。

私は黙ってうなずき、腰を揉《も》むへたくそな芝居をしながら立ち上がった。

窓は三つあった。真ん中の縦長の窓は階段だろう。左右の二つの窓は同じサイズで、そして――。

私はすっと窓から目をそらし、わが家にも大谷さんの家にもまなざしが触れないよう、いまにも雨の降りだしそうな曇り空を見上げて、沢井に言った。

「見てる」

「……姉貴のほうか、弟のほうか」

「両方……すぐ隠れたけど」

声が震える。沢井の「わかった」と応える声も、かすれていた。

向かって右側の窓だった。摩耶ちゃんの部屋だろうか。真人くんの部屋なのだろうか。どちらにしても、晴彦の部屋の窓と正面から向かい合う位置にある。たとえば夜、一階のリビングにいる私たちや大谷さん夫婦が知らないうちに、子どもたちが窓越しになにかを伝え合うことだって、簡単にできるのだ。

　顔を空に向けたまま、ちらりと晴彦の部屋の窓を盗み見た。人影はない。私が立ち上がったので隠れたのか。いや、しかし、それは庭を見下ろす窓辺から逃げたというだけで、部屋の中から摩耶ちゃんや真人くんと身振りでやり取りすることはできるはずだ。

「清水、ちょっと芝居に付き合ってくれるか」

「え？」

「気になることがあるんだ」

　なんとなくだけどな、とつぶやいた沢井がシャツのポケットから取り出したのは、まだ長い煙草の吸い殻だった。

「なにも言わなくていいから、奥さんの様子、しっかり見ておいてくれ」

　沢井は吸い殻を手のひらに握り込んで、リビングに戻った。

　迪子さんはまだリビングにいた。親戚の女性に肩を抱かれ、温かい飲み物を啜るように飲みながら、私たちに気づくと黙って小さく会釈をした。

　部屋にいる誰もが、私たちに冷ややかな、敵意すら交じった視線を送る。大谷さんが倒れたのを最初に見つけた隣人だという義理は消えてしまったようだった。

「どうもお騒がせしました」

　沢井が神妙に言うと、部屋にいたいちばん年かさの男が「結局、なんだったんですか」となじるように声をかけてきた。

「いや、最後に吸おうとされていた煙草ですから、遺品になるんじゃないかと思って、おせっかいだとは承知してたんですが……」

その言葉に、部屋の空気はやっと少しだけゆるんだ。だが、迪子さんは、マグカップに顔を埋めるような格好で、ぴくりともしない。

「それで、見つかったんですか？」

親戚の女性が訊くと、沢井は、握っていた手をゆっくりと開いた。

「一本、こんなのが落ちてたんですけど、どうなんでしょうね」

何人かが沢井を囲んで、吸い殻を覗き込んだ。迪子さんは動かない。顔も上げない。

「一口吸うか吸わないかのうちに倒れたんで、これくらいの長さだと思うんですよ」

沢井のもっともらしい説明に、なるほど、とみんなはうなずいた。

「ここです、ここに口をつけた瞬間だったんですよ、急に苦しそうに倒れたのって」

沢井はフィルターを指差して、おそらく、ここがカンどころなのだろう、さらりと、のんびりした声でつづけた。

「あまりにも突然のことでしたから、もしかして、煙草に毒でもついてたのかな、なんて思ったほどだったんですよ」

周囲のひとたちは苦笑した。はなから取り合っていない笑い方だった。沢井も「まあ、いくらなんでも、それはないですよね」と――たぶん、これもわざと、あっさりと引き下がった。

私は迪子さんを見る。迪子さんはまだ顔を上げない。マグカップも動かない。

「ああ、でも、これは違いますよ」

沢井のすぐそばにいたひとが吸い殻を指差した。「銘柄が違ってる、大谷さんが吸ってたのは、もっと軽い、スーパーライトのほうだから」――会社の同僚なのだろう。

「ああ、そうなんですか」

「うん、ウチのオフィス、先月から全面禁煙になったから、この機会に煙草を軽いのに変えて、本数も少し減らすか、なんて言って……会社では喫煙スペースで一日に五、六本しか吸ってなかったんじゃないのかな」

同僚は迪子さんを振り向いて、「ねえ奥さん、大谷さん、禁煙するとかっておっしゃってましたよね？」と訊いた。

ワンテンポ遅れて、はっとした様子で顔を上げた迪子さんは、ぎごちない笑顔で「ええ……はい……」と応えた。なにを訊かれたのか、よくわかっていなかったのかもしれない。

同僚は特に訝しがることもなく、沢井に向き直って、「だから、これは別のひとが吸ったんですよ」と言った。沢井も「じゃあ、バーベキューのお客さんか誰かのですかねえ」とうなずいて、吸い殻をまた握り込む。同僚は「禁煙を考えた矢先に心不全なんて、皮肉ですよね」とつぶやくように言って、みんなもため息交じりにうなずいた。

しんみりとした沈黙のなか、迪子さんはそっと、目を天井に向けた。二階の――子どもたちの気配を探るように。

沢井もそれを確かめたのだろう、私と目が合うと、もういい、帰ろう、と立ち上がった。

香奈恵はコーヒーの用意をしていたが、沢井はそのままウチには寄らずに帰ると言った。

やむをえない。二階に晴彦がいて、一階に香奈恵がいるとなると、わが家で沢井と話すわけにはいかない。

「じゃあ、俺も駅まで付き合う。本屋にも行きたいし」

キッチンにいる香奈恵に、玄関から声をかけた。香奈恵が見送りに出てくる前に、外に出た。逃げている。嘘をついている。旭ヶ丘に引っ越してきてから、私は何度、逃げるように目をそらし、家族に嘘をついてきただろう。

車の助手席に乗り込むと、沢井はエンジンをかけながら「ヤバいな」と言った。「あのカミさんもからんでるかもしれない」

「……考えすぎだ」

「だといいんだけどな」

車が走りだす。最初の角を曲がり、振り向いてもわが家の屋根が見えなくなると、ほっとしてため息をついた。

沢井も黒ネクタイを片手ではずして、ため息交じりに言った。

「あのな、清水……ありえない、なんて思うなよ。ありえないって決めつけた瞬間に、なにも見えなくなるんだ、ものごとは」

黙り込む私に、さらにもう一言、付け加えた。

「それと、あってほしくない、とも思わないでくれ。希望や願望で安心しようとするな。そんなのは逃げと同じだからな」

「……わかってる」

「現実ってのは、こっちの思いなんかおかまいなしに、どうしようもなく、あるんだ。俺たちは週刊誌の仕事で、イヤってほど学んできた」

「ない」ものを「ある」とは言えない――。

「ある」ものを「ない」とは言えない――。

「清水も見ただろ。カミさんは、吸い殻を出したときに凍りついた。俺の勘違いだったということになったら、二階を見た。それはもう、事実として、あるんだ」

あとは、その事実をどう解釈するか――。

「清水、おまえはそれ、ただの偶然だと思ってるか？」

私は言葉に詰まる。その沈黙を私の答えとして受け取った沢井は、それでいい、というふうにうなずいて、「偶然であってほしい、なんてことは思わないでくれよな」と念を押して、ワイパーのスイッチを入れた。

雨が降りだしていた。


雨は夕方にはあがり、翌朝、大谷さんの亡きがらがワゴンの寝台車で自宅から運び出されたときには陽も射していた。

今夜が通夜で、明日の昼過ぎには大谷さんは荼毘《だび》に付される。

私は仕事を早じまいして、通夜に参列する。明日の葬儀にも、有休をとるつもりだ。香奈恵には「お通夜に行くんだったら、お葬式まではいいんじゃないの？」と言われたが、斎場で待ち合わせている沢井も、通夜と葬儀の両方に顔を出すことにしていた。

「木曜日の子ども」にまつわる誰かが来るかもしれない、と沢井は言ったのだ。上田祐太郎かもしれないし、高木俊介かもしれない。あるいは、別の、たとえば——。

通夜には、香奈恵と晴彦も参列する。晴彦は葬儀にも行きたがっている様子だった。学校があるんだから、と香奈恵がゆうべ諭すと、でも、と反論した——大谷のおじさんとお別れするのって、授業よりも大事だと思う。

香奈恵は、学校に行きなさい、と私から言ってほしそうだった。逆に晴彦は、ね、お父さん、命の重さって、やっぱりお葬式とかで実感するんだよね、と私を味方につけようとした。

さあ、わかんないな、と私は苦笑いでごまかした。どっちでもいいんじゃないかな、学校を休んでも、お葬式に行かなくても。

一人でさっさと寝室に向かい、香奈恵が風呂に入っているうちに寝入ってしまったふりをした。逃げている。嘘をついている。耳鳴りがしているわけではないのに、香奈恵の声も、晴彦の声も、二人に話す自分の声まで、遠い。

もっと逃げることはできるのだ。二人の声が聞こえなくなり、姿が見えなくなるまで、遠くに――。

家に帰らなければいい。香奈恵と離婚して、家族の関係を解消してしまえばいい。慰謝料や養育費などのペナルティーは負っても、両肩にのしかかる二人の存在が消えてしまえば、きっと私はいまよりずっと楽になって……いまよりずっと、自分を嫌いになってしまうだろう。


陽が暮れた頃に斎場に着くと、受付のテントから香奈恵が駆け寄ってきた。

「迪子さんに頼まれちゃったんだけど……」

真人くんのことだった。今夜、ウチに泊めてもらえないか、と迪子さんが香奈恵に頼んだ。

「やっぱりお父さんが亡くなったわけだから、ショックも大きいみたいで、ゆうべもずっとうなされてたんだって。それに、家には親戚のひとが泊まり込んでてゆっくりできないから、一晩泊めてもらえないか、って。真人くんも晴彦と一緒にいたいって言ってるし……だったらついでに摩耶ちゃんもウチに泊めてあげようかな、と思ってるんだけど、いい？」

香奈恵の顔をまっすぐに見られない。

「二人ともずっとおとなに囲まれてるから、息が詰まってると思うの。摩耶ちゃんは和室で寝てもらって、真人くんは晴彦と同じ部屋で……いいわよね？」

香奈恵の声には、迷いも疑いもない。私には「わかった」としか応えられない。

「それでね、悪いんだけど、お焼香が終わったら、三人を車に乗せて連れて帰ってくれない？　わたしはもうちょっとお手伝いが残ってると思うから、あとでバスで帰るから」

黙ってうなずいた。逃げたくても逃げられない。私は、いつから、そしてなぜ、「木曜日の子ども」に手足を搦《から》め捕られてしまったのだろう……。

焼香の列に並んだ私の肩を、沢井が後ろから叩《たた》いた。昨日にも増してこわばった顔をしていた。

「なにかあったのか」

「……あった」

沢井は、ちょっといいか、と私を列の外に連れ出して、ひと気のない場所まで行き、それでもまだ安心しきれないのか、早口で耳打ちした。

「さっき、斎場に行く途中、寄ってみたんだ」

かつて上田祐太郎の自宅があった場所――。

「いま更地になってるっていうのは、清水も知ってるよな」

「ああ……」

「足跡がたくさんあった」

それも、まだ新しい足跡ばかりだったという。昨日の雨のあと。まだ地面がぬかるんでいるうち――今日の昼間か、あるいは、ゆうべ。

「俺はゆうべだと思う。昼間だと、隣の家のおばあさんが絶対になにか文句を言って、ヘタすれば警察だって呼びかねないしな」

沢井と同じことを私も考えていた。

夏休みのあの日、晴彦を上田祐太郎と見間違えたおばあさんの顔は、まだうっすらと覚えている。昼間に見かけない連中がうろうろしていたら、確実に大騒ぎになるだろう。

だが、ゆうべだとしたら――。

夜の闇のなか、ほの白い人影が浮かぶ。寝静まった住宅街を、一人、また一人と、「木曜日の子ども」に魅せられた若者たちが、禍々《まがまが》しい土地の放つ霊気に吸い寄せられるように、無言で、更地にたたずむ。その光景が、身震いするほど鮮明に浮かぶ。

「動きだしたんだ、『木曜日の子ども』が。まさに降臨だ」

低くうめくように言った沢井は、闇の奥の気配を探るように四方に目をやった。いまも、どこかにいるのかもしれない。物陰にじっと身をひそめて。もしかしたら、参列者の中に紛れて。

通夜には摩耶ちゃんや真人くんの同級生も大勢来ている。たとえ同級生でなくても、あるいはたとえ旭ヶ丘中学の生徒でなくても、焼香の列に並んでしまえば、誰にもわからない。

いや、彼らはもう用済みになった生け贄《にえ》には興味はないのかもしれない。上田祐太郎の自宅があった更地に集まっているのかもしれない。旭ヶ丘の街を、静かに、静かに、誰と連れ立つこともなく、歩いているのかもしれない。街のどこかに隠してあるワルキューレを取り出しているかもしれない。第三の事件が、すでに起きているのかもしれない。

「そっちはどうだ？　なにか変わったことがあったか？」

沢井に訊かれ、摩耶ちゃんと真人くんを今夜泊めることを話した。

「でも、今夜はいちおう様子を見るしかないと思ってる」

先回りして言うと、沢井は「そりゃそうだ」とうなずいた。「問いただして素直にしゃべるようだったら苦労はないって」

最初から犯人だと決めつけているような口調にむっとしたが、私のその反応も織り込み済みだったのだろう、沢井は周囲を見回しながら言った。

「おまえも、口の中に入れるものには、気をつけたほうがいい……今夜だけのことじゃなくてな」

結婚前に思い描いていた親子の情景が粉々に砕け散ってしまうのを、私は、確かに見た。

第十章　約束された土地

香奈恵は摩耶ちゃんだけを連れてホールから出てきた。

「ごめん、真人くんのほうはまだ時間かかりそうな感じなの」

焼香を終えた参列者はホールの二階の広間に通され、通夜ぶるまいを受けている。最初の話では、摩耶ちゃんと真人くんは食事だけ終えると中座して、晴彦と一緒に私の車で帰宅することになっていたが、親戚《しんせき》のおばさんたちが真人くんを囲んで口々に慰めたり励ましたりするので、席を立ちづらくなっているのだという。

「それでね、摩耶ちゃんだけ、さっきから頭が痛いって言ってるから、先に出てきたの」

確かに、香奈恵に肩を抱かれた摩耶ちゃんはぐったりとした様子でうつむいている。無理もない。父親を亡くしてまだ二日しかたっていないのだ――その死に、彼女がどうかかわっているのかは、ともかくとしても。

「悪いけど、ちょっと車の中で休ませてあげてくれない？」

うなずくと、隣の沢井が「いや、それより……」と口を挟んだ。「清水、摩耶ちゃんを連れて家まで帰ってろよ。残りの男子二人は俺が送っていくから」

男子という言い方に香奈恵はクスッと笑って、「じゃあ、そうする？」と摩耶ちゃんに訊《き》いた。摩耶ちゃんは黙って小さくうなずいた。

「摩耶ちゃん、弟さんのことはおじさんに任せてくれればいいからな。家に帰ったら温かくして、早く寝ちゃえよ」

沢井が声をかけると、摩耶ちゃんはまた小さくうなずいた。

車が駐車場を出ると、助手席に座った摩耶ちゃんは深いため息をついた。

「着いたら起こすから、寝てればいいよ」

私が声をかけると、もう一度、今度は短く、踏ん切りをつけるようなため息を漏らして、窓を細めに開ける。

「おじさん」

「……うん？」

「さっきのひと、作家でしょ。沢井良樹。わたし、顔を知ってます」

ごまかそうか。一瞬思ったが、こういうところで嘘はつきたくない、と思い直して、「そうなんだよ」とうなずいた。「おじさんの友だちなんだ」

「いつから？」

「え？」

「いつから友だちになったんですか？」

「あ……それは……」

学生時代の、と言いかけた言葉は、こっちを見る摩耶ちゃんの視線に気づいたとたん、喉元《のどもと》にひっかかって止まってしまった。

「あのひと、『木曜日の子ども』のこと、七年前からずっと取材してるんでしょ」

「……うん」

下手な嘘はつけない。子どもだと思うな、と自分に言い聞かせた。「ちゃん」や「くん」付けはもう似つかわしくない。摩耶も真人も、そして晴彦も、私が最初に想像していたよりずっとおとなで――おとなよりも怖い子どもだ。

「七年前も、取材、すごくしつこかったって。あのひとのこと、許せない、って」

「……誰が言ってたの？」

「おじさんが会いたがってるひと」

摩耶はさらりと言って、「二人いると思うけど、そのうちの一人」とつづけた。

上田祐太郎――。

高木俊介――。

どっちだ、と思いを巡らせかけたとたん、ハンドルを持つ手がビクッと震えた。

「沢井のこと……どこで見たんだ」

「さっき」

「さっき、って……」

「来てたんですよ、お通夜に。焼香のあとすぐに帰ったけど、メールで教えてくれました」

摩耶は、制服のポケットから出した携帯電話を私の眼前に差し出した。

車を路肩に停め、摩耶がかざす画面に表示されたメールの文面を読んだ。

〈沢井良樹が来てる。いまは作家。7年前は事件を取材してた。真理子のこと、しつこく調べてた。許せない〉

差出人の欄には〈高木俊介〉とあった。

斎場の外の暗がりに参列者が並んだ光景がよみがえる。あの中に彼はいたのだ。私たちに気づかれることなく息をひそめて、じっとこっちを見つめていたのだ。

「真理子って、おじさんにもわかるでしょ？」

「渡辺真理子……」

「そう。おじさんの家に、昔住んでたひと」

「……上田祐太郎が殺したくなかった女の子だよな」

摩耶はクスッと笑って、「報道ではそうなってるみたいですね」と言った。「でも、逆かもしれませんよ」

「どういう意味？」

「クラスのみんなは巻き添えだったのかもしれない、っていうことです。最初から狙いは真理子さんだけで、でも、真理子さんの給食にだけワルキューレを入れるのは難しいから、鍋《なべ》の中にまとめて入れちゃったっていう可能性もありませんか？」

「いや……でも……上田祐太郎は、彼女と付き合ってたんじゃないのか？」

「付き合って、別れてたら？　真理子さんのほうから一方的に『好きなひとができたから』って言われたら？」

　摩耶は携帯電話をしまって、「殺すの『あり』になっちゃいますよね」とつづけた。「真理子さんが好きになった相手が、親友だったら……もう、殺すしかなくなりませんか？」

　言葉を失った私に、軽い口調で「どっちかが死ねばよかったんですよ」と言う。「真理子さんか高木さんのどっちかが死ねば、それで目的は果たせるんです。あとの同級生は、まあ、『ついで』っていうか、『おまけ』みたいなものだったんでしょうね」

　ぞっとした。身震いを超えたショックを受けると、体は凍りついたように動かなくなってしまうのだと初めて知った。

「わたし、思うんですよ。世界を滅亡させるとか破滅させるとかって、よく言うじゃないですか。でも、ほんとうは誰も本気で世界のことなんて相手にしてるわけじゃないんです。本気で滅ぼしたいのは、もっと小さな、身近な、そこいらにいる誰かのことで……それを滅ぼすために、世界も『ついで』や『おまけ』で滅ぼされちゃうんじゃないか、って」

　巻き添え――なのだ。

「だって、戦争もそうでしょ？　最初は領土の争いとかメンツがどうしたとかで始まって、最後の最後は国が滅びちゃったりするわけじゃないですか。核兵器使ったら、世界まで滅びるわけでしょ？　世界が滅びる『ついで』や『おまけ』で、誰かが巻き添えをくって殺されちゃうわけじゃなくて、誰かが滅びる『ついで』や『おまけ』で……世界まで一緒に、バーン……」

摩耶は両手を軽く広げて爆発のしぐさをした。顔には、薄い微笑みが浮かんでいた。

「世界って、弱いでしょ？　ちっぽけな誰かの巻き添えをくって滅びちゃうほど弱いでしょ？　七年前の二年一組だってそうですよ。滅びちゃったじゃないですか。たった一人の個人的な憎しみや恨みの巻き添えで、クラスごと滅亡ですよ。中学生にとっては、クラスは世界ですから。世界がまるごといっぺんに滅亡しちゃったんですよ。それって、すごいと思いませんか？」

私はなにも応《こた》えない。応えられない。応えられるはずがない。そんな私の反応も織り込み済みだったのか、摩耶は微笑んだ顔のままつづけた。

「おじさんは、なんでウエダサマが憧《あこが》れられてるか、わかりますか？　たくさんのひとを殺したからヒーローになったわけじゃないんですよ。そうじゃなくて、たった一人の個人的な怨恨《えんこん》や憎悪で世界は滅ぼせるんだっていうことを、世界はこんなに弱くてもろくて、世界を滅ぼすなんて簡単なんだってことを……ウエダサマが教えてくれたからなんですよ」

摩耶は携帯電話をしまったポケットから、今度はデジタルプレーヤーを取り出して、カーステレオを覗《のぞ》き込んだ。

「晴彦くんの言ってたとおりだ」

「……なにが？」

「このステレオ、外付け対応ですね」

「ああ……」

引っ越しをしたときに買い換えたのだ。いつも音楽を聴いている晴彦のために——というより、イヤホンで耳をふさがれたくない私自身のために、「大きな音で聴いたほうがいいんじゃないか？」とステレオにつなげるようにしてやろうと思って……結局まだ一度も使っていない。

「聴いてみます？」

「なにを？」

「上田祐太郎の声」

車を停めていてよかった。もしも運転中にその言葉を聞かされていたら、車は間違いなくセンターラインを越えるかガードレールに激突するかしていただろう。

「そんなに啞《あ》然《ぜん》とすることないじゃないですか」

摩耶は失笑した。「ほんものかどうか、わからないんですから」

「どこで手に入れたんだ？」

「手に入れたっていうか、ネットでダウンロードできますよ。アドレスをしょっちゅう変えてるから、追いかけるの大変ですけど」

　ウェブサイトのタイトルは、アドレスをそのまま使っている。コンテンツも音声ファイルがぽつんと置いてあるだけ。

「でも、いろんな噂話で、ひそかに伝わるんです、こういうのって」

「……『少年ファイアー』のメモみたいなものか」

　摩耶は「おじさんに伝わった時点で、もう意味ないですよね」とまた失笑して、メモの広がった経緯を手短に説明した。

　すべては、ウエダサマの音声ファイルからだった。コンビニや書店に並ぶ『少年ファイアー』にメモを挟み込むよう、指示を送った。音声ファイルの存在を知っている者はそれに従い、知らない者は驚き、自分がメモを挟んだ者も、ほかにどんなメモが挟んであるのか知りたがるようになって――ウェブサイトにはウエダサマ直筆の画像ファイルも置かれた。それをダウンロードして、プリントアウトして、『少年ファイアー』に挟めば、ウエダサマの直筆のメッセージは全国にばらまかれることになる。沢井がネットで見つけたメモは、それだったのだろう。

「でも……なんのために……」

「ウエダサマは解き放たれたんです。上田祐太郎っていう一人の少年から解き放たれて、みんながウエダサマになったんです。ワルキューレはみんなが手に入れられるわけじゃないけど、世界はあっけなく滅亡してしまうっていうのを信じたいひとは、みんな、ウエダサマなんです」

わたしも、と摩耶は自分を指差した。弟も、とつづけた。そして、摩耶の口は、は・る・ひ・こ・く・ん・も――の形に動いた。

絶句する私にかまわず、摩耶はプレーヤーをステレオにつないで再生ボタンを押した。

ざらついたノイズがしばらくつづいたあと、若い男の声が、スピーカーから流れてきた。

〈木曜日の子どもたちよ。おはよう。
木曜日の子どもたちよ。こんにちは。
木曜日の子どもたちよ。こんばんは〉

「いつ聴いてもいいように、いつも挨拶《あいさつ》をぜんぶ繰り返すんです」

摩耶は言った。子どもじみている。だからこそ、どこといって特徴のない、ひらべったい声が、怖い。

〈木曜日の子どもたちよ。目を閉じるがいい。その瞬間、世界は消える〉

摩耶はウエダサマの言葉に従って、目を閉じた。

〈息を止めてみるがいい。そのままずっと息を止めていれば、放っておいても世界は消える〉

摩耶は息を止めた。まるで、私にお手本を示すかのように。

マイクの前でウエダサマ自身もそうしているのか、しばらく沈黙がつづいた。

私にも覚えがある。少年時代、自分と、自分を取り巻く世界の関係を考えていた。自分にとっての世界のすべては、自分が生まれてこなければなにもなかった。自分が生まれたことで、世界のすべてが始まった。ならば、自分が死んでしまうと、自分にとっての世界のすべても終わる。いや、もしかしたら、「自分にとっての」という限定をつけなくても、あらゆるすべての世界が、自分の意識の中でつくりあげられたものだとしたら、自分の死は世界そのものの死になりうる。香奈恵も、晴彦も、目の前にいる摩耶も、自分自身でさえ、消え失《う》せる。

おとなになってからは、さすがにそんなことを考える機会はなくなった。だが、それは答えを見つけたから考えなくなったのではなく、少年時代にはしっかりと胸の中に収まっていたはずの問いそのもののありかを見失ってしまったせいかもしれない。いま、思う。問いはまだ解決されたわけではないんだぞ、とあらためて噛《か》みしめる。

世界とは——なんだ。

香奈恵と晴彦に出会ったことで、私の世界は変わった。二年前には思いもしなかった夫になり、父親になって、私の世界は、いままでとは違う風景になった。

だが、二人が見ている風景は、私が見ているのとほんとうに同じものなのだろうか。二人が生きる世界は、私が生きているのとほんとうに同じものなのだろうか。世界とは、そのひとの人生がかたちづくるものなのだとしたら、私たちの世界は最初から重なり合うことなどないのかもしれない。

ふう、とウエダサマは息をついた。やはりほんとうに呼吸を止めていたのだろう。まったくもって子どもじみていて、だからこそ、何度でも思う——たまらなく、怖い。

〈木曜日の子どもたちよ。われわれはすでに知っている。いまの、この世界を消し去りたければ、われわれが命を絶てばいい。簡単なことだ。世界というのは、自分がいなくなったあともつづくほど立派なものではないし、たとえつづいていたとしても、自分のいない世界がどうなろうと、そんなものどうでもいいではないか。

木曜日の子どもたちよ。われわれはすでに、おそらくまだ幼い子どもの頃から、世界をてっとりばやく壊す方法を知っているのだ。それを忘れないでほしい〉

自殺の勧めかと思ったが、そうではなかった。

ウエダサマはつづけて、「しかし」と言ったのだ。

〈木曜日の子どもたちよ。きみたちは、世界の終わりを見たくはないか。滅んでしまった世界の、その静けさの中にたたずんでいたくはないか。

私は見た。世界の終わりを確かに見た。私は立っていた。滅んでしまった世界の中心に、確かに、あの日、私は立っていたのだ。

ある国の学者が、こんな説を唱えた。人口一億人ほどの国で、国民全員が、「いなくなってほしい」と思っている相手を七人ずつ書いていくと、国民すべての名前が記されたリストができあがるのだという。すなわち、あらゆるひとは、誰かに「いなくなってほしい」と願われているというわけだ。もしもリストに名前を挙げるのではなく、実際に殺してしまえという調査だったら、その国の国民は全員、誰かに殺されてしまう。国は滅ぶ。世界は滅亡してしまう。世界とは、そこまであっけなくもろいものなのだ。

木曜日の子どもたちよ。

木曜日の子どもよ。

きみは、世界の最後の一人になりたくはないか〉

音声ファイルはそこまでだった。

摩耶は静かに「車、出してください」と私に言った。「頭痛がするのは、ほんとうですから」

山ひだを縫って延びる旧道を通った。沿道にはニュータウンが開発される前のひなびた農村の雰囲気が残り、街灯もほとんどない。ヘッドライトが目の前の闇を照らしても、かえってそれが光の届かない暗闇の深さをきわだたせてしまう。まだ夜九時を回ったばかりなのに、真夜中の山道を走っているような気分になった。それも、道に迷ってしまい、さっきから同じところをぐるぐると回りつづけているような。

車が走りだしてしばらくすると、摩耶が沈黙を破った。

「おじさん、晴彦くんからウチのこと聞いてますよね？　ウチの父親の、ほんとうの素顔っていうか……」

黙ってうなずくと、摩耶は少しだけほっとした顔になって、「じゃあ正直に言います」とつづけた。

高木と知り合ったのは夏休み、八月初めの夜だった。

「逃げたんです、わたし」

父親の暴力から——。

「もう我慢できなくて、走って家を飛び出したんです」

その夜の大谷さんはよほど虫の居所が悪かったのだろう、ささいなことで荒れに荒れたあげく、摩耶を玄関の外に蹴《け》り出して、ドアに鍵《かぎ》を掛けてしまった。迪子さんや真人にも、絶対に開けるな、と言い渡した。明日の朝になって、もしもあいつが家の中にいたら、おまえらを殺すぞ、とまで言った。

「父親の言っていることは、脅し文句じゃないんです、わたしたちにとっては。あの夜も、お母さん、おなかを蹴られて、げえげえ吐いて、真人も殴られたり蹴られたりして、あのひとの怖さは、もう、体が覚えちゃって、うずくまったまま身震いが止まらないんです」――「父親」が、「あのひと」になる。

ほとぼりが冷めたのを見計らって家に帰ってみると、だから、玄関のドアは開かなかった。チャイムを鳴らそうかと思ったが、もしも父親が寝ているのなら、へたに物音をたてて起こすと、よけい面倒になる、と思い直した。

「けっこう冷静だったんです。慣れてるし、まあしょうがないか、どうせ夏休みだし、朝までコンビニを回ってればいいか、って」

でもね、と摩耶は寂しそうに笑った。「旭ヶ丘にコンビニって一軒しかないんですよね……」

聞いているこっちのほうがうめき声を漏らしてしまうような話だった。どの家も厳重に戸締まりをして、室内のテレビの音さえ聞こえない旭ヶ丘の街をあてもなく歩く少女の姿を思い浮かべると、うめき声はさらに低く、くぐもってしまう。大谷さんのひとなつっこい顔が、ぐらぐらと揺れて、ゆがんで、割れる――私はまだ「あのひと」を「大谷さん」と呼んでしまう。

そんな私の胸の内を読み取ったように、摩耶は「警察に行けばいいじゃないかって思うでしょ？」と言った。

「ああ……」

「警察に行けば、あのひと、捕まるかもしれませんよね。そうすれば、わたしたち、もう殴られたり蹴られたりすることないですよね」

「うん……」

「でも、あのひとのほんとうの素顔が誰かに知られたら、その瞬間、わたしたちの世界は終わっちゃうんです。どんなに嫌な世界でも、それが自分の世界だったら、壊すわけにはいかないって……なんなんだろう、それが家族っていうものなんだなって……あの頃のわたし、そう思って、信じてたんですよ……世界は強くて、頑丈で、永遠のもので、わたしなんかが壊せるようなものじゃないんだ、って……」

鍵の掛かった玄関をあとにして、とぼとぼと歩きだした。最初の四つ角にさしかかって、どっちに行こうか、と足を止めた、そのときだった。

「大谷摩耶さんですよね」

後ろから声をかけられて、驚いて振り向くと、見知らぬ若い男が立っていた。

名前を知られているのを訝《いぶか》って、なにかあったら、今度はためらいなく助けを求めて大声をあげよう、と身がまえていたら、男は――「高木俊介」と名乗る青年は、「心配しないでいいよ」と笑った。「きみの家のことは、だいたいわかってるから」

車は、旭ヶ丘まであとわずかというところまで来た。

帰り着いたという感じはしない。むしろ、さまよい込んだ、のほうがふさわしいかもしれない。

高木俊介は、渡辺さん夫妻が引っ越したあとの空き家に、夜中に何度も忍び込んでいたのだという。私と香奈恵が中古物件として買ってからも、リフォーム工事が始まってからも、そう。

息をひそめて無人の家の中にいた高木は、隣人の大谷さんの、家族以外は誰も想像すらできなかった素顔を知ってしまった。

「あの夜も、工事現場にこっそり入って、わたしがあのひとにウチから追い出されるのを見たんだって」

だが、そういういきさつはあとになってから聞かされたことだった。いきなり高木に声をかけられた摩耶は、ただ呆然《ぼうぜん》とたたずむだけだった。

「あせって余裕がなかったわけじゃなくて、なんていうか……あのひとの声を聞いて、顔を見てると、わたしの知らない別の世界から来たひとみたいな気がしたんですよ。夢の世界っていうか、現実とは違うっていうか……たぶん、わたしの世界がもうぎりぎりの状態だったからかもしれませんよね。世界に押しつぶされる寸前っていうか、もう限界だったから、初めて会ったひとっていうのが、すごく、救いみたいに思えたのかもしれないな、って……いまは思うんですけど」

晴彦くんも同じなんじゃないかなあ、と摩耶はぽつりと付け加えた。

摩耶と向き合った高木俊介は、笑顔のまま、もう一度「心配しないでいいよ」と言った。

「心配って……べつに……」

「世界を滅ぼしたっていいんだ」

「え？」

「きみがその気になれば、世界は一瞬で滅びるよ。僕がそれを手伝ってあげてもいい」

きょとんとする摩耶に、「ついておいで」とひと声かけて、歩きだす。

振り向いてうながされたわけではないのに、摩耶の足はごく自然に――意識する間もなく、高木のあとを追って歩きはじめていた。

車が旭ヶ丘に入ると、摩耶は「ちょっと寄り道してもらっていいですか」と言った。

「家に帰る前に、寄ってほしいところがあるんです」

私が場所を尋ねるより先に、「四丁目です」と言う。

「……上田祐太郎の家があった場所か？」

「そう。あの日、高木さんに連れて行ってもらったのも、そこです」

更地になったあの場所を、高木は「約束された土地」と呼んだ。「僕たちはみんな、ここに集まるんだ」

そして、夜の闇の源のような、あるいは闇が注ぎ込む果てのような暗い更地で、高木はゆっくりと、静かに、世界を一瞬で滅ぼす方法について摩耶に教えた。

車は四丁目の坂道を上っていく。その先の角を曲がれば、「約束された土地」がある。

「わたし、あのひとを殺しました」

摩耶はぽつりと言った。


車を停めた。かつて上田祐太郎の自宅があった更地は、静かに闇に沈んでいた。ヘッドライトを消し、エンジンを停めると、私たちの車も暗闇と静けさの中にすっと溶けてしまった。

摩耶は助手席からじっと、「約束された土地」を見つめる。

その横顔を覗き込んで、私は言った。

「ワルキューレを使ったのか」

声は思ったほど震えなかった。かすれもせず、うわずりもしない。予想していたとおりだったとはいえ、ここまで冷静でいられるのが自分でも不思議だった。

「そう」

答える摩耶の声も落ち着いている。まるで感情の揺らぎをすべて窓の外の暗闇に吸い取られてしまったかのような、抑揚のない、淡々とした口調だった。

「煙草……」

言いかけた私の言葉を引き取って「探してましたよね」と返す。「昨日の昼間、沢井さんと一緒に」

やはり見られていた。摩耶は私たちの行動のすべてを見抜き、わかったうえで、素知らぬ顔をしていた。

「真人くんは……知ってるのか」

摩耶は黙って首を横に振り、「でも」とつづけた。「あのひとが死んで、ほっとしてると思う」

大谷さんの顔が浮かぶ。にこやかに笑っている。優しそうだったのだ。愛想が良くて、ほがらかで、子どもたちのことも微笑ましい親ばかを交えながら楽しそうに話して……幸せな暮らしを全身で体現しているようなひとだったのだ、ほんとうに。

「お母さんには前に話した。わたし、あのひとを殺せるんだよ、お母さんがつらかったら殺してあげようか、って。そのときは全然信じてもらえずに、相手にもされなかったけど……いまは信じてるよね、さすがに。でも、やったのはわたし一人。お母さんは関係ない」

念を押して言った摩耶は、私の思いを先回りして、さらにつづけた。

「あと……晴彦くんも、知ってる」

一瞬思い浮かんだのは——自分でも情けない話なのだが、これは「共犯」にあたるのだろうか、ということだった。その思いも見抜かれてしまったのだろう、摩耶は「だいじょうぶよ、晴彦くん、止めてくれたから」とつづけて、寂しそうに笑った。

「彼は、お母さんが悲しむようなことは絶対にしないと思う」

「……うん」

「お父さんのことは、よくわからないけど」

また寂しそうに笑う。私を哀れむような笑い方でもあった。言葉に詰まる私をよそに、摩耶は静かに助手席のドアを開けた。夜の冷気がかすかな風になって車内に流れ込むのと入れ替わりに、外に出る。

濃紺のブレザーの制服は、夜の闇の中では黒一色の喪服に見える。「約束された土地」に足を踏み入れた後ろ姿は、斎場にいたときよりもずっと喪のふるまいにふさわしそうだった。

私も車を降りた。運転席の側から助手席の側に回り込んでいる間に、摩耶は「約束された土地」の真ん中あたりまで進んでいた。

夏の終わりに訪ねたときと同じように、ほとんど真四角の土地はきれいに整えられて、明日にでも新しい家の工事が始まりそうなたたずまいだった。だが、その奥——土地の形で言うなら、丘の斜面にあたるところは、雑草が生い茂っている。そこは上田家の土地ではない、ということなのだろうか。

摩耶は「約束された土地」の真ん中に立ち止まり、私が追いつくのを待って、奥の茂みを指差した。

「その下は小さな公園になってるの。公園っていっても、斜面でほかに使いようがないから、簡単な遊歩道をつくっただけで、あとはほったらかしなんだけど」

「昔から？」

「そう、上田祐太郎がいた頃から」

私はあらためて草むらを見つめた。背にした街灯の明かりは、私たちが立っているあたりを照らすのがぎりぎりで、その先へは届かない。隣家の窓の明かりも、塀に邪魔されたり雨戸が閉じていたりして、草むらは夜の闇の最も深いところに、静かに広がっていた。

「秘密基地だったんだって」

「……上田祐太郎の？」

「そう。高木さんと二人で、子どもの頃からずっと、ここで遊んでたって」

上田祐太郎の家から、直接、草むらに出ることができた。敷地は生け垣で区切られていたが、その下をくぐれば、少年二人が外に出るのは簡単だった。上田祐太郎の部屋は二階のいちばん奥——草むらに面していたらしい。窓から軒を伝って外に出ることもあったのだという。丘の上なので、暗闇に紛れられる夜はもちろん、昼間でも遊歩道を行き交うひとたちにさえ気をつけていれば誰かに見つかる心配はないし、別の道に抜けられるわけではない遊歩道は、ふだんからほとんどひとが通っていなかったという。

「野良猫がいたの、あの頃」

「事件の前？」

「五月の連休の少しあとに、死んだんだって」

　それだけで、わかる。上田祐太郎が母方の実家にあったワルキューレを手に入れてから、七月一日の「木曜日の子ども」事件までの間だ。

「実験したのか」

　摩耶はうなずいて、「高木さんと二人でね」と付け加えた。

「……その猫は」

「埋められてる。どこかはわからないけど、そこの草むらの中の、どこか」

　すでに七年もたってしまえば、猫の死骸《しがい》は白骨になって、土に還《かえ》っているはずだ。だが、草むらを見つめる私の目には、悶《もだ》え苦しむ猫の姿が、確かに見える。暗闇に目が慣れてきたぶん、生い茂る細長い葉の一本一本からまがまがしさが霧のようにたちのぼる。風が吹く。葉が揺れる。そこを掻《か》き分けて、口から泡を噴いた野良猫がよろよろと姿を現したとしても、私はそれほど驚かないような気がする。

　なにかが――心の芯《しん》の、とても大切などこかが、麻痺《まひ》している。忘れるな。懸命に自分に言い聞かせた。私はいま、父親を毒殺した少女と一緒にいるのだ。私の隣に立っているのは、紛れもなく、殺人犯なのだ。

「おじさん」

摩耶はぽつりと言った。なに？　と訊き返す前に、「さっき言い忘れてたことがあるんだけど、言っていい？」とつづける。

「わたしがあのひとを殺すって決めたとき、晴彦くん、すごく止めたの。そんなのだめだ、絶対にだめだ、って」

うなずく私の顔は、ほんのわずかでも頬がゆるんでいたかもしれない。情けないほどの親としての安堵《あんど》が表情に浮かんでいたかもしれない。

だが、摩耶は私には目を向けずに「それ、理由があるの」と言った。

先に、僕がやるよ――。

「誰を」は、わからない。「いつ」も、わからない。ただ、「やる」と一言だけ、きっぱりと言った。

背筋がこわばった。冷たいものが走る段階を過ぎてしまったのだろう、鉄の板のように硬くなった背中の奥から、ギシギシと骨が軋《きし》む音が聞こえる。

「……ワルキューレを、もう、持ってるのか」

ようやくそれだけ言葉になった。

「もう持ってると思う。いまは持ってなくても、高木さんに言えば、すぐにもらえる」

摩耶はそう言って、「約束された土地」の奥へと歩きだした。草むらに向かうというより、吸い込まれていくような、静かな足取りだった。あとを追う私の足も、なんだか地面からずっと浮きどおしのように頼りなく前へ進む。

草むらに入った。斜面の角度は思っていた以上に急だった。ほとんど崖と言っていい。下の遊歩道までも意外と距離がある。草むらに足を踏み入れて少し下りると、腰から下が生い茂る葉に隠された。

ここは確かに秘密基地だった。上からも下からも見えない。ちょっと腰をかがめるだけで、姿は消える。

「足元、すべりやすいから気をつけて」

摩耶に声をかけられ、「うん……」と足元に目をやったとき、気づいた。

ノートの切れ端のような紙が落ちている。一枚ではない。何枚も——あたりを見回すと、数えきれないほどの紙片が、雑草の葉と葉の間や根元に散らばっていた。

その一枚を拾い上げると、ひとの名前が書いてあった。別の一枚も同じ。さらにもう一枚拾っても同じ。一枚に一人ずつ、それぞれ違う名前が書いてある。住所が添えてあるものもあったし、電話番号らしい数字が書き込んであるものもあった。

「殺したいひとの名前」

摩耶は言った。「ここに来たひとは、みんな、殺したいひとの名前を置いていくの」と自分の足元にあった紙を拾い上げ、そこに記された名前を一瞥《いちべつ》してから手を離す。ひらひらと揺れながら舞い落ちる紙片を途中まで目で追いながら、「それが、聖地に来た証《あかし》」とつぶやくように付け加えた。

大げさには聞こえない。確かにここは、上田祐太郎の犯罪に惹《ひ》かれる者たちにとっては、かけがえのない聖地なのだろう。

「名前を書いたからって、ウエダサマが自分の代わりにそのひとを殺してくれるわけじゃないんだけどね」

摩耶はまた別の紙片を拾い上げて、落とす。幼い子どもが砂場で砂をすくっては落として遊ぶように、それを何度も繰り返す。

「ねえ、もしも、この中におじさんの名前があったら、どうする？」

「……どうする、って」

「あるかもしれないよ。わたしの名前だってあるかもしれないし、弟や、晴彦くんや、あと、晴彦くんのお母さんの名前だって……絶対にない、とは言えないんだから」

「でも、書いたからって、べつになにかがあるわけじゃないんだろ」

「なにもないよ」

あっさりと答え、「でもね」とつづける。

「永遠になにもないかどうかは、誰にもわからないでしょ。ウエダサマが気まぐれに、その一枚を見て、じゃあこいつを殺してやろうか、なんて思ったら……その可能性が絶対にゼロだとは、誰にも言えないし」

それは確かにそうなのだ。少なくとも、ここにばらまかれているのは、誰かに殺したいほど憎まれ、恨まれているひとたちの名前だ。こんなにもある。いや、ほんとうは、世の中の誰もが、誰かに、殺されるに価するほど憎まれているのかもしれない。

すなわち――と、車の中で聴いたウエダサマの声がよみがえる。

すなわち、あらゆるひとは、誰かに「いなくなってほしい」と願われているというわけだ――。

足元に散らばる紙片のほの白さが、急に怖くなった。

無数の紙片が、無数の骨のかけらのように見える。うごめいている。もぞもぞと、ゆらゆらと、かさかさと、無数の骨が動く。膝《ひざ》から下が痺《しび》れる。私の足に、無数の白い骨がまとわりついてくる。脛《すね》を這《は》い上がる。ふくらはぎに貼りついて離れない。錯覚だ。気のせいだ。わかっている。頭ではちゃんと理解しているのに、心の芯が痺れて、ぼうっとして、暗闇ぜんたいがほの白く浮かび上がって、迫ってくる。

しっかりしろ、と目を強くまたたいて、奥歯を嚙みしめた。

視線を背中に感じた。あわてて振り向いたが、誰もいない。無数の骨のかけらの散らばった草むらが静かに広がっているだけだった。どうかしている。うつむいて、肩で大きく息をついた。

「おじさん」

摩耶が私を呼ぶ。うつむいたまま「なに」と返して言葉を待ったが、摩耶は「おじさん」とうながすだけだった。こっちを向いてほしい、と言っているのだろう。

しかたなく顔を上げた。背中の軋みは、首筋にまで広がっていた。

目が合った。私を見つめる摩耶のまなざしは、急に強く、真剣なものになっていた。

「晴彦くんを止めて」

「……え？」

「あの子を、ひとごろしにしないで」

わかっている。それは、誰よりも強く、思っている。

「ひとを殺すのって、けっこうキツいよ。やってみなきゃわかんないことだから、それ」

寂しそうに言う。「後悔してるわけじゃないけど」と、もっと寂しそうに付け加える。

だから――。

私は言った。

「お父さんのことを、警察で話してくれ」

まっすぐに摩耶を見つめ返し、「場合によっては、晴彦のことも、警察に任せなきゃいけないかもしれないんだから」とつづけた。

摩耶は黙ったまま、動かない。

「警察で、高木俊介のことも、上田祐太郎のことも……お父さんの虐待のことも、ぜんぶ、正直に話すんだ」

摩耶は目をそらさない。

「どんな事情があっても、きみのやったことは、殺人なんだ。わかるだろう？　さっきおじさんに言ったことを、警察で、ちゃんと話してくれ」

かすかに笑った――ように見えた。

「きみは、いま……晴彦を止めてくれって言ったよな。晴彦を殺人犯にしたくないんだよな。そうだろう？　だったら、頼む、警察に自首して、ぜんぶ話してくれ」

摩耶はまた頬をゆるめた。今度は、笑っているのだと確かにわかった。

「……警察、おじさんと一緒に行こう」

「遅いよ」

「……なにが？」

「わたしはもう、降臨したから」

その直後――世界が、裏返された。光と闇が反転して、叫び声がすべて体の内側に突き刺さり、天と地がゆがみながら入れ替わった。

後ろから突き飛ばされた。気づいたときには、私は斜面を転げ落ちていた。

両手で頭をかばうのが精一杯だった。最後は体が「く」の字に折れ曲がったまま遊歩道に落ちた。

意識はあった。だが、背中を打ち、腰を打ち、斜面を落ちるときに足首もひねってしまって、起き上がれない。

誰だ――。

一緒にいるのは、誰だ――。

摩耶は私が落ちたのを見届けると、草むらを上って「約束された土地」へ戻っていく。そのそばに、もう一人の影があった。若い男だ。私を振り向いて、笑った。間違いない、確かに、笑った。

高木俊介か――？

それとも、あの男が、上田祐太郎なのか――？

まばたきをするたびにまぶたの裏で鈍い光が明滅する。

二人の姿は、消えた。

突き落とされたはずみで草むらから落ちたのか、紙片が何枚か、遊歩道に落ちていた。手を伸ばして届いた一枚を指先で引き寄せて、仰向《あおむ》けに倒れたまま、書かれた文字を読んだ。

見知らぬひとの名前だった。ありふれた、どこにでもいそうな名前でもあった。だが、このひとも、誰かに――殺したい、と思われている。恨みなのか、憎しみなのか、あるいはもっと軽く冷ややかな、だからこそ怖い感情からなのか。私にはわからない。わかるすべもない。ただ、私自身とは縁もゆかりもないその名前を見て、静かに実感した。

私たちは皆、誰もが、誰かに殺される可能性がある――。

だからこそ、ウエダサマの言葉が、おそろしいほど生々しく、よみがえる。


木曜日の子どもたちよ。きみたちは、世界の終わりを見たくはないか。滅んでしまった世界の、その静けさの中にたたずんでいたくはないか――。


ここは静かだ。ほんとうに、静かだ。私が横たわるここが、世界の終わりの場所なのだとしても、私はそれを受け容《い》れるだろう。ああ、そういうことだったのか、と微笑みさえ浮かべて。

心の芯が痺れる。さっきまで全身を締めつけていた痛みが、消えたわけではないのに、私から遠ざかる。

風が吹く。白い骨のかけらが舞い上がる。嘘だ。なにも見えない。風だって吹いてはいない。それでも、無数の白い骨のかけらが夜の闇に舞い上がり、ふわふわと虚空に揺れる光景が、私には確かに見える。そして、その揺れる動きは、まるで暗闇が笑っているようにも見えるのだ。

両手で抱え込んでいたつもりだったが、頭を強く打ったのかもしれない。血は流れているか。わからない。確かめるのが億劫《おっくう》にもなった。

摩耶はどこへ行ってしまったのだろう。降臨したというのは、つまり、摩耶自身が「木曜日の子ども」になった、という意味なのだろうか。

「木曜日の子ども」は遠くへ行ってしまう。その遠くとは、どこだ。私たちの誰もが知っていて、誰もが生きているうちにはたどり着くことのできない、遠く——なのだろうか。

一人で行くのか。誰かを連れて行くのか。はてしない遠くへ行ってしまったあと、あの子はまた、「約束された土地」に戻ってくるのだろうか……。

虫が鳴く。誰かが歌を口ずさむ。波が寄せては返す。

違う——携帯電話だ。上着のポケットの中で携帯電話が鳴っている。

静けさが途切れた。世界の終わりから現実へと、私は引き戻される。夜の闇に呑《の》み込まれかけていた自分が、すうっと闇から離れていくのがわかる。

だが、なぜだろう、あるべき世界に戻ることができたという安堵はなかった。

まだ、か——と思ったのだ。俺はまだこっちの世界にいなければならないのか、と嘆いたのだ。

私は死にたがっているのだろうか？

仰向けに横たわったまま、電話をポケットから取り出した。画面には、沢井の名前が表示されていた。

起き上がる。背中がズキッと痛む。手をついて上体を支えようとしたが、肘《ひじ》や手首が痛くて、腕をまっすぐにすることさえ難しい。

沢井は、まだ電話を鳴らしている。私を呼んでいる。

歯を食いしばって、うめき声を漏らし、なんとか座り込むところまで体を起こして、電話をつないだ。

「清水、もう家に帰ってるのか」

沢井の声はひどく揺れていた。困惑して、あせっている。私が答えるより先に、「いつごろ家に着く」と重ねて訊いてくる。

「……わからない」

「摩耶ちゃんは一緒か？」

「いや……」

どこからどう話せばいいのか、とにかくここまで来てもらうしかない。動けない。ほんとうに。声を出すだけで、胸と背中が、焼けるように痛む。

だが、沢井には、私の異変に気づく余裕すらなかった。

「ヤバいんだ……晴彦くんが……」

いなくなった。斎場から姿を消した。どんなに探し回っても見つからない。

沢井の言葉が切れ切れに耳に届く。一つずつの言葉の意味はわかっていても、それがうまくつながらない。

沢井も、私の反応のおかしさにやっと気づいてくれた。

「どうした！　おい、そっちもなにかあったのか！」

大きな声を出されると、頭に響く。私は電話機を耳から浮かせ、胸や背中に響かないように声を加減しながら、こっちの居場所を伝えた。

「悪いけど……一人で歩けそうにないんで、迎えに来てほしいんだ……」

それだけ言うと、スイッチが切れてしまったように意識が遠のいた。

晴彦くんを止めて――。

あの子を、ひとごろしにしないで――。

ひとを殺すのって、けっこうキツいよ――。

やってみなきゃわかんないことだから、それ――。

夜の闇よりも暗い世界で、摩耶は何度も私に言った。

意識が戻ったとき、「約束された土地」は赤く燃え上がっていた。

いや――。

それは、パトカーか救急車の赤色灯だった。遊歩道に仰向けに倒れた私には、その赤い光しか見えない。回転する明かりは、まるで炎がうごめくように、夜の闇を赤く染めたり、また闇に戻したりを繰り返していた。

何人ものひとが、私を取り囲んでいる。「しっかりして！」「動かないで！」と口々に声をかけて、私を担架に乗せる。

救急車が助けに来てくれたのか。まだくっきりとは意識が戻りきらないまま、そうか、と思った。俺は助かったのか、と息をついた。「約束された土地」は、まだ赤く燃え上がっている。赤色灯は一つではなかった。

けっこう大げさだな、とぼんやり思ったとき、また一台、サイレンの音が加わった。

「清水！」

沢井の声だ。どこにいる。確かめたかったが、首を動かすことができない。

「清水！　清水！」

叫ばなくてもいいのに。私は、ここにいるのに。

「どいてくれ！　そこ！　どいてくれ！」

もめているのか。「だめです、空けてください」と別の男の声も聞こえる。なにがあった？　私は、ただ、ここで倒れているだけだ。

「清水！」

「下がって！」

「清水！」

「邪魔しないでください！」

「清水！　摩耶ちゃんが――！」

死んでる――。

沢井の叫び声をかき消して、さらに一台、甲高いサイレンが鳴り響いた。

第十一章　終わりの始まり

長い夜だった。病院で全身あちこちの打撲の治療を受け、警察の事情聴取を終えたときには、もう東の空は白々と明けていた。

知っているかぎりのことは、すべて包み隠さず話した。晴彦の行方がわからないことも、ためらいながらも、正直に打ち明けた。

刑事はそれを聞くと顔色を変え、「少年課や生活安全課とも連絡をとって、大至急捜索します」と言って、その言葉どおり気ぜわしく部屋を出入りした。

ただの被捜索人への対応ではないことは、私にもわかる。大谷さんの毒殺と摩耶の死にまつわる重要参考人として――そして私自身も、きっと。

摩耶はワルキューレの急性中毒で死んだ。状況から考えると、自殺という線が濃い。しかし、それを間違いなく裏付ける証拠はない。私は草むらにひそんでいた男に突き落とされた。しかし、それが真実なのだと証明するすべはどこにもない。

「奥さんは、今日、ご自宅にいらっしゃいますか」

刑事に訊《き》かれ、黙ってうなずいた。

外出など、きっと、できない。摩耶の死と晴彦の失踪《しっそう》を知らされ、まんじりともせず、なすすべもなく、夜を明かしたはずだ。憔悴《しょうすい》しきった香奈恵の姿を思い浮かべると、こっちまで胸が締めつけられ、いてもたってもいられなくなる。

「午後にでも、お宅にうかがわせてもらおうと思っています。奥さんにも少しお話をうかがいたいことがありますし、息子さんの部屋を見せていただけますか」

わかっている。抗《あらが》うわけにはいかない。

「私も……今日は会社を休んで、家にいるようにします」

震える声でそう言うのがやっとだった。

「そうしていただけると、こちらとしても助かります」

刑事は小さく頭を下げた。だが、頬はゆるまない。私を見つめる視線も厳しいままだった。

摩耶の亡きがらは、大学病院に安置されている。ほんの三日前に大谷さんが運ばれた病院だった。大谷さんの遺体も私の事情聴取を受けて斎場から同じ病院に戻され、午後、二人そろって司法解剖を受けることになっている。

お母さんの様子は、と訊きかけたら、刑事は先回りして首を横に振った。

「貧血を起こして倒れたという報告が入ってますから、いまはまだベッドで休んでいるかもしれません。ご主人のお通夜で親戚《しんせき》の方もいらっしゃったんで、皆さんがそばについてます」

私はうなずく代わりに、深いため息をついた。様子など尋ねるまでもないことだったし、真人くんのことを訊くのもはばかられる。ほんの三日の間に家族を二人も――あんな形で、相次いで亡くしてしまったのだ。迪子さんはもちろん、真人くんのショックと悲しみは、想像することさえ残酷に思えてしまうほどだった。

それになにより、摩耶は、私と一緒にいるときに死んだ。私さえしっかりしていれば、あの子を死なせずにすんだ。父親を殺した罪を生きて償わせることは、できたはずなのだ。

玄関まで来ると、刑事に「清水さん」と呼び止められた。私と向き合う表情は、さっきまでよりさらに険しくなっていた。

「ゆうべのことは、まだ報道には発表していません。朝になって発表するかどうかは上の判断になりますが、とにかく、ひじょうにデリケートな事件ですので、取材が来ても対応には注意してください」

「はい……」

「少年法のこともあるし、薬剤の残りをまだ誰かが手元に持っている恐れも十分にあるんです」

わかっている。誰か――が、誰を指しているのかも。

「対応に困ることがあれば、いつでも署に連絡してください。あと、もしも息子さんからなんらかの形で連絡があれば、すぐに……とにかくすぐに、教えてください」

よろしいですね、と念を押されるそばから、玄関に制服姿の警官が何人も駆け込んでくる。ロビーの隅でも、刑事と警官が数人集まって話していた。

奥歯を強く嚙《か》みしめた。覚悟を決めた。不安や悪い予感の段階は、もはや過ぎてしまったのだ。困惑やためらいとともに晴彦と向き合っていられた日々は、始まりにすら至らない段階だったのだ、と思い知らされた。

お父さん、わかりますか、始まったんですよ。世界の終わりの、始まりです。

晴彦の声が胸の奥から聞こえる。

始まったんですよ。

警察署の外に出ると、夜明けの冷気に身が縮んだ。

駐車場に停まっていた車のヘッドライトが灯《とも》る。沢井の車だった。

助手席に乗り込むと、沢井は「お疲れさま」と苦笑した。

沢井も別の部屋で、ついさっきまで事情聴取を受けていた。生きている摩耶に最後に会ったのが私で、摩耶の遺体の第一発見者が沢井——その間に立ち去った男のことを、警察はほんとうに信じてくれているのだろうか……。

「どうする？　まっすぐ家に帰るか？」

「……ああ」

「それとも、コーヒーでも飲んでからにするか？」

そっちのほうがいい。熱いものがほしい。うんと苦いものがほしい。

車がファミレスに向かう途中、警察署に戻るパトカーとすれ違った。サイレンは止めていたが、赤色灯のまばゆい光が回っていた。私はそれをぼんやりと見つめ、すれ違ってから目をつぶる。まぶたの裏に残る赤い光が、揺れる点滅を繰り返しながら、いくつも数を増やしていく。

「とりあえず自殺ということで発表をするらしいな、摩耶のこと」

沢井の言葉に、目を閉じたままうなずいた。

「でも、警察の本線は、他殺だ」

わかっている。わかっているから、いまはなにも考えたくない。

「摩耶を自殺にして、ワルキューレのことも伏せておくのが最善だという判断をしたわけだ、警察は」

点滅する赤い光は、もうまぶたの裏を覆いつくしてしまった。ゆうべの「約束された土地」もそうだった。集まったパトカーや救急車の赤色灯が染めた暗闇は、まるで炎が燃え上がっているように見えた。その炎の中を、摩耶を乗せた担架は運ばれていった。実際に見たときには、ただ驚いて、打ちひしがれるだけだったが、記憶の中によみがえるそれは、不思議と気高く、美しく、神々しささえ感じさせる光景だった。

「でもな、清水、俺は逆だと思うんだ。摩耶のことは自殺にしないほうがいい。自殺になると、なんていうか、美しすぎるんだ。自分にのしかかる存在だった父親を殺して、世界の終わりを見届けてから、自分自身も毒を服《の》んで闇の中に消える……そんなの、美しすぎるだろう。物語がきれいにまとまりすぎるんだ」

確かに美しい。死に方も、殺し方も。

私は目を開き、何度かまばたいて、赤い光の残像を消した。

「実際に自殺だったのか他殺だったのか、それとも事故だったのか、そんなのはこの際どうでもいいんだ。死因がほんとうにワルキューレだったのかどうかも、厳密に言えば、検死がすまないとわからないわけだし」

ただ問題は、と沢井はつづけた。

「それがどんなふうに木曜日の子どもたちに伝えられるか、ということなんだ」

摩耶の物語が美しく完結すれば、それが彼らにとっての憧《あこが》れになる。福音がもたらされる。美しい少女の、美しい殉教の物語ができあがる。

「七年前の上田祐太郎がそうだったようにな」

パトカーと、またすれ違った。捜査網はどこまで広がっているのだろう。上田祐太郎、高木俊介、そして清水晴彦——最初に見つかるのは誰で、最後まで逃げとおすのは誰なのだろう。

「上田祐太郎がウエダサマになったように、摩耶も、マヤサマになるのかもしれない。そうなったら……ほんとうにヤバいぞ」

自殺という発表はやめておいたほうがいい。沢井は担当の刑事に何度も言った。大谷さんのことも最初の所見どおり心不全のままにしておいて、摩耶の死は不慮の事故によるものだとしたほうがいい。そうしないと、語り継がれる。かつての上田祐太郎のように、摩耶は、木曜日の子どもたちの間で語り継がれる存在になってしまう。

「物語をつくらせるな、と俺は言ったんだ。でも、ちっともわかってない、あいつら。自殺なら自殺でこのまま幕を引けばいいし、他殺だったら犯人を捕まえれば一件落着……そんな単純なものじゃないんだ。警察が事件を解決したところから始まる事件だってあるんだよ。それが全然わかってないんだ」

沢井は話を舌打ちで締めくくり、ファミレスの駐車場に車を入れた。

「英雄になるのかな、摩耶は」

私がぽつりと言うと、沢井も低い声で「このままだとな」と応《こた》え、いや違うな、そうじゃない、と言い換えた。

「英雄っていうより……聖者だ。ウエダサマに付き従う聖者になるんだ、あの子は」

聖ラザロのように、聖アグネスのように、聖アナスタシアのように。何人か名前を挙げたあと、沢井は、ふう、と息をついた。

車を降りた。空はだいぶ明るくなっていた。沢井はバッグを提げて、広い駐車場の隅から隅まで気配を探るように見回してから、ゆっくりと、警戒を解かずに歩きだした。

「……どうした？」

「いや……いま、ふと思ったんだけど、自殺なら、まだましかもしれない」

もっと危険な物語がある。

「われわれのマヤサマは殺されてしまった、という物語もありうるんだ」

「でも……誰に……」

沢井は黙って私を指差し、その指を自分の胸にも向けた。

われわれのマヤサマは、世界の終わりを見届けたあと、七年前のウエダサマの事件をしつこく嗅《か》ぎ回っている沢井という男に殺された——。

われわれのマヤサマは、「約束された土地」にたどり着いたものの、隣の家の清水という男に殺された——。

物語は無限に広がる。

たとえば、「われわれのマヤサマは、マヤサマに先に世界の終わりを見届けられたのを悔しがる隣家の晴彦という少年に殺された」という物語だって、ありうるのだ。

ファミレスの奥まった席につくと、沢井はノートパソコンを取り出し、コーヒー二杯の注文もそこそこに検索をかけた。

万の単位のサイトがヒットした「木曜日の子ども」に始まって、「ウエダサマ」「旭ヶ丘」「約束された土地」「降臨」と検索語を次々に加えて絞り込んでいく。最後に「摩耶」を足した。ヒットしたのは数件――ほとんどは私たちの探しているものとは無関係だったが、一つだけ、「当たり」があった。

個人のブログのページだった。タイトルはなんの変哲もないもので、トップページのデザインにもなんら怪しげな雰囲気はない。しかし、ブログの書き手の属性は、性別も年齢も、住んでいる場所もわからない。そして、沢井が「摩耶」を検索語にしてサイト内をサーチすると――。

〈聖女が降臨しました。摩耶は世界の終わりを見ました。とても美しい風景だったそうです〉

これが、昨日の午後に更新された内容。やはり、摩耶は聖女になっていた。

そして、ゆうべ――午前一時に、摩耶の死が告げられる。

〈悲しいニュースです。聖女摩耶は、約束された土地で命を絶たれました。世界の終わりにおびえる臆病者《おくびょうもの》たちに惨殺されたのです。その卑劣な臆病者たちは――〉

三人の名前が記されていた。

私ではなかった。沢井でもないし、晴彦でもない。見覚えのない男の名前が、三つ。

〈彼らは皆、多摩川《たまがわ》市立富士見台中学の二年生です〉

晴彦が以前通っていた学校の生徒たちだった。

香奈恵はひどく憔悴していた。やはり、ゆうべは一睡もできなかったらしい。

「ねえ、わからない、どうすればいいの、ねえ、あなた、教えて……」

玄関先ですがりつく香奈恵を落ち着かせながら、「富士見台の頃のクラス名簿って、持ってきてるか？」と訊いた。

「クラス名簿……？」

「そう、晴彦の学校の」

香奈恵は怪《け》訝《げん》そうな顔でかぶりを振った。

「そんなの、持ってるわけない。引っ越すときに捨てちゃった」

「じゃあ、晴彦を特にいじめてた奴の名前って、わかるか？」

「……どうしたの？」

「いいから」

「晴彦になにかあったの？　あの子、見つかったの？」

「いいから、早く教えてくれ」

警察に電話を入れても、まともに取り合ってはもらえなかった。犯行予告というわけではない。ブログに出ている「摩耶」があの摩耶と同じなのかどうかについても、沢井が何度「同じなんです！」と電話口で訴えても反応は鈍く、念のために学校に問い合わせてみます、と言うだけだった。

富士見台に向かうしかない。家の外には、沢井の車が待っている。

香奈恵は悲しそうに、苦しそうに、首を横に振る。

「思いだせないし……思いだしたくない……」

「でも、思いだしてくれ。頼む」

「わからない……」

「頼む！　一人でもいいんだ、名前、思いだしてくれ！」

すでに朝七時近い。ここから富士見台までは、昼間なら三十分だが、朝の渋滞につかまったら、学校の始業時刻に間に合わないかもしれない。

香奈恵はうつむいて、搾り出すような声で、ようやく一人の名前を口にした。

「……吉村《よしむら》くんっていう子が、いた」

三人のうちの一人だった。やはり予感は当たってしまった。私は震える声で言った。

「じゃあ……杉野《すぎの》と、西山《にしやま》っていうのもいなかったか」

「……太った子、杉野っていう名前だったと、思う」

「西山は？　西山って奴も、グループにいなかったか？　いたんじゃないか？」

「……わかんない、そんなの、急に言われても……」

外で車のドアを開け閉めする音が聞こえた。沢井が、早くしろ、と急《せ》かしているのだろうか。

「あとで警察が来る」

「なんで？」

「晴彦の部屋を見たいって言ってる。香奈恵にもいろいろ訊きたいことがある、って」

「……なんで？」

香奈恵は夢にも思っていない。大谷さんがじつは摩耶に殺されたのだということも、晴彦がそれにかかわって——少なくとも摩耶の殺意を知っていた、ということも。

「香奈恵」

「……なに？」

「晴彦は、おまえのことが好きだ。どんなときでもお母さんを守るって言ってるし、誰かがお母さんに悲しい思いをさせたら、その相手を許さないって言ってる」

香奈恵のまなざしは困惑したまま、もどかしそうに揺れ動く。

「優しい子だと、俺は思う。あいつは優しい子どもだ」

「……ねえ、どうしたの？」

「俺は、そのことだけは、なにがあっても信じる」

「ちょっと……」

「悪いけど、出かけてくる。もしも晴彦から連絡があったら、すぐに教えてくれ」

途方に暮れた香奈恵から目をそらし、そのまま玄関の外に出た。ドアを閉める前に、「晴彦がなにかしたの？」と訊かれた。涙交じりの声になっていたが、私は振り向かなかった。

車に戻る。沢井は、外ではなく運転席に座っていた。さっきのドアを開け閉めする音は、別の車のものだったのだろうか。怪訝に思いながら助手席のドアに手をかけた瞬間、息を呑《の》んだ。

後部座席に誰かいる。若い男だ。私と目が合うと、小さく頭を下げた。フフッと笑ったようにも見えた。

記憶がよみがえった。この男だ。この男が、ゆうべ、私を「約束された土地」の斜面から突き落としたのだ。

警戒しながらドアを開けると、沢井は前をじっと見つめたまま、言った。

「高木俊介だ」

車は静かに走りだす。旭ヶ丘の街を抜け、カーナビの指示に従って、富士見台を目指す。

沢井が手短にいきさつを私に説明した。

高木俊介は、突然、車の後部座席に乗り込んできたのだ。驚く沢井に、手に握り込んでいたカプセルを見せて、「騒いだら死にますよ」と言った。「もうご存じだと思いますが……ワルキューレです」

高木は、私にもそのカプセルを見せて、沢井に言ったのと同じ言葉を繰り返した。

「僕の言うとおりに行動してください。警察に行ったり電話をかけたりしたら、すぐにこれを嚥《の》みます」

私たちを殺すのではない。自分が嚥んで、死ぬ。

「脅しじゃないです。試すことができないのが残念ですけど」

またカプセルを握り込み、その手をジャケットのポケットに入れる。本気だ。あのカプセルに入っているのは、ほんもののワルキューレだ。じっと押し黙って車を運転する沢井のこわばった横顔が、それを教えてくれる。

「清水さん、前を向いて座っててください」

言われたとおりにするしかない。

「警察を出て、どこに行ってたんですか？　先回りして清水さんちの近所まで来て、ずっと待ってたのに」

やはり、見張られていた。高木本人かどうかはわからない。木曜日の子どもたちは、もしかしたら警察の中にもいるのかもしれない。

「沢井さん、少し太りましたよね、あの頃より」

「……七年だからな」

沢井の声はかすかに震え、うわずっていた。

「あいつは痩《や》せました。体重は変わってなくても、身長がすごく伸びたんです」

あいつ——。

訊かなくてもわかる。上田祐太郎と高木俊介は、やはり接触していた。

「息子は……」

言いかけた私を制して、高木は「晴彦はいい奴ですよ」と笑う。「ほんとうに母親思いで、優しくて」

親父さんの話はあまり出てこないんですけどね、と笑って付け加える。冷ややかな、哀れむような笑い方だった。

「どこにいるんだ、晴彦は」

「さあ……」

「教えろ！」

思わず声を荒らげても、高木は冷静にそれを受け流し、やれやれ、と息をついた。

「命令はやめてください。僕、上からモノを言われるの、好きじゃないんです。ごちゃごちゃ面倒くさいことになったら、もう、嚥んじゃってもいいんですよ」

手をポケットから出して、またカプセルを見せる。

「僕ら、それくらいの覚悟は持ってますから」

軽い口調だったが、だからこそ、本気だ、とわかる。沢井も、やめとけ、と私に目配せして、「なあ、高木くん」と話を引き取った。「摩耶ちゃんも……やっぱり、その、覚悟してたわけか？」

「彼女はみごとでした。やるべきことをやって、見るべきものを見て、伝えるべきものを伝えて、自分の世界を閉じたんです」

「……自殺か」

高木は「さあ、どうなんでしょうね」と笑ってつづけた。

「毒っていうのは面白いですね。沢井さんもいろんな事件を取材したでしょ？　毒殺の事件ってありました？　一家心中でもいいんですけど」

「……自殺は、一度、取材した」

「でも、それって、ほんとうに自殺かどうかなんて、厳密に言えばわからないでしょ。遺書があるとか、死ぬ動機があるとか、状況がそうだったとか、外の事情から考えて自殺になっただけじゃないんですか？　もしかしたら殺人だったかもしれない、って思うこと、ありません？」

毒っていうのはそういうものなんですよ、と高木は言う。

「ナイフで刺したり首を絞めたりだったら、自殺か他殺かはすぐにわかる。抵抗した傷も残ってるかもしれない。でも、毒は違うんですよ。自分の意思で嚥んだのか、嚥まされたのか、死体を見ただけではわからない。逆に、自分で嚥んだのに、無理やり嚥まされて、殺されたということにするのも簡単なんですよ」

たとえば――と、話はつづく。

「僕がいま、この車の中でカプセルを嚥んで死んじゃったら、警察はどう思うでしょうね」

沢井はなにも応えない。私も黙り込む。

「警察に駆け込んで、すみません、いま、この男がいきなり毒をあおって自殺しました、なんて言って……どこまで信じてもらえるでしょうね」

背中がぎりぎりと締めつけられる。高木の言葉が、目に見えない霧になって、私の背後から迫ってくる。背中を向けたまま話をするのは、こんなにも怖く不安なことなのだと、初めて知った。

「晴彦も持ってますよ、薬」

指が、後ろから首にかかる。締めつけてくる。なにもない。なにもされていない。なのに、ゆっくりと力がこもる指先の感触が、確かにうなじから喉《のど》にかけて貼りついている。

「それを、いつ、どんなふうに使うかは、あいつの自由ですけどね」

息が詰まる。フロントガラス越しに見る朝の街の風景が、色と厚みを失っていく。

「もしよかったら、沢井さんと清水さんにも差し上げましょうか？」

短く笑い、ジャケットのポケットからさらに別のものを取り出して、「清水さん、ちょっと見てください」と私を振り向かせた。

小さな薬瓶だった。中にカプセルが半分ほど入っている。色も形も、いま高木が持っているものと同じ。

高木は薬瓶を軽く振って音をたて、カプセルがいくつもあるのだと、運転する沢井にも念を押すように伝えた。

「五十ぐらいあるかな。どうです？　沢井さん、要りませんか？」

「……ぜんぶ、ワルキューレか」

「そこが難しい」

また笑う。「それを教えちゃうと面白くもなんともないし」と、嘲《あざけ》るように笑う。

「これ、ビタミン剤です。でも、中身をぜんぶワルキューレに入れ替えたのかもしれないし、一部だけかもしれないし、ほんとうは最初から、僕が持ってるのも含めて、ぜんぶただのビタミン剤かもしれません」

そう言って薬瓶の蓋《ふた》を開け、手に持っていたカプセルを戻し、蓋を閉め直した瓶をシェーカーのように振った。最初のカプセルがどこにあるかは、もうわからない。

「沢井さん、作家の想像力でいくと、どうですか？ ぜんぶワルキューレのほうがいいか、ワルキューレとビタミン剤が混ざってるほうがいいか、最初からぜんぶ嘘でした、のほうがいいか……沢井さんの小説だったら、どれにしますか？」

蓋を開ける。カプセルを無造作に一つ選んで、手のひらに握り込む。

「さあ、いま僕が持ってるカプセルは、どっちでしょう。ビタミン剤だと思ってるんなら、警察に行けばいいし、ワルキューレだと思うんなら、このままおとなしく運転してください。僕はどっちでもいいですよ。車が警察の中に入った瞬間、ぺろっとカプセルを嚥み込むだけですから」

高木はカプセルを載せた手のひらを口に近づけ、嚥み込む真似をして、「沢井さん、どうですか？ 賭《か》け、してみませんか？」と笑う。

「……やめろ」

沢井の声はもうほとんど裏返ってしまった。

「命令口調、嫌いです」

「……やめてくれ」

「沢井さん、言葉のプロでしょ？　いまの言い方だと、まだいばってると思いませんか？」

「……やめて……くだ、さい」

ひゃはっ、と高木は快哉《かいさい》を叫んで、シートの背に体を預けた。

「ねえねえ、沢井さん、こういうのって性善説なんですか？　性悪説なんですか？　それとも、ただの臆病者ってことですか？」

「……高木くん」

震えるのを必死に抑えた低い声で、私は言った。「きみは……死にたいのか？」

「いいえ」

あっさり答え、でも、とつづけた。「死んでもいいけどね、とは思ってますよ」

「……どっちなんだ」

涙が目ににじんだ。怒りなのか、おびえなのか、悔しさなのか、悲しさなのか、自分でもわからない。ただ、感情が高ぶる。どうしようもないほど高ぶって、涙が止まらない。

だが、高木はそんな私を哀れむように「わからないんですか？」と言う。「死にたいわけじゃないけど、死んでもいい……そんなの矛盾でもなんでもないでしょ」

　そして、話は再び晴彦のことに戻る。

「よくわかりましたよ、晴彦の言ってたとおりですね、清水さんって」

「……なにが？」

「なんにもわかってない」

「……どういうことなんだ？」

「あなたはあいつの父親じゃないってことですよ」

　その言葉を待っていたように、高木の携帯電話が鳴った。

　高木は、カプセルの載った手のひらを顔のそばから離さず、電話に出た。短いやり取りだった。高木は「そうか」と「わかった」しか言わず、電話を切った。

「七時二十五分」

　なにかを宣告するように、あらたまった口調で、冷たく、言い放った。

「富士見台中学二年二組、杉野翔馬《しょうま》、路上にて死亡」

　絶句する沢井と私の反応を確かめた高木は、さて、というふうに肩で息をつき、軽いしぐさで手のひらのカプセルを口に入れた。ごくん、と嚥んで、数秒たってから、「セーフ」と笑う。「失敗したなあ、水なしじゃキツいですね」――私を振り向いて、笑みを深める。

　私はなにも応えられない。背中がこわばり、みぞおちが軋《きし》むようにひくつく。吐き気がする。あのカプセルを、まるで自分自身が嚥まされたような気がした。

七時三十五分に、また高木の携帯電話が鳴った。

富士見台中学二年一組、西山洋平《ようへい》、路上にて死亡——サイトで名指しされた三人のうち二人が処刑された。

「三人目はどこになるんでしょうね。そろそろ学校かな」

高木は薬瓶をマラカスのように振りながら、冷ややかに笑う。薬瓶の中には、まだカプセルがたっぷり入っている。その音を沢井と私の耳にこすりつけてから、ゆっくりと瓶の蓋を開け、無造作にカプセルを一つ選んで口の中に放り込む。

五秒、十秒……二十秒……三十秒……。

異変はない。高木は蓋を閉め直しながら、へへっ、と冷ややかに笑う。

今度も、ワルキューレではなかった。だが、その次はわからない。残りのカプセルはすべてワルキューレなのかもしれないし、ビタミン剤のカプセルの中にごくわずか——さっき薬瓶に入れた一つだけが「当たり」なのかもしれない。

自分でも不思議だった。ワルキューレのカプセルの数が少ないほうが、怖い。高木が「当たり」をひいてしまう率はそっちのほうがずっと下がるのに、低い確率だからこそ、怖くてたまらない。

七時五十分、高木の携帯電話が鳴った。

富士見台中学二年三組、吉村太《た》一郎《いちろう》、中学の正門前で死亡――。

「処刑、完了しました」

高木は静かに言って、また新しいカプセルを口に入れた。なんの迷いもためらいもないしぐさだった。カプセルを選《え》り分けて取り出しているようにも見えない。

「……くだらない遊びはやめろ」

沢井がうめくように言った。

「遊びって、なんのこと？」

高木は冷ややかな笑みを浮かべて訊く。

「薬は最初からぜんぶビタミン剤だし、処刑の電話も嘘っぱちだ……違うか？」

「沢井さんはそう思ってるんですか？」

「……ああ」

「だったらそれでいいですよ。べつに信じてもらおうと思ってるわけでもないし」

なんだったら、と高木は薬瓶の蓋を開け、カプセルを一つ、手のひらに載せた。

「試してみますか？　よろしかったらどうぞ」

沢井と私の間に手を差し出して、「遊びに付き合ってくださいよ」と笑う。私は白とオレンジに塗り分けられたカプセルから目をそらし、沢井も前を向いたまま車の運転をつづける。

「処刑のことも、警察に電話して確かめればいいじゃないですか？　僕はかまいませんよ」

沢井は動かない。私も動けない。

「信じてくれて、ありがとうございます」

高木は手をゆっくりと引っ込めて、カプセルを口に入れた。今度も——セーフ。

沢井が胸に溜《た》め込んでいた息を吐くのと入れ替わるように、私は息を大きく吸い込んで胸に詰める。震えながら流れ込んだ息は、胸の中に入ってからも揺れ動きつづける。

八時になった。富士見台団地まであと少しというところで、私たちの車は踏切の渋滞につかまって動かなくなった。

高木は薬瓶からカプセルを一つ取り出して、手に握り込んだ。

「歩いたほうが速そうだなあ……」

のんびりと言って、タクシーを乗り捨てるよりも軽い口調で「降ります、ここで」と声をかけた。沢井はあわてて「ちょっと待て」と言ったが、高木は「開かずの踏切ですよ、ここは」と言い捨てて外に出てしまった。

「清水……」

沢井が振り向くよりも早く、私はシートベルトをはずし、ドアレバーに指をかけた。

「なにかあったら、すぐに電話してくれ」

「わかってる」

「俺も、車、なんとか、どこかで……」

言いかけて、いらだちともどかしさを抑えきれずに、「くそっ！」とハンドルを叩《たた》く。警報機の鳴り響く踏切までは、まだあと数十メートルある。沢井には頼れない。頼ってはならないんだ、と自分に命じた。

車を降りると、高木は、まるで私を待ち受けるように歩道にたたずんでいた。車を挟んで向き合った。思えば、高木は、正面から向き合うのはこれが初めてだった。

高木はカプセルを握り込んだまま、携帯電話のボタンを押した。私のジャケットのポケットの中で、携帯電話が鳴る。

「出てください」

「……俺の番号……なんで……」

「晴彦から聞いてます、あなたのことはぜんぶ」

しかたなく電話をつないだ。

「踏切に向かって歩いてください。あなたが先に歩くんです。僕はそのあとをついていきます」

「歩いて、どこに……」

「それは途中で指示します。いいから、早く歩いてください」

電話は切らずに、と付け加える。沢井との連絡の手段を奪われた。

「さあ、歩いてください。まっすぐ、踏切に向かって」

「……ほんとうについてくるのか」

「後ろは振り向かないでくださいね」

「逃げるのか」

「それは、あなたが言うことじゃないでしょう。いいから歩いてください」

沢井の車をちらりと見た。話の見当がついているのかどうか、沢井はこわばった顔で小さくうなずいた。

歩きだす。踏切の警報は鳴りつづける。二つ並んだ赤い警報灯が左右交互に光る。

「歩道が途切れたところを、左に曲がってください」

一方通行の出口だった。沢井の車が追いかけて入ってくるわけにはいかない。曲がる前にわずかに振り向いて背後の様子をうかがった。高木は私の数メートル後ろを歩いていた。

「後ろは見ないでください」

ぴしゃりと言って、「おかしな動きをしたら、すぐに薬を嚥み込みますから」とつづけた。

人質を取られているようなものだ。犯人自身が人質——それがありうるのだと思い知らされた。

「次の角を右に曲がってください」

「……狭いぞ」

「ええ。車の入れない道です」

区画整理が終わっていないのだろう、このあたりの街並みには、団地ができる前——昭和の半ば頃の風情が残っている。右に曲がった道も、路地と呼んでいいほどの狭さだった。

「まっすぐに進んで」

「行き止まりになるぞ」

「線路があるでしょ」

「ああ……」

「そこを渡ればいいんです。立ち入り禁止のフェンスはありますが、足元にくぐり抜ける穴が空いてます」

言葉どおり、枯れた雑草の茂みに隠されたような形で、フェンスの網目が破られていた。

「くぐって、向こうに渡ってください」

「いや、でも……」

朝のラッシュアワーで、電車は上り線も下り線もひっきりなしに通っている。上りと下りの電車がどちらも来ないタイミングなど、ほとんど見つけられそうにない。

「こっちとしては、線路の真ん中にしばらく立っていてもらえると、いちばんうれしいんですけどね」

タチの悪い冗談だ。最初はそう思っていた。だが、高木は「早くくぐってください」とうながす。

「そんなの、できるわけないだろ」

「そうですか？」

「ああ……できない」

高木は私を殺そうとしているのかもしれない。自殺に見せかけて、電車で轢《ひ》き殺そうとしているのかもしれない。

線路沿いに建っているのは、古いアパートだった。そこに駆け込んで、大声をあげて助けを求め、警察に通報して……だめだ、パトカーが駆けつけたときには、高木はカプセルを嚥んでいるだろう。そのカプセルが「当たり」ではないという保証は、どこにもない。

上り電車が近づいてくる。私は息を大きくついて、電車の音に紛れてしまわないうちに、早口に言った。

「なんで、ここを渡らなきゃいけないんだ。踏切は他にもあるだろう」

「ここでなきゃだめなんですよ」

「……なぜ」

「あなたは、晴彦の――」

電車が目の前を駆け抜ける。轟音《ごうおん》に砕かれた高木の声は、細かな、とがったかけらになって、私の耳の奥に突き刺さる。

父親なんだから——。

高木は、確かに、そう言った。

電車が駆け抜けるのを待って、「どういうことだ?」と訊き返した。

高木はもう話をはぐらかすことなく、声から笑いも消して、答えた。

「父親なら、息子が死に場所に選んだのがどういう所だったか、知りたくないですか?」

そこですよ、と高木はつづける。いまあなたの立っているすぐ目の前の線路の上で、晴彦は死のうとしたんですよ、と静かに言う。

私はなにも知らなかった。去年のいま頃だった。夏休み中に起こした自殺未遂のあと、学校に通えなくなった二学期の、ちょうど真ん中あたり——晴彦のことを案じながらも、生活のために仕事を辞めるわけにはいかない香奈恵が、毎日引き裂かれるような思いでオフィスに通っていた頃のことだった。

ある日の昼下がり、晴彦はふらりと団地の部屋を出て、あてもなく富士見台の街を歩きまわり、気がつくと線路の、ここにいた。

「死ぬつもりだった、というわけじゃないんです」

高木はそう言って、「終わりたかっただけなんですよ」とつづけた。「ああ、もういいや、どうでもいいや、明日は来なくていいし、未来なんて要らないし、もうさっさと終わりたい……じゃあ、死ぬしかないじゃないですか」

下り電車が轟音とともに目の前を駆け抜けていく。

「あなたは、人間の命というものはかけがえのない尊いものだと思っていますか？」

答える前に「思ってるでしょ、どうせ」と決めつけられた。「だから、あたりまえのようにして言うんだ」

命を大切にしろ――。

自殺なんかするんじゃない――。

「でも、あなたたちは、なにもわかってない。人間は、命を失おうと思って自殺するわけじゃないんです。そこを理解していないうちは、かけがえのない命を粗末にするな、しか言えないわけです。で、どんなに口を酸っぱくして繰り返しても、やっぱり自殺はなくならないんですよ」

発想を変えなきゃだめなんです、と高木は言う。逆なんですよ、そもそも、と教え諭すように言う。

「命を捨てたいわけじゃない。誰だって、自分の命がなくなるのなんて嫌ですよ、せっかく生まれてきたんですから。でも、明日をどうしても迎えたくないと思ったら……しょうがないじゃないですか、死ぬしか。品物を手に入れようと思ったらお金を払わなきゃいけない、それと同じですよ」

あなたたちは、財布に入れたお金を出したくないだけなんだ――。

でもね、お金はそもそも使うためにあるんですよ――。

命だって同じです――。

自分の未来や現在のために命を使うことはもちろんありますよ――。

でも、自分の未来を消し去るために命を使わなきゃいけないことになったら、それはもう、しょうがないじゃないですか――。

踏切の警報機は鳴りつづける。上り電車が近づいてくる。

「晴彦の気持ち、僕たちには、すごく、よくわかるんですよね」

高木は一語一語を区切って言った。複数形の「僕たち」を初めて使った。

「大谷摩耶から晴彦のことを聞いて、渡辺真理子の家に、上田祐太郎とそっくりの奴が引っ越してきたなんて……冗談みたいな話で、だからすごく感動して、会って話してみたら、あいつ自殺未遂をしたことがあって、それでもまだ気がすまなくて線路の中にまで入って……最高ですよ、最高」

「――おい」

怒気をはらんだ声で止めても、「いいじゃないですか、死ななかったんですから」とさらりとかわして、つづけた。「線路に入って、電車が近づいてくるのをじっと待って て、警笛を鳴らされて、危ないところで逃げた……終わるか終わらないか、ぎりぎりのところで、終わらなかったんです」

　でもそれって――と、高木は早口に言う。

「喜ばしい生還なのか、死ぬことにしくじってしまっただけなのか、ルーレットの球が『生』の穴に落ちたのは、運が良かったんですか？　それとも悪かったんですか？」

　私の答えを待たずに、「でも、どっちにしても、運です」と言い切った。「だから、もう一度やったら、どうなるかわからない」

　その「もう一度」が、晴彦のすぐ目の前にあった。

「晴彦は、近いうちに、またここに来るつもりでした。一年前と同じように線路の中に入って、同じように電車が来るのを待って、同じように警笛を鳴らされて、同じようにぎりぎりまで動かずにいて……でも、最後の最後に、去年と同じように逃げられるかどうかはわからないけど……わからないから、やりたい、って」

「……嘘をつくな」

「嘘じゃないですよ、先週のことですよ」

「やめろ！」

　携帯電話が手からこぼれ落ちそうになるほどの勢いで怒鳴った。さすがに高木もしばらく黙ったが、芝居がかったため息をついて「大きな声を出すのやめましょうよ、びっくりするし、みっともないじゃないですか」と言った声は、すでに落ち着きはらっていた。

「ねえ、清水さん。怒鳴る前に考えてみませんか。富士見台を出て、旭ヶ丘に引っ越して、いじめから解放されたはずの晴彦が、どうしてまた線路に入りたがってるのか……考えてみてくださいよ」

　諭すように言われて、はっと気づき、絶句してしまった。高木は私が息を呑んだのを察して、「そういうことなんですよ」とつまらなそうに笑った。「いじめ、まだつづいてるんです」

　知らなかった。夢にも思わなかった。晴彦はすべてをきれいに、完璧《かんぺき》に、隠《かく》しとおしていた。

「ついでに教えてあげますね。じゃあ、どうして、晴彦は風呂場《ふろば》で手首を切るのをもう一度やろうとしないのでしょうか？」

　チッ、チッ、チッ……と、テレビのクイズ番組のようにカウントを打ち、まあいいか、というふうに短く笑って、答えを口にした。

「風呂場であんなことをすると、お母さんが第一発見者になってしまって、悲しい思いをさせてしまうから。これが模範解答です。優しい奴ですよね、ほんとに」

　だから――とつづける。

「僕たち、彼に協力したんです。晴彦を電車に轢かれて死なせるわけにはいかない。僕たちとこんなにそっくりで、気の合う仲間なんて、そうざらにいるものではありませんから、もったいないじゃないですか」

だから、僕たち——と、さらにつづける。

「晴彦が世界で一番いなくなってほしいと願ってる奴らを、消しました。あいつらがのうのうとのさばって生きていて、晴彦を苦しめつづける、そんな世界を終わらせてやったんです」

殺したい相手の名前を記した無数の紙片が、真夜中の「約束された土地」に降り積もり、舞い上がる。分厚い『少年ファイアー』の最新号の、どのページをめくっても、誰かの名前が記されたメモが挟み込まれている。現実には見たことのない光景が、鮮やかに、生々しく、浮かび上がった。

「きっと彼も、喜んでくれます」

「晴彦を巻き込むな！」

「なぜ？」

ポン——と、ボールが壁にはずむみたいに軽く返された。

「僕たちは、少なくとも、晴彦が奪われてしまった未来を奪い返しました。あなたはどうです？　あなたは、晴彦のために、なにかをしてやったことはありますか？　あなたは、父親として、わが子の未来を守っていたんですか？」

あなたは、なにも知らない。

そして、なにもしていない。

高木は言った。静かに、淡々と、私の心を締めつける言葉を連ねた。

晴彦は旭ヶ丘に引っ越してからも、ずっと、ネットで奴らに心を引き裂かれていた。晴彦だけじゃない。あいつの母親も、つまりあなたの妻も、インターネットの世界で陵辱されつづけていた。住所や電話番号が知られていないだけで、あとは、顔も名前も……信じられないほどいやらしい写真と合成された母親の顔まで、ネットにさらされていた。あなたが知らなかっただけだ。奴らのもとに、もうすぐ情報が集まってくる。これはウチの学校に転校してきた清水晴彦のことじゃないか、だったら俺は住所を知っているぞ、電話番号もわかるぞ、情報を教えるから、もっと面白いことをしようじゃないか、お祭り騒ぎをしようじゃないか……。

あなたは知らなかった。なにも知らずに、のんきに父親になろうとしていた。僕たちは違う。僕たちは晴彦を救った。あいつを生け贄《にえ》にしたお祭り騒ぎが始まる前に、奴らを処刑した。摩耶を苦しめつづけた父親を処刑したように、晴彦の未来を、奴らから奪い返してやった。僕たちは友だちだから。仲間だから。

ねえ、僕たちのどこが悪い？　法律だのなんだのの話じゃない。あなたは晴彦の父親として、僕たちに感謝すべきじゃないの？　たとえ僕たちが法律で裁かれる日が来たとしても、この世界中で、あなただけは、僕たちを救世主と思ってくれてもいいんじゃないの？

僕たちは救った。あなたでは救えない息子を、僕たちが救い出した。

そして、僕たちは——。

もしも晴彦がそれを望むのなら——。

あなたを処刑することだってできる。

われわれの聖女・大谷摩耶を惨殺した三人には、黒幕がいました。その男の住所と会社と名前は——。

それだけで、あなたは誰かに処刑される。会社で飲むコーヒーにワルキューレが入っているかもしれない。レストランで食べるランチに入っているかもしれない。背後から羽交い締めにされて、無理やりカプセルを口に放り込まれるかもしれない……。

思わず後ろを振り返った。

高木の姿はなかった。

「前だけを見ていてください、と言ったはずですよ」

「……どこにいるんだ」

「前を向いてください。そろそろ線路に入ってもらいましょうか」

「……出てこい」

「同じ場所に立って、同じように走ってくる電車を待っていれば、晴彦の気持ちをちょっとは理解できるかもしれませんよ」

それとも、と高木はつづけた。

「息子とキャッチボールしたり、一緒に音楽を聴いたり、おとなになったら酒を酌み交わしたりっていう……そんなことだけが父親の役目なんだと思っていたんですか？」

逃げるように電話を切った。すぐにかけ直してくるだろうかと思っていたが、着信音は鳴らなかった。

警報機が鳴る。踏切と踏切との間隔が狭いのだろう、左右から挟み込むように鳴り響く。

線路の向かい側にも、こちら側と同じように古びた小さな一戸建てやアパートが並んでいる。身を寄せ合うような、おそらく決して豊かではない暮らしが、ここにある。それでも、私には、その身を寄せ合う近さがうらやましい。安普請の薄い壁から漏れてくる暮らしの温《ぬく》もりに、いたたまれないほどのうらやましさを感じる。

旭ヶ丘の街並みをふと思う。瀟洒《しょうしゃ》なニュータウンに冷たさを感じる資格など、私にはなかったのだと思い知らされた。

高木はきっと見ている。ジャングルに身をひそめるゲリラのように、私をじっと見つめている。

線路の向こう側に、富士見台団地も見える。古い団地の建物は、墓石のようでもあった。

肩の力を抜いた。携帯電話をジャケットのポケットにしまった。

フェンスの穴をくぐる。針金の先が手の甲や頬をひっかく。痛みがあるだけでも幸せだ、と思う。私はなにも知らなかった。晴彦の胸がえぐられ、引き裂かれていることになにひとつ気づかず、ただ形だけ、家族を守りたいと願っていた。

晴彦は明日を捨てようとした。奪われた未来を取り返すことをあきらめ、線路の中に呆然《ぼうぜん》と立ちつくして電車が来るのを待っていた。

晴彦。おまえは、いま、喜んでいるのか？　おまえをそこまで苦しめた三人が殺されて、おまえは、いま、やっと、明日を待ち望むことができるのか？

線路の中に立った。上り電車を待った。警報機が前後から鳴り響く。

踏切で待つひとたちには死角になっているのだろう、「危ない！」の声はあがらない。路地に建ち並ぶ家やアパートの窓も開く気配はない。

電車が来た。警笛が鳴った。車体よりも先に、車輪の音がレールを伝って届く。

電車が迫る。警笛が、長く尾を引いて響きわたる。

風が吹く。うなるようなモーターの音が足元を突き上げる。

晴彦。おまえはどこまで電車を引きつけた。おまえはいつまで、死を覚悟していた。

どこで駆けだした。いつ、生きることのほうを選んだ。

まだ早いか。まだ立っていたのか。

まだか。まだ逃げなかったのか。

晴彦。私は——おまえの父親になれなかったのか……。

警笛が鳴る。制帽をかぶった運転士の姿が見えた。

警笛が鳴る。私は目をつぶって、線路脇の茂みに身を放った。

電車が走り去ったあとも、うずくまったまま、しばらく動けなかった。

最初は、助かったという思いより、逃げてしまったんだという思いのほうが強かった。

恐怖が遅れて襲ってきたのは、立ち上がろうとしたときだった。膝《ひざ》がガクガクと震え、体を支えられない。声を出しているつもりはないのに、わななく口から、うめき声がとめどなく漏れてしまう。

フェンスに抱きつくようにして、なんとか体を起こしたとき、ポケットの中で携帯電話が鳴った。

「まだ百メートル以上あったよ、ここから見てると」

笑う声は、高木とは違う男のものだった。

ここ——。

「こっちだよ、こっち」

向こう側に建つアパートの二階——線路に面した窓が開いていた。

若い男が携帯電話を耳にあてて窓際に立ち、私を見下ろしていた。

「はじめまして」

男は言った。

「晴彦の友だちの、上田祐太郎」

上田は私と目が合ったのを確かめると、部屋の奥に姿を消してしまった。

「どう、感想は」

電話はまだつながっている。「俺と会いたかったんでしょ？」――笑いを含んだぞんざいな声が、耳の奥にまとわりつく。

「俺の顔って、どうだった？　予想どおりだった？　意外だった？」

高木の慇懃《いんぎん》なしゃべり方とは正反対だったが、ねばりつくような声の響きはよく似ている。

私は線路際にたたずんだまま、アパートの窓をじっと見つめた。上田が再び顔を出すのではないかと思っていたが、そんな気配は感じられなかった。むしろ、さっき姿を見せたことのほうが、じつは幻だったのではないかという気さえする。

「どうしたの？　なんで黙ってるの？」

「もう一度……顔を見せてくれ」

ははっ、と上田は嘲るように笑う。

「いま見たばかりなのに、もう忘れた？」

実際、そうだった。忘れているわけではないのに、思いだせない。同じ顔を見せられたら、この男だ、とすぐにわかるはずだ。しかし、どんな顔の男なんだ、と訊かれると、記憶はたちまちあやふやになってしまう。

「もったいない。日本中の奴らが俺の顔を見たがってるのに」

「……顔を見せてくれ」

「嫌だ」

にべもなく私の言葉をはねつけた上田は、ああそうか、と思いだし笑いを浮かべる。

「俺と晴彦、顔が似てるらしい。知ってるよね、学校でも噂になってたって」

「ああ……」

「じゃあ、晴彦の顔を思いだせばいい。それが、俺だよ」

「違う」——考える間もなく、声が出た。迫ってくる手を払いのけるような口調になった。

「似てなかった。晴彦とおまえの顔は、ちっとも似てない、全然違う」

実際にそうなのかどうか、わからない。思いだせないのだ、ほんとうに。それでも、私は認めない。「晴彦は、おまえみたいな顔じゃない」と繰り返した。

上田は短く笑って、ふうん、と相槌《あいづち》を打った。私の言葉を受け容《い》れたとも嘲笑《あざわら》っているともつかない、面倒くさそうな相槌だった。

少し間が空いたあと、「俺も、そう思うよ」と上田は言った。

「いま、晴彦はどこにいるんだ」

「さあ……」

それより、と上田は言う。「そろそろ次の電車が来る頃じゃないかな」

タイミングを合わせたように、下り方面の踏切が鳴りはじめた。

「今度はもうちょっと近くまで我慢してもらわないと。さっきみたいに百メートルも手前で逃げたんじゃ、晴彦に笑われるよ」

ふざけるな。窓をにらみつけた。窓ガラスは開いたままだったが、部屋は暗く、その中に何人いるのかさえわからない。

「ほら、なにしてるの。そんなところに突っ立っててもしょうがないから、早く線路の真ん中に立ちなよ」

電車をちゃんと見て、と付け加えた。びくびくしないで、とつづけた。いいじゃない、死んだって、と笑った。

上り方面の踏切も鳴りはじめた。線路の向こう側は、こちら側がそうであるように、行き止まりの細い路地になっていた。路地や家々の軒先から線路に入り込めないようフェンスが張られ、見渡したところ、ひとがくぐり抜けられそうな穴はどこにもない。上田のいるアパートに駆け込むには、いったん線路を手前側に出て、回り込むような格好で踏切を渡らなければならない。

電車が見えた。

「どうするの？」

上田は軽い声で言って、「晴彦に父親らしいところ見せてやってよ」と、さらに軽くつづけた。

晴彦もそこにいるのか——？

高木は——？

電車が警笛を鳴らす。

私は携帯電話をジャケットのポケットに入れ、線路の向こう側へと駆けだした。ゆうべ全身に負った打撲の痛みにうめき、敷き詰められたバラスに足をとられそうになりながら、下りの線路を越え、上りの線路も越えていった。

フェンスに両手をかけてしがみつき、よじ登っていく。背後を電車が警笛とともに駆け抜ける。強い風が巻き起こり、背中をひきはがされそうになるのを必死にこらえて、さらに登る。

アパートの窓に動きはない。携帯電話から上田の声が聞こえているかどうかも、電車の走る音に邪魔されてわからなかった。

フェンスを越えた。路地に飛び降りて、建て込んだ家の間をすり抜けるようにアパートまで走る。富士見台ハイツ。門のつくりも、共同の郵便受けのたたずまいも、いかにもくたびれはてた古い建物だった。

外階段を駆け上った。二階の角部屋——階段からいちばん近いドアを開けた。

鍵は掛かっていなかった。だが、六畳ほどの一間に小さな台所がついただけの部屋に、人影はない。

ノートパソコンが一台、フローリングの床にじかに置いてある。まるで玄関に立つ私と向き合うように、ディスプレイが開いていた。スクリーンセーバーがかかっている。細胞が増殖していくように、画面の中でさまざまな色のさまざまな幾何学模様がうごめいて、広がって、はじける。

ポケットから携帯電話を取り出して、耳にあてた。なにも聞こえない。だが、まだ電話はつながっている。

「……どこにいるんだ」

目で部屋の気配を探りながら訊いた。

少し間をおいて、上田は「あなたは？」と訊き返してきた。

「……部屋に上がってもいいのか？」

上田はやれやれと苦笑して、「意外と行動的なんだな」と言った。私が線路を渡ったのを見ていないのだろう。

「いつ、部屋を出て行ったんだ」

「最初からいないよ。俺はどこにもいないんだ」

私と目が合って、すぐ――だったのだろう。理屈ではそうなる。だが、こうして上田と話していると、ほんとうに最初からどこにもいなかったんじゃないか、とも思えてくる。

「ノートパソコン……どうするんだ？　俺が勝手に見てもいいのか？」

「リターンキーを押すと爆発するけど」

つまらない冗談を言って、「それでもいいんだったら、どうぞ」と笑う。

「俺が部屋に来るのがわかってたのか」

「さあ……どうだろうね」

「上がるぞ」

「土足厳禁」

黙って靴を脱ぎ、玄関の内鍵《うちかぎ》を掛けた。

上田は「ごゆっくり」と言って、電話を切った。


部屋には、電気とＬＡＮ回線こそ来ていたが、生活のにおいはまったく感じられなかった。台所の蛇口をひねると、ゴボゴボと咳《せ》き込むように泡を立てながら水が流れ落ちて、埃《ほこり》をうっすらとかぶったシンクを濡《ぬ》らしていく。ユニットバスも使った様子はない。洗面所も、トイレも、同じ。トイレには紙の用意すらなかった。生活するためではなく、ウエダサマのメッセージを発信するために借りた部屋——ここもまた、聖地の一つなのかもしれない。

パソコンの前に座り込んだ。リターンキーを押して、スクリーンセーバーを解除した。爆発は、もちろん、しない。画面に街が映し出される。動いている。動画を流していたのか。

見覚えのある街だ。旭ヶ丘ではない。もっと雑然として、古びた小さな家が窮屈そうに建ち並んでいる。歩きながら撮っているのか、風景はゆっくりと横に動き、ときどき小さく揺れる。

わかった。撮っているのは富士見台の街だ。団地のすぐ近所の風景だ。

音声はなく、画質は粗い。ときどきコマ落ちもする。いつの映像だろう。以前撮ったものを再生しているのか、それとも、いま撮影しているものを流しているのか。

団地の建物が映った。カメラの動きがいったん止まる。撮影している人物が立ち止まったのだろう。

カメラはゆっくりと、風景を眺め渡すように動いた。団地の屋上の給水塔が見える。布団や洗濯物を干した部屋のベランダも見える。カメラのまなざしが下がる。遠景を映していた焦点が手前に寄る。

ウインドブレーカーを来た少年が、こっちに背中を向けて立っていた。

声をかけられたのか、少年はカメラを振り向いた。

晴彦――。

カメラを見つめる。私を見つめる。

口が小さく動いた。声は聞こえなかった。

おはよう。そんなふうに口が動いたように、見えた。

晴彦はまた前に向き直り、団地のほうへ歩きだす。カメラも晴彦を追いかける。

電話が鳴った。

「見てくれたよね」

上田が言う。「元気そうだろ、晴彦」とつづけて、「まさかパソコンに向かって手を振ったりしなかった？」と笑う。

「……どういうことだ」

「ライブ映像だよ、これ」

「誰が撮ってる」

「さあ」

「……高木か」

「どうだろうね」

電話で話している間も、晴彦は歩きつづける。カメラはその背中を追いつづける。団地の敷地に入った。同じ形の棟が建ち並ぶ団地の奥へと進む。団地にはA棟からJ棟まであった。晴彦がかつて住んでいたのはJ棟——いちばん奥まった場所にある。

「黙って見てるのも退屈じゃない？　面白いオプションでもつけようか」

上田の言葉は向こうにも伝わっているのか、晴彦はまた立ち止まり、カメラを振り向いた。撮影している人物と短いやり取りをしたあと、含み笑いで手をカメラに近づける。撮影している人物が小さな薬瓶を渡した。見覚えのある瓶——やはり、彼は高木だ。晴彦が受け取った瓶は、高木が持ち歩いていたものと同じだった。

「晴彦は怖がってないよ、死ぬことを」

上田の言葉どおり、晴彦はためらいも見せずに薬瓶の蓋を開け、カプセルを一つ、無造作につまみ出した。

「あなたと沢井さんは、笑っちゃうぐらいおびえてたんだって？」

晴彦はカプセルを口に放り込む。ごくんと嚥み込んで、一息ついたあと、肩の力を抜いて笑う。

「情けないよね、おとなのくせに」

晴彦は薬瓶の蓋を閉めて、高木に返そうとした。だが、高木に「持っててていいよ」とでも言われたのだろうか、ウインドブレーカーのポケットに瓶をしまうと、また歩きだす。

「信じるか信じないかは、あなたの自由だけど、あの中のカプセル、一つだけ『当たり』だから。もう一度試してみようか？」

「やめろ！」

「本人は平気なんだから」

「やめろ！」

「だいじょうぶだよ、まだカプセルはたくさんあるんだから、これで『当たり』をひいちゃったら、もう、運命として受け容れるしかないんじゃない？」

晴彦は立ち止まる。カメラを振り向く。ポケットから薬瓶を出して、蓋を開けて、カプセルを一つつまんで、口に入れる。

流れるようなしぐさだった。迷いもためらいもない。だが逆に、命を賭けたゲームを楽しんでいるという高ぶりも感じられない。

まさか、と頭の片隅を暗い影がよぎった。

「おい！」

怒鳴った相手は上田だったが、ほんとうは画面の中の晴彦と、画面には決して出てこない高木に怒鳴りたかった。

「そんなに興奮しなくても聞こえてるよ」

上田は冷ややかに笑って、「どうかした？」とうながした。

「……晴彦は知ってるのか」

「なにを？」

「カプセルの中身を……ほんとうの中身を、晴彦は、知ってるのか……」

少し間をおいて、上田は笑う。

「意外とするどいね」――言葉を二つも三つも端折《はしょ》って、「想像どおりだよ」と認めた。

晴彦はなにも教えられていない。完全な脅しだと思い込み、瓶の中のカプセルはすべてビタミン剤だと信じ切って、私がパソコンの前でおびえる姿を想像しながらカプセルを口に入れているのだ。

もしも一つきりの「当たり」をひいたら、晴彦は死ぬ。決して死なないはずだと思い込んだまま、これはただの脅しのゲームなのだと信じ切ったまま、殺されてしまう。

「なかなか悪運があるよ、あいつ」

上田は軽く言って、「ロシアンルーレットに強いタイプなのかもね」と笑う。

「やめさせろ」

「本人は楽しんでるよ、すごく」

「……やめさせてくれ」

「もう一つ嚥ませてみようか」

「やめろ！」

「息子の活《い》き活きした顔を見てやってよ、親なんだから」

晴彦は立ち止まる。カメラを振り向く。ゆっくりと薬瓶の蓋を開け、手のひらに落としたカプセルを誇らしげにカメラに見せて、舌ですくうように口に入れる。

ごくん、と嚥み込んで笑う。

その笑顔が――不意にゆがむ。

膝が崩れ、画面が大きく左右に揺れる。

私は弾《はじ》かれたようにパソコンの前で腰を浮かせた。声が出ない。ただ、はるひこ、はるひこ、と唇がわななくだけだった。

晴彦は地面に膝をつき、手をついて、うなだれた。カメラはようやく落ち着きを取り戻して、その姿をフレームの中に収める。いや、まだ画面はかすかに揺れている――息を詰め、笑いをこらえるように。

晴彦は顔を上げる。笑っている。よっこらしょ、と立ち上がり、手のひらの汚れを払って、にやにやとカメラに笑いかける。

「アドリブだ」

上田はあきれたように言って、「楽しんでるってことだよ、それだけ」とつづけた。

私は床にへたり込んで、深い息と一緒に「もう……やめろ」と言った。「頼む、もう、やめさせてくれ……」

「怖い？」

「……頼む」

「でも、晴彦がこんなに楽しそうな笑顔になってるのを見たことある？」

幸せそうだろ――？　自信に満ちあふれてるだろ――？　あいつは、いま、生まれて初めて、世界に対して優位に立ったんだよ――。

声の響きが変わった。さっきまでの嘲るような口調ではなく、私を諭すような、むしろどこか寂しげな口調になった。

「命って、最後の武器なんだ。命を武器にして世界と闘うしかない奴っていうのは、いるんだよ、どうしようもなく」

それが晴彦なのだと、上田は言った。

俺と高木がそのことを教えてやったんだ、ともつづけた。

晴彦が摩耶に紹介されて高木に出会ったのは、九月の終わり頃だった。上田祐太郎にそっくりの顔をした転校生が来た——というので、高木が晴彦に会いたがったのだ。

「さっき、あなたが言ったとおりだよ。俺と晴彦は、顔立ちそのものが似ているわけじゃない。高木も最初は、どこが似てるんだ、って逆に驚いたらしい」

だが、晴彦を見ていると、しだいにわかってきたことがある。

「高木は俺より頭のいい奴だから、理屈で説明してくれたんだけど……晴彦と俺は、目が同じらしいんだ。目の形とか目つきとかじゃなくて、もっと深いところ」

世界の終わりを見た目だ、と高木は上田に話した。あいつも、おまえと同じように世界の終わりを見たんだよ。

「そう言われて初めて、なるほどな、って思った」

「木曜日の子ども」事件の直後に上田の目を正面から見たのは、隣の教室から駆け込んだ内藤先生だけだ。

「俺はいまでも覚えてる。振り向いて目が合った瞬間の、内藤先生の顔……悪魔を見た顔だよ、ほかにたとえようがないんだけど、悪魔にばったり出くわした顔だ」

後悔が一つある。鏡を見ておけばよかった。世界の終わりを見つめる自分の顔がどんなものだったのか、ちゃんと自分自身で確かめておけばよかった。

「そのときの俺の顔を見たのは、高木と内藤先生だけだ。その内藤先生が晴彦を見て、俺の記憶がよみがえったっていうのは、やっぱり、すごいことだろう？」

「高木も……見たのか」

「ああ。ワルキューレの入ったスープを飲まされて、俺に裏切られて……殺されかけたんだけど、意識がほとんど薄れる中で見た俺の顔は、一生忘れないって言ってる」

王だった。

いや――そのときの上田の姿は、暗黒の世界を支配する神ですらあった。

「高木は世界中の誰よりも俺を恨んでる。でも、世界中の誰よりも俺に魅せられてる。俺をウエダサマにしたのもあいつだ。あいつは、俺を正真正銘の神さまにしたくてしょうがないんだ」

そして、摩耶と晴彦のことも――。

「摩耶は聖女になった。今度は、晴彦だ。あいつには、その資格がある。俺と同じように、世界の終わりを見たことのある奴は、たぶんこの世の中であいつしかいないはずだ」

上田は、晴彦が私には決して話さなかったことを、静かに伝えた。

「晴彦は団地の部屋の風呂場で手首を切った。それは知ってるよな?」

「ああ……」

「風呂場には、鏡があるんだ」

晴彦は、手首から血をどくどくと流す自分自身を見た。鏡に映る、たった一人きりの世界の終わりをじっと見つめた。意識を失うまで、世界の終わりと向き合った。世界が完全に終わってしまう前に、助け出された。

「あなたたちは、晴彦を絶望の淵《ふち》から救ったと思ってるだろうな。でも、そうじゃない。手首を切るまでは絶望のどん底だったけど、途中から、変わったんだ」

赤く染まった世界の終わりは身震いするほど美しかった、と晴彦は言った。意識が途切れがちになって、鏡の中の風景が揺れ動く。風呂場のタイルを染める血の赤い色が、鮮やかになったり薄れたりを繰り返す。それがたまらなく心地よかったらしい。

パソコンの画面の中で、晴彦はJ棟の前に着いた。カメラを振り向いて、たぶん高木にうながされたのだろう、また薬瓶からカプセルを出して、微笑み交じりに口に含んだ。

なにを伝えたい――。

晴彦に訊きたい。胸ぐらをつかんで、いや、すがりついて、訊きたい。

おまえは、そんなことをして、私になにを訴えようとしているんだ――。

死ぬことなど怖くない、と言いたいのか。死ぬことはこんなにも簡単なんだ、と見せつけたいのか。私があわてふためいている姿を思い描いて、ほくそ笑んでいるのか。自分はなにもできない無力な存在なのだと、私に思い知らせたいのか。

カプセルを嚥み込んだあとも、晴彦の表情は変わらなかった。

「あいかわらず運の強い男だよ、あいつは」

上田は感心したように言って、「怖いもの知らずっていうのは、こういうことなんだろうな」と笑った。

「……いいのか」

「なにが？」

「晴彦が、もしも死んだら……神になれないんじゃないのか」

上田はあっさりと「そうだね」と認めた。

だが、私が「だったら――」とつづけるのを封じて、「でも、それでいいんだ」と言う。

「晴彦が最後まで『当たり』をひかなかったら、あいつは神さまになる。途中で『当たり』をひいて死んだら、摩耶と同じように聖者になる。それだけの違いなんだよ」

贖罪《しょくざい》だ、と高木は「約束された土地」で摩耶に言った。お父さんを殺した罪をあがなうには、きみも世界の終わりの風景の中に足を踏み入れなければならない、と説いた。

死に迫れ。一歩でも死に近づいて、そこからまた戻ってこい。

薬瓶を差し出した。心配は要らない。カプセルは五十個、「当たり」は一つきり。なんの心配も要らない。五十分の一の確率に命を託しただけで、きみはお父さんと一緒に世界の終わりの風景の中に立てる。

「ただ、俺たちはそのとき、『当たり』の定義を変えた」

五十個のカプセルの中にただ一つ含まれているのは――ワルキューレではなく、ビタミン剤の入ったカプセルだった。

「五十分の四十九が、死だ。生は五十分の一しかない。これで『当たり』の一個をひき当てて生還したら、ほんとうに彼女は女神になる。そう思わない？」

摩耶は、上田と高木が「当たり」の定義を変えたことを知らなかった。だから、五十分の一の死と戯れるつもりで、ためらうことなく、五十分の四十九の死に手を伸ばした。

「残念だったよ」

上田はため息をついて言った。「彼女は聖女にしかなれなかった。世界の終わりの風景に入り込んだまま、こっちに戻ってこられなかった」——声は、心の底から残念そうだった。

絶句する私に、さらに言う。

「心配しないでいいよ。いま、晴彦が持ってるのは、五十分の一の死だ」

まあ、そろそろ四十何分の一になってるわけだけどね、と付け加え、「ここからだよ、あなたに見てほしいのは」と言った。

高木が晴彦になにか話しかけた。晴彦は「え?」と問い返して、見る間に顔をこわばらせた。

「ワルキューレが一つだけ入っていることを、いま、教えた」

晴彦は手に持った薬瓶をじっと見つめる。おびえているのがわかる。

「不思議だよな、いままで『当たり』に遭わなかった幸運を喜べばいいのに、そうじゃないんだ、人間っていうのは」

晴彦はカメラを振り向いた。おびえたまなざしで、薬瓶を持った手を伸ばし、高木に返そうとする。

だが、高木は受け取らない。代わりに晴彦に語りかける。身振り手振りを交え、熱心に。

「あいつはすごい男だよ。あいつの話には不思議な説得力がある。理屈で納得させられなくても、あいつの言葉に従うしかないっていう気持ちにさせられる。中学時代から頭のいい奴だったけど、ハタチを過ぎて、いっそう磨きがかかったんだ」

高木はなにを晴彦に話しているのか。声が聞こえない。音が伝わらない。ただ、最初はおびえているだけだった晴彦の表情が微妙に変わったのは、わかった。

「俺と会えなかった七年間、あいつは、目に焼きついた世界の終わりの風景を何度も何度も、繰り返し思いだした。忘れたくなかったんだ。思いだしたくもない凄惨《せいさん》な風景は、逆に、いつまでも胸に刻んでおきたいほど美しい風景でもあったんだ」

俺もそうだ、と上田は付け加えた。

高木は、上田が社会から隔絶された七年間、ずっと考えを巡らせていた。上田祐太郎という男を、どう受け容れるか。自分を裏切って一人で殺戮《さつりく》をおこない、自分のことまで殺そうとした親友を、心の中で、どう生かしつづけるか。

「よけいなお世話だよな、たんに恨んでくれてればいいのに」

だが、恨みや憎しみを超えて、殺戮の現場にたたずむ上田の姿は、あまりにも神々しかった。

「そう……あいつは、神々しい、って言ったんだよ、俺のことを」

やがて、高木は一つの結論を得た。

「俺を神さまにすればいいんだ、と気づいたんだ。世界の始まりをつかさどる神さまじゃなくて、世界の終わりを統《す》べる神さま……黙示録の神さまにすればいい。そうすれば、もう一度、あの素晴らしく美しい風景に出会えるから」

そしてそれは、高い塀の向こうで上田が考えていた自分自身の存在と、期せずして重なり合っていた。

社会に戻った上田は真っ先に高木に連絡を取った。前触れのない電話だったのに、高木は落ち着いた声で「待ってたよ」と言った。上田も笑って「俺もだ」と返す。

高木は渡辺真理子の家が空き家になってからリフォーム工事が始まるまでの短い間に、天井裏に隠しておいたワルキューレを持ち出していた。それを自分では使わずに、上田との再会を待っていた。いきさつを聞いた上田は、満足そうにうなずいて言った。

「今度はもう裏切らない。俺たちは世界の終わりを二人で見るんだ」

パソコンの画面の中で、晴彦は少しずつ表情を変えていく。落ち着きを取り戻し、困惑とおびえで揺れ動いていたまなざしが、じっとカメラを——高木を、見据える。

「覚悟を決めたようだ」

上田は言った。「世界の終わりに足を踏み込むぞ、もうすぐ」と、声をわずかにはずませた。

「さすがだよ、高木は」

晴彦は、手のひらに載せただけだった薬瓶をあらためて握りしめた。

「晴彦は、自分の命をほんとうの意味で武器にすることを覚えたんだ。武器は脅しに使うだけじゃ意味がない。そうだろう？　武器を手にするっていうことは、相手を殺すだけじゃなくて、自分を殺すこともできる道具を手にすることなんだ」

　薬瓶の蓋を開ける。中に一つだけ「当たり」があることを承知で、カプセルを取り出す。

　やめろ――。

　やめてくれ――。

　上田にではなく、高木にでもなく、晴彦に訴えたい。届かない声を、どうにかして届けたい。晴彦が「当たり」をひくのが怖いのではない、「当たり」のあるクジを受け容れたことが、なによりも、怖くて、悲しい。

「むだだよ」

　上田は私の思いを読み取って、「あなたにはわからないんだ」と言った。

　晴彦はカプセルを口に入れた。

　その直後――パソコンの画面は暗くなった。

「当たり」だったかどうかは、どうでもいいだろう。

　上田は静かに言った。

　とにかく、晴彦は、世界の終わりに向かって歩きだしたんだ。祝福してあげなよ。うずくまったままだった晴彦が、自分の足で、自分の意志で歩きはじめたんだ。祝福してやってくれよ。世界の終わりを見るのは、これで三人になったわけだ。さあ、終わりの始まりだ……。

声に感情はない。感情はないのに、ひどく寂しい響きだった。まるで「寂しさ」の結晶が、そのまま声に形を変えたように響く。

パソコンの画面は暗い闇に沈んだまま、なにも映し出してはくれない。

「もう伝えることは伝えたし、あなたに見せるべきものは見せたから、そろそろ出て行ってよ」

上田は口調を元に戻し、「そこのアパートの住所は、もう、ネットに流してある」と言った。

あなたは聖者になりたい？

それとも、聖者を殉教させた悪の使徒にしてほしい？

いや、あんがい、俺たちと一緒に神さまになりたいのかもね。

短い笑い声とともに電話が切れて、それとタイミングを合わせるように、玄関のドアがノックされた。

第十二章　世界の終わりにたたずむ者

ノックがつづく。ゆっくりとしたテンポで、軽い音が繰り返される。ドアには窓がないので、外にいる人影はわからない。おとなか子どもか。男か女か。一人か複数か。そして、その人物は、私をどうしようというのか……。私は足音を忍ばせて玄関に向かい、脱ぎ捨ててあった靴に手を伸ばした。ノックの音は少しずつ大きくなり、間隔も狭まってきた。私は靴を履き、ドアに注意を払いながらゆっくりとあとずさる。

窓から線路へ飛び降りるしかない。そのタイミングで電車が来ないことを祈るしかない。分の悪い賭《か》けでも、ほかに逃げ道はなかった。

ノックが止まる。ドアノブがガチャガチャと音をたてて左右に回る。だいじょうぶだ。内鍵《うちかぎ》は掛けてある。

窓を開けた。二階からでもなんとか飛び降りることはできそうだった。すぐに線路を突っ切って、向こう側に渡ればいい。さっき線路の中に入ったときにくぐったフェンスの破れ目の場所を確かめた。線路から路地に出たあと、大通りまでの道順も頭の中でたどった。

行くぞ。飛び降りる覚悟を決めたとき、電車の警笛が響いた。窓枠に手と足をかけたまま、私は舌打ちする。電車が来てしまった。しかも、上りと下りが同時に。

電車が通り過ぎるのをじりじりと待ちながら、玄関を振り向いた。

ノブの動きは止まっていた。ノックも聞こえない。

あきらめて立ち去った——？　緊張を解いたわけではないが、肩の力が抜けた、そのタイミングをまるで見定めていたように、ノブがまた静かに回った。

カチャッ、と音がして、内鍵がはずれた。

合鍵——。

なぜ——。

ドアが開く。

戸口に立っているのは男だ。おとなだ。一人きりだった。

「清水……俺だ」

沢井良樹は部屋に私がいるのを確かめると、「なんとか間に合ったか」と安堵《あんど》して大きく息をついた。

ウエダサマのブログが五分ほど前に更新された。このアパートの住所と、合鍵を郵便受けに入れてあることが書いてあった。

処刑指令が下された――という。

「世界の終わりを穢《けが》す男がいる、晴彦が聖者になるのを妨害する男がいる、ってな」

沢井は私に向かって顎《あご》をしゃくり、「ずいぶん嫌われたものだな」と苦笑して、後ろ手にドアを閉め、内鍵を掛けた。

「でも、だいじょうぶだ。合鍵は一つきりで、俺が持ってる。もう誰も入れない」

手に持った合鍵を、ほら、と目の高さに掲げて、私が土足で部屋に上がっているのに気づくと「まあ、靴ぐらい脱げよ」と言った。

私は黙って一歩あとずさった。

晴彦は、いつ、どうやって、私の前から姿を消したのか――。

高木は、いつ、どうやって、沢井の車に乗り込んできたのか――。

沢井は、いつ、どうやって、こんなにも早くこのアパートに来たのか――。

「おい、清水、どうした？　上田と高木の毒気に当てられたか？」

沢井は「だいじょうぶだ。俺がいるから安心しろ」と笑う。

私は少しだけ頬をゆるめて肩をすくめ、さらにあとずさって窓辺に立った。電車が来る。上り電車が窓の真下を駆け抜ける。下り電車も、もうすぐ来る。

タイミングを見誤るな。自分に言い聞かせ、線路の向こう側の抜け穴に目をやって、飛び降りたあとに駆けだす方向を確認した。

「……もうわかってるか、さすがに」

苦笑した沢井は、携帯電話のカメラを私に向けた。

下り電車が近づいてきた。

沢井は、さて、と口を動かして、私に向かって、もう片方の手を差し出した。薬瓶を持っていた。高木と晴彦の手にあったのと同じラベルが貼ってある。ただし、中に入ったカプセルの数は明らかに少ない。「当たり」の率が高い。

「晴彦に見せてやれよ、世界の終わりの風景を」

沢井が言った、その瞬間、私は身をひるがえした。窓枠に手をかけ、足をかけて、電車との距離を測る間もなく跳んだ。

長く尾をひいた警笛と、急ブレーキの、耳をつんざくような音が響きわたる。

敷き詰めたバラスに足首まで埋まった。バラスは思いのほかやわらかく、不安定で、右足をひねってしまった。だが、痛みを感じる間もなく、ゆうべの打撲の痛みも忘れて、私は走る。向こう側に転げ込む。電車が来た。轟音《ごうおん》と風とともに、私と沢井の間に割って入って、うまく停まってくれた。

フェンスの破れ目をくぐる。路地を駆ける。大通りまで。とにかく大通りまで。

走りながら、声にならない声で叫んだ。

いつからだ――。

いつ、沢井は裏切ったのか。それとも最初から、ウエダサマの意を受けて、私に接近したのか。

なぜだ。晴彦のためか。ならば、私は「当たり」をひくべきだったのか。

私が身をもって世界の終わりの風景を見せてやれば、晴彦は、それを見届けてから、また現実の世界に戻ってくれるというのか。そうすれば、私はようやく「父親」としての務めを果たせるのか。

ふざけるな――。

叫びつづける。走りつづける。

ふざけるな、ふざけるな、ふざけるな――。

大通りに出て、ようやく一息ついた。ラッシュ時の渋滞は解消されて、いまは行き交う車が順調に流れている。

通りかかった空車のタクシーを停めた。「このあたりを適当に走ってください」と言うと、若いドライバーは不審そうな顔になったが、他に言いようがない。とにかく外を歩くのは危険だ。

車が走りだすとすぐに携帯電話を取り出して、上田の携帯電話にコールバックした。

電話はすぐにつながって、私が名乗る間もなく「アクション映画みたいなことをやったんだってね」と笑われた。「失敗だったよ。あんなに使えない奴とは思わなかったな、沢井のおっさん」

「……いま、どこにいるんだ」

「さっき教えたでしょ？」

「団地か」

「もしよかったら、あなたもおいでよ」

電話はそこで切れた。コールバックしても電源が落とされていて、つながらない。

私はドライバーに富士見台団地に向かうよう告げて、ラジオを点《つ》けてくれ、と頼んだ。

「ああ、よかった」ドライバーは言った。「さっきからずっとラジオを聴いてたんですけどね、お客さん乗せてるときはまずいかと思って、いま切ったばかりだったんですよ」

「なにを聴いてたの」

「ニュースですよ、ニュース。お客さん、知らないんですか？　いま、すごいことになってるんですよ」

「……この近所で中学生が三人殺されたってこと？」

「あ、それは八時ぐらいでしょ。そうじゃないんですよ、そんなレベルじゃないっていうか……レベルなんて言っちゃいけないんだけど……」

「なにがあった」

身を乗り出した。助手席のシートの背に抱きつくような格好になった。

「なにがって……すごいんですよ、犯行予告っていうのか、ネットに」

「だから、なにが！」

思わず怒鳴った。ドライバーは驚いて肩をビクッと震わせ、車がセンターラインを越えそうになった。

「お客さん、そんなに興奮しないでくださいよ、こっち運転してるんですから」

「……すまない」

「『木曜日の子ども』って、覚えてます？　七、八年前にあったでしょ、中学校で同級生を毒殺しちゃった事件」

相槌《あいづち》が打てない。息が詰まる。

「復活したんですよ、あれが」

二十分ほど前――ちょうど私があのアパートの一室に入った頃、インターネット上のさまざまな掲示板に無数の書き込みがアップされた。

〈木曜日の子ども〉

書き込みの主は、皆、そう名乗っていた。

「ネットって、一人の人間がいっぺんにたくさん書き込みを流すこともできるらしいんですけど、どうもそうじゃなくて、ほんとうに数えきれないほどの連中が、一斉に書き込んだみたいなんです。だから、組織的っていうか……テロですよ、テロ……」

〈最低でも一万人殺します〉

すべての書き込みは同じメッセージだった。

「一万人なんてどうやって殺すんだって私なんか思ってたんですけど、意外と簡単なんですってね。たとえば、団地の給水塔の水に毒を混ぜたりすると……それでいま、警察は大騒ぎして……でも、日本中の団地やマンションの給水塔をチェックするなんてできないでしょ、現実的に。それでいま、ニュースでずっと言ってるんですよ、水を飲むな、水を飲むな、って」

ドライバーがラジオを点けると、女性アナウンサーがうわずって震えた声で「マンションやビルなどにいらっしゃる方は、安全が確認されるまでは水道水のご使用はお控えください！　繰り返します、安全が確認されるまでは水道の水は使わないでください！」と訴えていた。

「どこの局でも同じですよ、こういうの戒厳令っていうんですか？」

私はシートに背中を預け、あえぐように息をついた。一縷《いちる》の望みを託すように、「でも……」と無理に頬をゆるめて言う。「いたずらってこともあるだろ」

ドライバーは首を横に振ってから、「そうだとよかったんですけどね」と言った。

すでに無差別の殺戮《さくりっ》は始まっている。

「マンションで水道の水を飲んだ住民が二十人だったかな、死んでるんです」

「……どこのマンションだった？」

「それがね、旭ヶ丘って覚えてますか、最初の『木曜日の子ども』事件があった街。あそこなんですよ。だから、ほんとに……これ、いたずらでも冗談でもなくて……」

車は赤信号で停まった。ドライバーは「いつまで聴いても同じか」とひとりごちてラジオを消し、「でもね」と私を振り向いて笑った。

「逆に言えば、水道の水さえ飲まなければだいじょうぶってことでしょ？　ペットボトルの水なら平気でしょ？」

　そうですよね、と念を押されると、うなずくしかなかった。

「それでね、私、ちゃんと持ってるんですよ、ペットボトルの水」

　ほら、ここに、と助手席の足元を指差した。小ぶりのクーラーバッグが置いてある。

　ドライバーはそのファスナーを開けて、ぎっしり並んだ水のペットボトルを私に見せた。

「さっき、コンビニで買い込んだんです。早くしないとパニックで売り切れになるのは目に見えてますから」

「うん……」

「お客さんにも、せっかくのご縁だから、差し上げますよ。ウチは一戸建てだから、家に帰ればだいじょうぶだし、今日は興奮しちゃって商売にならないんで、お客さんを降ろしたら、もうあがっちゃおうと思って」

　ドライバーはペットボトルをクーラーバッグから一本取り出して、自分で蓋《ふた》を開け、どうぞ、と手を伸ばしてきた。

　信じるな。頭ではなく、心でもなく、全身の皮膚がそう伝える。この男は、いま、自分で蓋を開けたのだ。蓋の封が切れる音は聞こえなかった。

「お客さん、どうぞ、遠慮なさらずに」

　信号はもうすぐ青に変わる。

「どうしたんですか、お客さん、ほら、水がないと大変でしょう」

　私は、そうだな、と笑ってペットボトルを受け取り、それをシートに置いて、素早くドアを開けた。

　転げ落ちるように歩道に出た。

　ドライバーは、私を追わなかった。振り向きもしなかった。なにごともなかったかのようにドアを閉め、信号が青に変わると車を発進させた。走りだすときに携帯電話で話しているのがちらりと見えた。電話の相手を考えるのは、やめた。

　もう走れない。線路に飛び降りるときにひねった右の足首の痛みは、時間がたつにつれて増してきた。

　電話が鳴る。のろのろとしたしぐさで応《こた》えた。

「なかなか勘が鋭いね」

　上田は笑いながら言って、「じゃあ、いろんなことも、もうわかってるのかな」とつづけた。

　もちろん――。

　犯行予告は嘘だ。旭ヶ丘のマンションで住民が殺されたのも嘘だ。あのラジオも、録音しておいたものを流しただけだ。さらにたどっていけば、富士見台中学の生徒が殺されたのも——この静かな街の様子からすると、たぶん、嘘だ。

沢井も、高木も、そしてタクシーのドライバーも、ただ私を混乱させ、追い詰めていくだけのために、芝居をつづけた。

「待ち伏せさせてたのか、タクシーを」

「まあ、あそこのアパートから逃げるとすれば、線路に降りるのは『あり』だし、あのフェンスの破れ目から出れば、結局、大通りに出るわけだからね」

「……ずいぶん手の込んだことをするんだな」

「年下の、可愛い友だちのためだよ」

「……晴彦のどこがそんなに気に入ったんだ」

「世界の終わりを見た奴は、誰だって友だちだよ」

「俺を殺してどうする」

「晴彦が墓に唾《つば》をかけてやるんじゃないかな」

「なぜ……」

「いいことを教えてやるよ。あいつが見たほんとうの世界の終わりは、自殺未遂をしたときの風景じゃない。あなたが母親と笑ってる風景こそが、あいつにとっては、ほんとうの世界の終わりだったんだよ」

足が止まる。立ちくらみがする。旭ヶ丘に引っ越す前、団地の窓から私を見下ろしていた晴彦の姿が浮かんだ。

「団地まであとちょっとだろ？」

上田は「待ってるから」と電話を切った。

私は歩きだす。右足を引きずりながら、歩きつづける。

始まりだと思っていたのだ。香奈恵と結婚して、晴彦の父親になり、そこからすべてが始まるのだと思い込んでいた。違っていたのか。それは晴彦にとっては、すべての終わりでしかなかったのか。

怒りではない。悲しみに包まれて、私は歩く。

忘れるな、と自分に言い聞かせる。さまざまに私を翻弄《ほんろう》する「木曜日の子ども」たちは、現実の世界で確かに、逃れようのない罪を犯しているのだ。

大谷さんが摩耶に殺された。摩耶は「木曜日の子ども」にだまされて、やはり殺された。

そして、晴彦はいまも、カプセルを嚥《の》みつづけているのか。ワルキューレとビタミン剤の混ざった薬瓶を手に、「当たり」をひくまで、ゲームをつづけるつもりなのか。

うつむいていた顔を上げる。

富士見台団地はすぐ先だった。

団地の入り口で待っていたのは、沢井だった。

私と目が合うと、悪びれた様子もなく歩み寄って声をかけてきた。

「どっちだったんだろうな」

「……なにがだ？」

「タクシーの運転手が渡した水は、毒入りだったのか、そうじゃなかったのか。飲まなかったら確かめようもない」

「……飲んで、ワルキューレが入ってたら、終わりだ」

「でも、わからない。飲まなかったら、答えは永遠にわからないままだ」

沢井はそう言って、「おまえはわかりたくなかったのか？」と冷ややかに笑う。

黙り込む私に、さらにつづけて――。

「俺たちはわかりたい。答えがわかった瞬間にすべてが終わったとしても、答えがわからないままではすませたくないんだ」

ジャケットのポケットから薬瓶を出した。さっきと同じ瓶だったが、中のカプセルはさらに数が減っていた。軽く振ってカプセルを混ぜ、蓋を開けて、無造作に取り出した一つを、軽いしぐさで口に入れる。

「俺たちはわかりたい。それが『木曜日の子ども』のすべてだ」

行こう、と私を目でうながして歩きだす。沢井が口にする「俺たち」には、晴彦も含まれているのだろう。

「カプセルが一つ減るごとに、俺たちは答えに近づいていく」

おまえもどうだ、と薬瓶をさっきのように差し出してくる。

私は無言で歩き出し、団地に足を踏み入れた。

薬瓶をポケットに戻した沢井は、「おまえはわかりたくない男なんだな」と哀れみの目で私を見て、「わかってしまうのが怖いだけなんだ」と吐き捨てるように言った。

私と沢井は、団地の遊歩道を並んで歩いた。簡単に摑《つか》みかかれる距離だった。なぜ俺をだました、なぜウエダサマの手先になった、と問い詰めることだってできる。

だが、私は黙って歩く。沢井も無言のままだった。

しばらく歩くと、小さな公園があった。晴彦のいる棟は、他の棟が邪魔になって、まだ見えない。沢井はなにも言わずに公園に足を踏み入れた。私もためらいを振り切ってあとにつづく。

「ちょっと話してから行こう」

沢井はベンチに座る。たたずんだままの私に「心配しなくていい」と初めて笑った。

「清水が向こうに着くまで儀式は止めてある」

「カプセルは嚥んでないのか」

「ああ。いまごろは瓶にまた蓋をして、シャカシャカ振ってるんじゃないかな」

ビタミン剤の中に一つだけ紛れ込んだワルキューレのカプセルが、また位置を変える。奥深くにもぐり込んでくれたのかもしれないし、いちばん上の、いちばん取り出しやすい場所に来てしまったかもしれない。

私はそれを、狂気に満ちたゲームと呼ぶ。同じことを、沢井は儀式と呼んだ。

一人ぶんの間隔を空けてベンチに座ると、沢井はそのタイミングを待っていたように、「悪かったな……」と言った。ウエダサマの使徒としての冷ややかな醒《さ》めた口調ではなかった。

「清水には申し訳ないことをしてると思ってる。本気で思ってる。それだけは、信じてほしいんだ」

「ああ……」

信じる。けれど、受け容《い》れるわけではない。

「いつからなんだ」

私が訊《き》くと、沢井は察しよく、「最初からだよ」と答えた。「上田祐太郎が少年院から出てきて、しばらくたった頃、だった」

上田のほうから連絡をしてきた。夏の終わりのことだった。『殺戮』を読んだのだという。

「とっくに絶版になってるんだけど……高木俊介が持ってたんだ。ぼろぼろになるまで何度も何度も読み返してて……」

高木は、それを上田に貸した。あの事件にかんする本は何冊も出ていたが、被害者や遺族の話をいちばん詳しく調べてあるのは沢井のルポルタージュだった。

だが、理由はそれだけではなかった。

どうだ——と、高木は上田に言った。

これを書いた奴は、使えるぜ——。

よく読んでみろ。沢井っていう奴は、おまえのことが好きなんだ。おまえに憧《あこが》れてるんだ。読めばわかる。どんなに被害者に寄り添ってるように見えても、あいつは、おまえが好きなんだ……。

「たいしたものだよ、高木は」

沢井は空を見上げ、ため息交じりに言った。

「書評で指摘されたことはなかったし、読者からもそんなことは一度も言われなかった。うまく隠し通して書いたつもりだったんだけど、あいつには見抜かれたんだ」

さばさばした口調だった。どこかうれしそうな声でもあった。

「どんなことを書いたんだ？」

私が訊いても、「口で言えるようなことじゃないんだ」と教えてくれない。ごまかしている様子ではなかった。

「読んだらわかるのか？」

「いま言っただろ。たいがいの奴なら、まずわからない。ここの文章だとか、この章がポイントだとか、そういうものじゃないんだよ。悪いけど、清水がいくら読んでも、わからない」

「でも……高木にはわかったのか」

「ああ。上田にもすぐにわかった。たいしたものだよ、あの二人は、ほんとに」

そう言って、「上田と高木にはわかる、他の奴らにはわからない、その差なんだろうな、結局」と一人で納得したように大きく何度もうなずく。

はぐらかされたのか。いや、そうではない。私には届かなかったのだ。上田と高木は、私の手がどんなにしても届かないところで、にやにやと笑っているのだ――いままでもそうだったように。

公園には幼い女の子を連れた母親がいた。女の子は屈託なく砂場で遊んでいたが、母親のほうは平日の昼間にこんな場所にいる私たちを、ちらちらと怪訝《けげん》そうに見ている。

そんな母親に、沢井は笑顔で声をかけた。

「心配要りませんよ、怪しい者ではありません、僕たち」

気まずそうに目をそらす母親にかまわず、さらににこやかにつづけた。

「こっちの彼は清水っていいます。で、僕は沢井です。清水くんは会社を休んで、僕はもともと自由業なんです。だから、平日でものんびりしてるんです。いまは、ちょっと二人で込み入った話をしなくちゃいけないんで、公園にお邪魔したというわけなんです」

母親は困惑して女の子のそばについた。かばうように女の子の肩を抱き、沢井がさらに話そうとするのを首を横に振って拒んで、まだ遊びたがっている女の子を抱きかかえて公園を出て行ってしまった。

沢井はそれを笑顔のままで見送りながら、私に言った。

「『わからない』っていうのは、たまらなく不安なことだよな」

だってそうだろ、とつづける。

「いまのお母さん、最初は、俺たちがなぜここにいるのかがわからないから不安だったんだ。俺たちの正体もわからない。それだって不安だよな」

「ああ……」

「俺はちゃんとその不安を解消してやった。心配しないでいい、って言ってやったんだ。でも、今度は、なんでそんなことを言うのかわからなくなる。もっと不安になる。最後の最後は、ああやって逃げだすしかないんだ」

人間っていうのはそういうものなんだ、と沢井は言う。

一つのことがわかるのと引き替えに、また別のことがわからなくなる。一つの不安が消えるのと同時に、また新しい不安が生まれてくる。それを永遠に繰り返すしかない。

わからないままの不安な状態に耐えきれないから、なんとかして、わかりたいと思う。科学も、哲学も、おそらく芸術も、そうやって生まれた。なにかがわかると、次の段階のわからないことが生まれる。それがわかったら、また次のわからないことに立ち向かう。そうやって、科学は進歩していき、哲学や芸術は深まっていった。

「宗教なんて、その最たるものだろ。死んだあとのことは誰にもわからない。だから死ぬことがたまらなく怖い。そうだろ？」

「ああ……」

「宗教は、死んだあとのことをわからせてくれる。でも、誰も実際には死んでないんだから、ほんとうのことはわからない。そうだよな？」

沢井がなにを伝えたいのかピンと来ないまま、私は曖昧《あいまい》にうなずいた。

「だから、宗教には『信じる』っていう言葉をつかうんだ。教祖やごく一部の偉い奴らには死後の世界がわかる、でも、下々の者にはやっぱりわからない、だとすれば、わかっている人間の言うことを信じるしかないわけだ」

誰もいなくなった公園を見渡した沢井は、ジャケットのポケットから薬瓶を出した。

無造作に蓋を開け、無造作にカプセルを一つ取り出して、無造作に口に入れる。

カプセルを嚥み込んだあと一息ついて、なにごとも起きなかったのを確かめると、もう一度大きく息をつく。

「教えてくれたのは、高木だったんだよ……わかろうとするな、ただ、信じろ、ってな」

そう言って、薬瓶を軽くかざした。

「世界は、これだ」

たくさんのビタミン剤と一つだけのワルキューレが混じり合った薬瓶——。

それを、高木は「世界」と呼んだ。

「ふざけるなって、おまえは思うだろうな。実際ふざけてるよ。ほんものの世界をなめきってるよ」

　でもな、と瓶に再び蓋をして、沢井は言う。

「俺は、あいつの言ってること……正しいと思う」

「木曜日の子ども」事件を取材しているときも、原稿を書いているときも、沢井はずっと迷路の中にいるような感覚に包まれていた。

「事実関係はシンプルなものだ。なにが起きたのかは、わざわざ取材しなくても、新聞やニュースの報道だけで簡単に『わかる』レベルだった」

「うん……」

「でも、なぜ起きたのかを考えようとすると、どんなにしてもわからない」

「犯行の動機か？」

「それもあるし、なぜあのクラスのみんなが狙われたのかも、わからない」

　上田祐太郎の生い立ちを調べた。家庭環境も調べた。クラスの中での人間関係も調べた。作文を読み、絵を見せてもらい、小学生の頃の年賀状まで手に入れた。事件前の言動も調べたし、事件で亡くなったり特に症状が重かったりした生徒に共通点はないか、とも調べた。

「でも……やっぱり、わからないんだ」

　どんなに取材をつづけて「わかる」ことを増やしていっても、最後の最後に、最も大きな「わからない」が残ってしまう。

なぜ、上田祐太郎は事件を起こしたのか。なぜ、二年一組の生徒は狙われなければならなかったのか。なぜ、その中の九人が殺されなければならなかったのか。

「殺された九人については、運が悪かったとしか言いようがない。まさに無差別なんだからな。たまたまワルキューレの濃度が高い野菜スープが自分に配られて、たまたまそれを飲んで、教室の異変に気づいたときにはもう遅かった……そういう運命だったんだということで、無理やりにでも納得するしかない」

実際、遺族のほとんどは「運命」という言葉を口にしていたという。上田祐太郎への深い怒りは消えたわけではない。わが子の命が理不尽に奪われた悲しみと無念も、永遠に消え去りはしない。それでも、なぜわが子が殺されたのかがわからないままでは、いられない。

「無理やりだよ、ほんとうに無理やり……自分自身を納得させてたんだ、みんな」

だが、上田祐太郎の動機についてはわからない。とにかくわからない。なにひとつ、わからない。最初はそれが苦しかった。自分が事件のどこにいて、どこに向かっているのか、なにもわからない状態の不安に耐えきれなかった。

「大きな闇の中にすっぽりと包み込まれたような感じだった。なにも見えないんだ。取材を進めて、上田祐太郎のことはだいぶわかってきた。でも、いちばん肝心なことがわからないままだと、あいつの姿は、フィルムで言ったらネガのままなんだ。光と影がぜんぶ反転したままなんだよ」

　私は黙ってうなずいた。フリーライターとしての沢井の苦しみが、私のような素人にほんとうに理解できているとは思わない。だが、親としてなら——完璧《かんぺき》すぎる笑顔を浮かべる晴彦の本音がどうしてもつかめなかった日々のもどかしさを、沢井の言葉に重ねることができる。

「こういうのは自分で言うべきじゃないと思うんだけど……俺は、あの事件にかかわった誰よりも深く迫っていった自負はある。ほかのジャーナリストや評論家が、精神疾患の可能性を持ち出したり、ゆがんだ性的欲望のせいにしたり、つまらない家族の確執なんかを持ち出したりして、なんとか話をまとめようとしているときにも、俺はひたすら旭ヶ丘を歩き回った。地を這《は》うようにして、とにかく、この闇を抜け出したかったんだ」

　取材と並行して、原稿も書き進めた。どんなに言葉を並べても闇を抜けることはできないのではないか、という無力感にさいなまれながら、真夜中の仕事場に閉じこもって、パソコンのキーを叩《たた》きつづけた。

　そんな沢井に、高木は言ったのだ。

　もうやめませんか——。

　通算何度目かの取材で会ったときのことだ。しつこくて申し訳ないんだけど、と前置きして、いままでの取材で話し忘れていたことや最近思いだしたことがないかどうか尋ねたら、高木は沢井を哀れむように見つめ、薄笑いを浮かべて、「もうやめませんか」

と言った。

沢井は即座に首を横に振った。取材をやめるわけにはいかない、この事件からこんなところで手を引くわけにはいかない、と力んで言い返した。

すると、高木は「もう沢井さんは答えにたどり着いてますよ」と言って、そんなことはない、と否定しても、「そうやって言い返すことが、もう、答えになってるんです」と笑ったのだ。

あいつの動機、僕はこう思ってるんです。そんなものありません。あるとすれば、タマネギになりたいんですよ。沢井さんたちが動機を探って、タマネギの皮を剝《む》いて剝いて剝いて剝いて……最後にはなにも残りませんでした。そういうタマネギなんです、あいつは。

でも、それのどこが悪いんですか？　どうしてみんな、動機をわかりたいんですか？　理由を欲しがるんですか？　わかると安心するからでしょう？

じゃあ、僕があいつの代わりに教えてあげますよ。あいつは、誰にも安心させたくないから、あんな事件を起こしたんです。

誰にもわからない。いつまでもわからない。九十九パーセントまでわかっても、残りのいちばん大事な一パーセントはどうしてもわからない。でも、それのどこが悪いんですか？　いいじゃないですか、わからないままで。

考えてもみてくださいよ。あなたたちはみんな、自分の家族の心の中でさえ覗《のぞ》けないんですよ。自分のすぐそばにいて、愛だか信頼だか知りませんけど、とにかくお互いにつながり合っているはずの家族とさえ、ほんとうは百パーセントわかり合うことなんてできないんです。無理なんです。不可能なんです。友だちだって、会社の仲間だって、自分の親しいひとのことを百パーセント理解できるなんて、そんなのを真剣に言うひとがいるんだったら、そのひとはおかしいですよ。よっぽどの楽天家か、よっぽどの間抜けか、もしかしたら神さまか……。

　そうでしょう？　でも、みんな、それを受け容れてるじゃないですか。どんなに近くても、どんなに親しくても、どんなに愛し合っていても、どんなに濃い血のつながりがあっても、相手のことをすべてわかるのは無理なことなんだ、って認めてるじゃないですか。そうしないと実際の話、生きていけないでしょう？

　沢井さんはフリーライターなんだから、小説もけっこう読んでると思うんですけど、だったらよくわかるんじゃないですか？　相手の心がぜんぶわかるんだとしたら、ミステリー小説も恋愛小説も成り立たないじゃないですか。あと、ときどきＳＦ小説やホラー小説やファンタジー小説で、相手の心を読み取れる能力のある主人公が出てくるでしょ。でも、彼らってそんなに幸せじゃないですよね。むしろ、やっかいな能力を持ってしまった不幸な人間として描かれてることのほうが多いと思いませんか？

　じゃあ、ひとつ訊いていいですか、沢井さん。ここからが本題ですよ。

自分の隣にいるひとのことは百パーセントわからなくてもかまわないのに、どうして、犯罪者のことだけ、すべてをわかろうとするんですか？

もっと言いましょうか。罪を犯さなくても、親でも教師でも、おとなはみんな、どうして子どものことをすべてわかろうとするんですか？

なにも答えなくていいです。見当はついています。どうせ、たいした答えじゃない。建て前かきれいごとか理想論か言い訳か、そんなものですよね。

教えてあげますよ。あなたたちは、怖いんだ。犯罪者のことはもちろん怖いし、ほんとうは子どもも怖いんです。子どもというのは、おとなにとってなによりも怖い存在なんですよ、ほんとうは。

だから安心したいんだ。犯罪者の場合なら、動機を解明して、背景を理解して、自分とは違うんだということをわかりたいんですよ。自分との間に早く一線を引きたくてしかたないんだ。早く安心したいんですよ。子どもの場合なら、子どもの喜ぶことも、悲しむことも、悩みも、苦しみも、すべておとなにはお見通しなんだと思いたいんです。しょせん子どもなんだから、と安心したいんです。

臆病《おくびょう》ですね。ずるいですよね。そして、申し訳ないけど、つまらないひとたちだなあって思いますよ。

でもね、沢井さん。あなたはわかってくれるんじゃないかな。小説でも映画でも、結局のところ、僕たちは不安な状態を楽しんでるんじゃないんですか？　現実の不安には耐えきれないから、代わりにつくりごとの世界で、つくりごとの不安を味わってるんじゃないんですか？

「木曜日の子ども」事件は、上田が捕まりました。というか、あいつは最初から逃げようともしなかった。でも、逃げることだってできたんです。致死量に至らない程度の薄いワルキューレを服《の》んで、被害者に紛れてしまえばいい。そうすれば、まったく事件は謎のままです。真っ暗闇です。

そういう事件をなんと呼ぶか、沢井さんは当然ご存じですよね。

迷宮入りです。きれいな言葉だと思いませんか。美しい言葉だと思いませんか。

迷宮――。

どうしてそんな言葉をつかったんでしょうね、人間は。もともとはギリシア神話にも出てくるものですよ。神々の世界の言葉なんですよ。それを犯罪につかうなんて、悪趣味というか、冒瀆《ぼうとく》というか……ね。

でも、わかる気もするんです。だって、美しいじゃないですか、犯人の見つからない事件なんて。解決しない事件は、霧のように僕たちの世界に広がっていくんですよ。僕たちのこの世界に、真犯人は黙ってひそんでいる。僕たちのこの世界で、また新たな事件が起きるかもしれない。

沢井さん、僕はね、わからないことの不安っていうのは、じつは、人間の憧れている恍惚《こうこつ》と同じなんだと思うんです。だから、解決できなかった事件を、迷宮なんていう美しい言葉で表現するんですよ。

上田は、この事件を迷宮に入れることもできた。もっと無関係な場所で、通りすがりのひとたちを殺せば、犯人を見つけるのは困難をきわめるでしょう。それも「あり」だったんです。でも、あいつは逃げなかった。自分のごく身近な場所で、ごく身近なひとたちを殺した。なぜなんでしょうね。

僕が思うには、それこそがあいつの動機だったんじゃないでしょうか。

つまり、逃げてしまっては、事件が迷宮に入ってしまうだけであって、結局「犯人は誰だ」の話で終わってしまうわけです。

あいつが警察に捕まったら、それで事件は解決してしまいます。やっと犯人がわかった。よかった。でもちょっと拍子抜けしたかな、みたいにね。

つまらないでしょう。だいいち、そんなことをしたら、あいつはただの無差別大量殺人犯というだけですよ。格好悪いじゃないですか、どう考えても。

あいつは逃げなかった。二年一組の教室の、地獄のような光景をしっかりと見届けて、警察に捕まった。

わかりますか？　あいつは、「犯人」としてではなく、「英雄」として、「王」として、「神」として捕まりたかったんですよ。

そうすれば、事件は解決しても、物語は残る。神話ができる。

かつて中学二年生の少年が、同級生を無差別に毒殺した——。

その少年は、やがて少年院から社会復帰する――。

英雄の帰還です。王の復活であり、神の再臨です。

ねえ、沢井さん、わかるでしょう？

事件そのものの迷宮よりも、彼自身の心の迷宮のほうがずっと魅力的だっていうことが。

犯人が誰だかわからない不安よりも、その犯人がなにを考えているのかわからず、いつ少年院を出て、どこに現れるのかわからない不安のほうが、ずっと深い恍惚を与えてくれるっていうことを。

僕、想像できますよ。いま書きかけの沢井さんの原稿、沢井さん本人がどう思ってるかは知らないけど、上田に憧れてますよ。どんなに取材をつづけてもわからない上田に対して、沢井さん、どうしようもなく惹《ひ》かれているんだと思います。

それでいいじゃないですか。何年後になるかはわかりませんが、あいつが少年院から出て、それを読んだら、きっと喜んでくれますよ。ああ、同級生を九人も殺して、自分の残りの十代の日々をまるまるつぶして少年院に入った甲斐《かい》があった、って。

神には、福音書を書いてくれるひとが必要なんです。沢井さん、あなたには、その資格があるんじゃないかなあ。

期待してますよ。上田祐太郎の大親友としてね。

共犯だなんて思わないでくださいよ。僕はなにもしていません。僕だって、給食の野菜スープを飲んだわけですから。運が悪ければ、十人目の犠牲者になっていた可能性だってあるわけですから。

でもね、いま、思いますよ。あいつ、なんで僕になにも言わずにアレをやったんだろう。

もしも前もって聞いていたら、止めますよ、あたりまえじゃないですか、それが人間のやるべきことですよ。僕が気づいていれば、九人の同級生は死なずにすんだんです。いまでもそのことが悔やまれてなりません。

なんてね。

あはは。

嘘です。前もって聞いていたら、みんなの様子をうかがいながら、野菜スープを飲むふりをして、さぞかし胸がどきどきして、たまらないほど……ほら、どこかの週刊誌が、上田がみんなの悶絶《もんぜつ》するところを見て射精したなんていう与太記事を書いてたでしょ、ワイドショーだったかな、どっちにしてもそんな感じになったかもしれませんよ。

なんてね。

あははは、あはははは。

すみません、大事件のあとですから、気持ちが動転しちゃって、自分でもなに言ってるかわからないんです。いま、僕が上田の使い残しのワルキューレを持っていたとして、それを使ったとしても、心神喪失でしたっけ、少年法プラス心神喪失で、まったくセーフ、まったく無傷でシャバにいられるかもしれませんよね。
　なんてね。

　なんてね。

　あははは、あははは、あははははは。


「仕事場に戻って読み返したよ、自分の原稿を」

　沢井は薄笑いを浮かべていた。たったいま沢井が語った高木の笑顔も、そんなふうだったのかもしれない。

「そうすると、ほんとなんだ。確かに高木の言うとおりだった。俺は上田祐太郎に惹かれてる。同級生を九人も殺した少年に、どうしようもなく、背中がぞくぞくするほどの魅力を感じてる。そういう文章だった。もちろん、外から読んでもわからない。書いた本人と、書かれた本人にしかわからないものなんだ」

　そして、沢井は手に持った薬瓶をマラカスのように軽く振りながら、付け加えた。

「あの日の高木は……最初から最後まで、ずっと、あいつ一人の話のときでも『僕たち』って言ってたような気がするんだよな」

　上田祐太郎と高木俊介の「僕たち」だけではない。沢井はいま、彼らの「僕たち」と一つになっている。おそらく、晴彦もそうだろう。ウエダサマの声を聴いている連中も、『少年ファァイアー』にウエダサマへのメッセージを挟み込む連中も、みんな、上田と高木の「僕たち」に呑《の》み込まれてしまったのか。

「俺は福音書を書く。黙示録を書くんだ」

　薄笑いの顔で空を見上げて、つづける。

「俺は、上田と高木に出会えた。あの二人の物語を書く使命を与えられた。なあ、清水、俺は作家だよ。できの悪い読み物作家でも、自分の言葉で世界をひっくり返してやりたい野心ぐらいはある。やっと掴んだんだ、俺みたいなレベルでは到底手の届かないものだとあきらめてたものが、あの二人と出会ったことで、いま、ここに、あるんだ」

　沢井は薬瓶を手のひらに載せて、目の高さに掲げた。

「俺は、いまでも、わかりたい。世界のすべてをわかりたい。でも、清水の思う『わかりたい』と俺の『わかりたい』は違うんだよ」

　薬瓶をじっと見つめてつづける。

「おまえは、あの頃の俺と同じだ。高木が冷ややかに嘲《あざけ》るおとなたちと同じだ。自分が安心したいから、わかりたい。ただそれだけだよ、上田や高木のことも、晴彦くんのことも」

　でも俺は違う、と沢井は言う。

「暗闇の中にいるままでいい。出口なんか、もう要らない。光が射し込むことも期待していない。ただ、暗闇の、その闇の深さを知りたい。闇そのものをわかりたい」

　ここに、闇がある。ガラスの薬瓶の中に封じ込められている。

「これが、世界だ」

沢井は言う。

「これが、闇だ」

沢井は言う。

「闇の深さがわかった瞬間、世界が終わる」

いや、しゃべっているのは、ほんとうは沢井ではないのかもしれない。沢井はただ、福音書の書き手として、黙示録の語り部《べ》として、上田と高木の言葉を伝えているだけなのかもしれない。

「清水も、闇を覗いてみないか」

沢井は薬瓶の蓋を開けた。まず自分がカプセルを一つ嚥んで、瓶を私に差し出した。

「十五、六個は入ってる。世界が終わる確率は、まだ低いものだ」

さあ、とうながされた。

受け容れる気は、ない。

だが、首を横に振る私に、沢井はつづけて言った。

「これが晴彦に会わせる条件だ。おまえが嚥まないのなら、上田も高木も、晴彦には会わせないと言ってる」

「……関係ないだろう」

「自分だけ別の世界にいるつもりなのか？　息子のいる世界に飛び込まないのか？　それでどうやって助け出すっていうんだ？」

さあ、と薬瓶をさらに近づける。

「こっちの世界に来い。晴彦が待ってる」

ほら、と瓶はすぐ目の前に来た。

「晴彦に会いたくないのか？」

私は黙って、唇を固く結ぶ。

沢井は、なるほどな、と納得したように薄く冷ややかに笑って、瓶を振り、カプセルを一つだけ、自分の手のひらに落とした。

口に入れた。目をつぶって嚥み込んだ。

世界は、終わらなかった。

「これが、俺たちの世界だ」——おまえには永遠にたどり着けない、という付け加えた一言が、聞こえたような気がした。

薬瓶をしまいかけた沢井は、ついでのようにまた一つ、カプセルを口に放り込んだ。

その直後、ベンチから体が跳ね上がった。薬瓶を落とし、両手で首と胸をかきむしりながら、激しく痙攣《けいれん》する。

黄色い反吐《へど》を吐いた。白目を剝いた。体は一本の棒になって地面に倒れ込んだ。

私は駆けだした。団地のいちばん奥のJ棟に向かって。

第十三章　愚か者の涙

携帯電話が鳴った。遊歩道の突き当たりまで来て、J棟に駆け込もうとした瞬間だった。

電話に出るかどうかを迷う前に、まず、見られている——と察した。

かつて香奈恵と晴彦が住んでいた部屋は四階の四〇一号室だった。そこにいるのか。それとも階段をさらに上った先の、ふだんは立ち入り禁止の屋上にいるのだろうか。

電話に出ると、止まれ、と命じられた。高木俊介の声だ。

「あわてることないでしょう、のんびりやりましょうよ」

薄笑いを浮かべた声だった。

「もうよけいな邪魔者はいません。僕たちだけです」

沢井良樹が死んだことも、彼は知っている。

「意外でしたよ。あなたの反応。もっとびっくりすると思ってたし、沢井さんを助けようとするだろうと思ってました」

冷ややかになじるような口調だった。

「見捨てたわけですよね、いままで一緒に僕たちを追いかけてきた仲間を」

「……即死だった」

「確かめたんですか？　ちゃんと心臓は停まってましたか？　すぐに救急車を呼べば助かるかもしれない、って思いませんでしたか？　すぐに抱え起こして、胃の中のものを吐かせれば救えるかもしれない、っていうのは考えませんでしたか？」

一息に言って、私がなにも答えられないのを確かめると、「どうしてワルキューレって決めつけるのかなあ」と笑う。「三十分以内に胃の洗浄をすれば助かるような毒薬って、いくらでもあるんですよ」

「……なにを言いたいんだ」

「あなたは沢井さんを見殺しにしたんです。まだ助かるかもしれないひとを見捨ててしまったんです。違いますか？」

　私はまた言葉に詰まってしまい、高木はまた冷ややかに笑う。

「これがもしも、沢井さんがすべてを告白する前だったら、助けようとしてますよね。そうでしょう？　仲間だから。目の前で仲間が口から反吐《へど》を吐いて倒れたら、なにがあろうとも駆け寄らずにはいられない、あなたはきっとそういう性格ですよね？　でも、毒入りのカプセルに当たったときの沢井さんは、もう仲間じゃなかった。むしろ敵になってたわけです、あなたの。だから、倒れても見捨てた。裏切り者の敵だから、見捨てた。そういうことですよね？」

違う、とは言えなかった。

「いいんですよ、そういうものですよ、人間なんて」

高木の声は急にまるくなった。だが、それは優しさが生んだものではない。勝ち誇った傲慢《ごうまん》さが見え隠れする。いや、高木にはもはや隠そうという気持ちすらないのかもしれない。

「沢井さんが毒入りの『当たり』をひくのは、いつでもよかった。もっと早くてもいいし、もっと遅くてもいい。でも、たまたま、きれいに、裏切りのすべてをあなたに告白した直後に『当たり』をひくなんて……みごとですよ、沢井さんは。あのひとの小説は古くさくて好きじゃないんですが、こういうのも物語のつくり手ならではっていうんでしょうかね、最高のタイミングでひいてくれたおかげで、面白いものを見せてもらえました」

高木はそこで言葉を切り、息をついて、まるい声のまま、付け加えた。

「人間のエゴっていうものを、あなたに教えてもらいましたよ。ほんとうにありがとうございます……って言っても、うれしくないですよね、さすがに」

「……一人で見てたのか」

「いいえ、そんなのもったいないじゃないですか。ウエダサマもご覧になってました。たいへんお喜びのご様子でしたよ、清水さんが沢井さんを見捨てて駆けだしたときには、もう、腹を抱えてお笑いになって、涙目になって拍手までなさってましたから」

もったいぶった敬語が耳にざらついて響く。これ以上聞かせるな、と顔をゆがめていたら——まさかその表情まで見られていたとは思わないのだが、高木は不意に身をひるがえすように口調を変えてつづけた。

「晴彦もいますよ」——短く、ぴしゃりと。

私は息を呑《の》む。

「僕もウエダサマも楽しみにしていたんです。沢井さんを見捨てて自分を救いに来てくれる父親のことを、晴彦がどう思うか」

晴彦は見てしまった。沢井の裏切りをすべて知らされた瞬間の私の姿も、得意満面だった沢井が最後の最後に「当たり」のカプセルをひいて息絶えた姿も、そして、悶絶《もんぜつ》する沢井を残して駆けだした私の姿まで。

「よかったですね」

高木はまた口調を勝ち誇ったものに戻して、「だってそうじゃないですか」とつづける。

「目の前に反吐を吐いて倒れたひとがいても、自分のためにお父さんは駆けだしたわけですよ。息子としては感動しますよね、あんな場面を見せられたら、あなたがいつも願っていた『ほんとうの親子』になりますよね、誰だって。あなただってそれを期待していたんじゃないんですか？」

「違う！」

思わず叫んだ。「絶対に違う！」と声を裏返した。

だが、高木は、私のそんな反応も織り込み済みで、落ち着いて「わかってますよ」と言った。「その瞬間には、そんなことを考える余裕なんてありませんよね」

　でも、とつづける。

「ほんとうはずっと待ってたんじゃないんですか？　晴彦に自分を見直してもらえるチャンスが来るのを。父親がヒーローになって息子を救うっていう物語の主役を演じたかったんじゃないんですか？」

「違う！」

「正直になればいいのに」

「違う！」

「清水さんを責めてるわけじゃないですよ、僕は。気持ち、わかります。いきなり十四歳の男の子のお父さんになるんですから、やっぱり考えちゃいますよね、どうすれば息子に認めてもらえるか、どうすれば父親になれるのか……わかりますよ、ほんと。恥ずかしがることないじゃないですか。誰だって格好いいところを見せたいですよね。強くて勇気があって、家族を守るお父さんになりたいですよね」

　高木はそこまで言うと、哀れむような短い笑い声をあげた。

「でも、それって自己満足ですよ。安っぽいヒロイズムっていうのかな」

「……晴彦はいまどこなんだ、一緒にいるのか」

「いますよ」

軽く答えた高木は、「だから、僕、聞いちゃいましたよ、晴彦がつぶやいた言葉を」とつづけた。「清水さんが沢井さんを残して駆けだしたとき、彼、なんて言ったと思いますか？」

私の答えを待たず、ゆっくりと、言葉というより音の一つひとつを私の耳になすりつけるように、言った。

「卑怯者《ひきょうもの》」

聞こえた。私にも確かに、その言葉が、晴彦の声で、聞こえてしまった。吐き捨てるようなつぶやきだった。目をそらし、顔をそむけ、私という存在を切り捨てるように、晴彦はつぶやいたのだ。

救急車のサイレンが聞こえる。誰かがベンチの前を通りかかって、倒れた沢井を見つけ、救急に通報したのだろう。

間に合うのか。万が一の可能性でも、沢井は助かるのか。それよりさらにわずかな可能性でも、私がもっと早く、せめて救急車だけでも呼んでいれば、沢井は助かったのか。なぜ——。いまになって思う。なぜ、できなかった——。

高木は私の返事を待っている。息子に「卑怯者」と呼ばれた父親の反応を、舌なめずりしながら、含み笑いで、じっと待っている。

声が出ない。言葉が、浮かばない。

救急車のサイレンが団地に近づいてくるのがわかる。助かってくれ。祈りながら息を吐き出すと、喉《のど》や唇の震えが息にも伝わり、高木にも届いた。

「心配しないでいいですよ、僕やウエダサマは、あなたのことを卑怯者だなんて思ってませんから。晴彦は純粋すぎます」

なにをやらせてもね、と付け加える。お母さんの再婚のこともね、とさらに付け加える。

「清水さんは卑怯者なんかじゃない。あなたは、愚か者です」

声の調子がさらに変わった。ウエダサマの託宣を伝える、伝道師の声になった。

「そう、あなたは愚か者なんです」

最初からずっと、あなたは愚か者でありつづけたんです。

耳に流れ込んでいるはずの声が、虚空に浮かぶ。高木はどこにいる。屋上か、四階か。私のいる位置からは建物の真上が見えない。一歩あとずさって角度をつけてから空を見上げると、青い空が、ずん、と迫ってきたような気がした。

どうしてわからなかったんですか？　ねえ、清水さん。僕たちはあなたが哀れでしかたないんです。あなたは、どうして、こんなにも愚か者なんですか？

空が落ちてくる。
私を押しつぶそうとするかのように。
ねえ、晴彦、またカプセルを嚥《の》みはじめましたよ。

空が落ちる。

じわじわと迫ってくる。

ずいぶん待ちました、ウエダサマも僕も。でも、さっきからやっと世界の終わりの終わりを見届ける覚悟を決めてくれたんです。あなたもご覧になったでしょう？　彼は「当たり」が入っているのを承知で、みごとにカプセルを嚥みました。あなたがどうしてもやれなかったこと、沢井さんがぶざまにしくじったことを、晴彦は軽々とやってのけたんですよ。

一度は閉めた薬瓶の蓋《ふた》を彼がいつ開けたか、清水さん、おわかりですか？　あなたが沢井さんを残して駆けだした直後ですよ。あなたを卑怯者と呼んだ直後ですよ。それが晴彦からあなたへの返事です。

あなたは息子を救えなかった。救おうとするあなたの手を、息子は自分の意志で振りほどいたんです。

　あなたの力は、ここまでです。父親と息子の物語は、もう終わりました。あとは、晴彦が、世界の終わりを一歩ずつ進んでいくだけです。世界の終わりの終わりに向かって、ただひたすら歩くだけです。

ああ、いま、また新しいカプセルを噛みました。

だいじょうぶです。「はずれ」でした。世界の終わりの終わりまでは、もうちょっとありそうです。

面白いですよ、「はずれ」がわかったときの晴彦の顔って。半分ほっとしてるんです。でも、半分残念がってるんです。わかります。その顔なんです、僕たちが見たいのは。くだらない生の肯定なんて、言うまでもなく無意味です。でも、思い詰めたすえに死を覚悟したときの顔も、それはそれで意外とつまらないものなんです。

　晴彦は知ってるんですよ、そのときの顔を。いじめで追い詰められて、あいつは風呂《ふろ》場《ば》を死に場所に選んだ。鏡のある場所にした。まったくばかです。ウエダサマもあなたにお話ししたと思いますけどね、途中から、そう、意識が薄れて世界の終わりが垣間見《かいまみ》えるようになってからはよかったんです。でも、その前の顔がいただけない。しょぼくれた顔をしてたはずですよ、どうせ。絶望というのはそういうものです。

　いま、笑ってるんです、晴彦は。楽しそうです。幸せそうです。

　そうです、世界の終わりは笑顔で迎えたいものです。

空が落ちる。

決して目には見えない、とてつもなく巨大ななにかが、私に覆いかぶさってくる。

見に来ませんか、あなたも。

僕たちは屋上にいます。ウエダサマと、僕と、晴彦の三人です。世界の終わりの終わりまで旅をする三人です。

僕たちもそろそろカプセルを噛みはじめます。安心してください。晴彦だけに旅をさせるような僕たちじゃありませんよ。もういいんです。楽しいゲームでした。そろそろ終わりにしてもいいんです。

清水さんも、どうぞ。僕たちは屋上です。ずうっと昔、まだビルなんて建てられなかった頃の人間にとっては、空に浮かんでいるようなものです。もしも天国があって、それが空の上にあるのなら、僕たちはふだんよりほんの少しだけ天国に近い場所にいるんですよ。救うなんて傲慢なことさえ考えなければ、これはちょっと、ほかではお目にかかれない光景ですよ。

あなたの大切な晴彦は、世界の終わりの終わりまでたどり着くことができるのでしょうか。それとも、世界の終わりの終わりの直前で足を止めて、世界の終わりの終わりの光景を見届けることができるのでしょうか。

死ねば聖者です。

生き残れば神さまです。

どっちにしても、あなたの大切な息子は、もう、あなたのものじゃない。僕たちの英雄です。ウエダサマがそうだったように、晴彦は英雄として、いま、世界の終わりに向かって歩いてるんです。教祖たるウエダサマと一緒に、伝道師たる僕と一緒に。

ねえ、あなたも来ませんか。もしもお望みなら、あなたのぶんのカプセルもご用意してあるんですよ。

ああ、また晴彦が新しいカプセルを口に入れました。ごくん。セーフ。だいじょうぶ。まだ世界の終わりの荒野はつづいてます。

さあ、早く。

見せてあげます。

見てもいいです。

見ることをお勧めします。

見てあげてください。

見ろよ。

親なんだろう、あんたは。

空が私を呑んだ。

私は歩きだす。団地の建物に入り、黴臭《かびくさ》い階段に足を踏み入れた。救急車のサイレンはいつの間にか消えていた。沢井は病院に運ばれたのだろう。いや、運ばれたのは、沢井の遺体と呼ぶべきものなのだろうか。

上田祐太郎の言葉を思いだしながら、階段をゆっくりと、一段ずつ上る。

命って、最後の武器なんだ——。

上田は言っていたのだ。

命を武器にして世界と闘うしかない奴っていうのは、いるんだよ、どうしようもなく——。

寂しそうな声だった。哀れむような声でもあった。誰を哀れんでいたのか。晴彦のことか。私のことか。それとも、自分自身のことなのだろうか。

一階から二階への踊り場を通り過ぎた。上着のポケットに入れた携帯電話は静かなままだった。再び鳴ることはないだろう、という気がする。

語り部を失った黙示録の最後の章が、始まる。

伝道師は教祖の教えをすべて伝え、教祖は旅に出る。私の息子を連れて——。

二階から三階へ上った。駆けだしたいのに、足がうまく動かない。階段を踏みはずさずに上っていくのがやっとだった。

三階から四階へ。かつて香奈恵と晴彦が暮らしていた四〇一号室には、真新しい表札が掛かっていた。三人家族だ。こんな古びた団地に引っ越してくるのだから、決して裕福な暮らしではないのだろう。それでも、もともと一人分の幅しかない表札に、身を寄せ合うように並んだ三人の名前は、幸せそうだった。

上田の言葉を、また思いだす。

いいことを教えてやるよ――と、上田は言っていたのだ。

あいつが見たほんとうの世界の終わりは、自殺未遂をしたときの風景じゃない――。

あなたが母親と笑ってる風景こそが、あいつにとっては、ほんとうの世界の終わりだったんだよ――。

私を追い詰めて苦しめるための嘘だとは、いまは思わない。

長かったんだな、とため息を呑み込み、奥歯を食いしばる。晴彦はあの頃からずっと、世界の終わりの荒野を歩いていたんだな、と「家族」の日々を噛《か》みしめる。

なにも知らなかった。なにも想像できなかった。

苦しかっただろうな、晴彦。おまえはずっと苦しんでいたんだな。おまえはいま、高木の言うとおり、笑いながらカプセルを嚥んでいるのか？　ほんとうに笑っているのか？　だとすれば、お父さんが、最後におまえにしてやれることは……。

そのときだった。四〇一号室から、赤ん坊の泣き声が聞こえた。錆《さ》び付いた鉄の玄関ドアをすり抜けて、その声は、か細く、頼りなく、けれど確かに私の耳に届いたのだ。

弾《はじ》かれたように駆けだした。屋上まではあとワンフロアぶん。ひとの出入りがないせいでひときわ黴臭い階段を駆け上る。走りながら叫んでいた。言葉にはならない、けもののような雄叫《おたけ》びをあげて、私は屋上のドアを開ける。

給水塔とフェンスがあるだけの、がらんとした屋上に、晴彦がいた。うつむいて、たったいま、新しいカプセルを口に入れたところだった。

足元には、若い男が嘔吐《おうと》物《ぶつ》にまみれて倒れていた。

晴彦はうつむいたまま、ふう、と息をついた。今度のカプセルも「はずれ」だったらしい。

倒れている男は誰だ——いや、上田と高木の、どちらだ。

息を呑んだまま戸口から動けずにいる私に、驚くほど間近から声がかかった。

「残念だったよ。あんたが来るちょっと前に、あいつは世界の終わりの終わりまで行っちゃった……」

上田祐太郎の声だった。開け放ったドアのすぐ脇に、両脚を投げ出してへたり込むように座っていた。

「まさか高木に先を越されちゃうとはなあ……」

苦笑しながら、自分の手に持っている薬瓶を軽く振った。カラカラ、と軽い音が聞こえた。

上田は、臨終に立ち会う神父が最後の祈りを捧《ささ》げるように、静かで厳かな口調で言った。

「俺たちは友だちだった。昼間には仲間だったし、真夜中には双子の兄弟だった」

晴彦の足元に倒れた高木は、全身を痙攣《けいれん》させながら、ときどき嘔吐していた。

いまなら、まだ――いや、たぶん、もう無理だろう……。痙攣や嘔吐はしだいに間隔が空き、ジーンズの股間《こかん》に失禁の染みが広がっている。私が屋上に駆け込んだ直後はかすかに聞こえていたうめき声も、いまは消えた。

「二人でよく話してたんだ。俺たちが生きてるうちに世界は終わるのか、終わらないのか、って」

上田は淡々と話す。扉の脇で脚を投げ出して座り込んだまま、「双子の兄弟」とさえ呼んだ高木を抱え起こすこともなく、無表情に話をつづける。

「俺たちは世界の終わりを見たかった。せっかく生まれてきたんだ。俺たちが死んだあとも、世界がそれまでと変わらずつづいていくなんて……そんなのって、むなしいじゃないか……そうだろ？」

語りかけている相手は、高木なのか。扉の前から動けないままの私なのか。それとも、高木のかたわらにたたずむ晴彦なのだろうか。

「待っていたんだ、世界の終わりを」

上田はそう言って薄笑いを浮かべ、「でも、世界はなかなか終わりそうになかった」と首を横に振った。高木の体は、まるでそれに応《こた》えるかのように、ビクビクッと痙攣した。

「世界滅亡の予言はいくつもあったけど、ぜんぶはずれた。つまらない戦争やテロはしょっちゅうあっても、世界中の核兵器が一斉に発射されるような戦争も起きそうにない。人類を滅ぼすようなウィルスが出てくるかどうかもわからない」

待ちくたびれたよな、と上田はまた首を横に振って苦笑する。俺たち、ずーっと待ってたんだから、ほんとに。

うつぶせた高木の体が小さく震えた。投げ出した手の先は、なにかを摑《つか》もうとするように指が曲がっていた。

「ずっと話してたんだ、俺たち。世界はいつ終わるんだろう、世界はほんとうに終わるんだろうか、俺たちはその瞬間に間に合うんだろうか……」

少年が二人、陽のあたる草むらにしゃがみ込んで話している。「約束された土地」――上田の自宅の裏の斜面だ。

一人がしゃべると、一人がうなずく。話し手が交代して、二人そろって笑う。手遊《てすさ》びのようにそばの雑草をちぎって、見晴らしのいい斜面から旭ヶ丘の街並みをぼんやりと見つめ、一人のあくびがもう一人にもうつる。

上田の母親がキッチンの窓を開けて、おやつができたわよ、と呼ぶ。

外で食べていいでしょ、と上田が甘えた声で言うと、母親は、はいはい、とうなずいて、クッキーの皿を窓から手渡す。おばさん、こんにちは。高木が言う。はい、こんにちは。母親が応える。

そうだ、上田の家には祖母もいたのだ。祖母が庭に出るのを見かけた高木は、おばあちゃん、おじゃましてます、と会釈する。はいはい、いらっしゃい、と祖母も笑い返す。

二人が世界の終わりについて話しているのだとは、誰も知らない。世界が終わる瞬間を待ち望んでいる二人は、発想を変えればそれは意外と簡単だということに、まだ気づいていない。

だから、世界の終わりの風景を思い描く二人の笑顔は、未来の夢を無邪気に語り合う他の少年たちと同じように、屈託なく明るい。

上田は薬瓶のカプセルをいくつも手のひらに出して、一つずつ噛んでいった。ときどき喉につっかえるような様子はあったが、それ以外に変化はない。

セーフだった。世界は、まだ終わらない。

上田は、安堵《あんど》とも失望ともつかず苦笑して、話をつづけた。

「きっかけなんか、なにもないんだ。原因や理由もない。でも、世界の終わりが見たくてたまらない。そういうふうに生まれついたと考えるしかないんだよ、俺たちは」

でも、とさらにつづける。

「俺たちだけじゃない、っていう確信はあった。世界が早く終わってほしいと思って、願って、祈ってる奴は、他にもいる。絶対にいる。いないわけがない。まだ出会ってないだけなんだ」

　そうだろ、と初めて言葉を晴彦に向けた。

「俺たちは出会えた」

　晴彦は黙ってうつむいた。

「一緒に世界の終わりを見よう、と約束した」

　晴彦はうつむいたまま、自分の薬瓶からカプセルを一つ——ためらいながらも、さらにもう一つ、取り出した。

「たくさんの仲間ができた」

　三つめのカプセルが、晴彦の手に載った。

「俺たちはみんな、仲間で、兄弟姉妹で、家族だ」

　晴彦は横たわる高木の背中を見つめ、四つめのカプセルを出した。

「高木に先を越された。摩耶の世界も終わった。沢井のような奴まで、俺たちより先に世界を終わらせた」

　上田は声に微妙な悔しさをにじませて、「知ってる？」と私に目をやった。

「沢井は死にたくなかった。あいつは一人だけ生き残って、俺たちが世界の終わりに向かって歩くところを、小説かノンフィクションか知らないけど、書くつもりだった」

　あいつは俺たちの家族になったふりをして、こっそり薬瓶の中身を入れ替えて、ぜんぶビタミン剤にして、俺たちのゲームに加わった。だから、俺たちは、その中身をもう一度入れ替えてやった。あいつはなにも知らずに、得意げな顔をしてカプセルを噛んで、『当たり』をひいた。

言葉の一つひとつをちぎり取るように強い口調で言った上田は、「運がいいんだか、悪いんだか」と肩を揺すって笑った。

晴彦の手には、五つめのカプセルが載っていた。

「でも、沢井は一つ大切なことを学んだんだ。世界の終わりっていうのは、断崖《だんがい》絶壁になってるわけじゃない。平らな土地の真ん中に立っていて、すとん、と穴ぼこに落っこちるような世界の終わりだってある」

むしろ、そっちのほうがリアルかもな。まあ、俺は七年前にそれを世界中のみんなに教えてやったつもりなんだけどなあ。

「高木は学んだ。裏切って自分まで殺そうとした俺を、どんなに恨んで、どんなに憎んでも、俺のそばから離れられなかった。あいつは薄れる意識の中で見たから。知ってしまったから。世界の終わりの美しさを知ったら、もう離れられない。俺たちは少年院の塀の内側と外側に分かれたあとも、ずっと、双子の兄弟だったんだ」

なんてね、と笑う。

あいつはそこまで思ってなかったかなあ、俺のことを。あいつにとっていちばん幸せな世界の終わり方は、俺が死ぬのを見届けてから、『当たり』をひくことだったりしてね。

「なあ、どう思う？」

声をかけた相手は、もうぴくりとも動かなくなった高木の亡きがらだったのか。

いつの間にか十個を超えるカプセルを手のひらに載せていた晴彦だったのか。

時間がない。いつまでも上田の福音気取りの告白を聞いているわけにはいかない。

摩耶は私が気を失っている隙に死んだ。沢井は私の目の前で倒れ、おそらく助かってはいないだろう。高木のときも間に合わなかった。だが、晴彦だけは――。

「晴彦、やめろ、そんなもの捨てろ」

声をかけた。「カプセルをぜんぶ、お父さんに渡してくれ」と手を差し出しながら、一歩、二歩と晴彦に近づいていった。

「来るな！」

晴彦はうつむいたまま、声を張り上げた。思わず足が止まってしまうほどの強く、冷たい叫び声だった。

「来たら……これ、ぜんぶ、嚥むから」

瓶の中のカプセルをすべて手のひらにあけて、「本気だから」と念を押し、私をにらみつけた。声と同じぐらい強いまなざしだった。そしてなにより、声よりもさらに冷たいまなざしだった。

完璧《かんぺき》な笑顔で「息子」を演じつづけてきた晴彦の、これが素顔だったのか。私を「お父さん」と呼んでいた喉の奥には、あんなにも冷たい響きの声がひそんでいたのか。

「あきらめなよ」

上田は言った。「しょうがないんだ、晴彦も俺たちと同じ種類の人間なんだから」――声に諭すような響きが交じった。「これはほんとうに、もう、どうしようもないことなんだよ。晴彦はこっち側の人間で、あんたは向こう側の人間で、こっちと向こうは交わりようがないんだ」

晴彦は上田の話にじっと聞き入っている。手のひらには山盛りのカプセルが載ったままだったが、私がこれ以上近づきさえしなければ、いっぺんに嚥んでしまうことはなさそうだった。

たとえばね、と上田はつづける。

「清水さんも子どもの頃、学校の図工の時間に『未来の絵』を描いたことあるよね。あんたの小学生時代なんて二十世紀の、残りの年数もうんざりするほどあった頃だから、二十一世紀ってどんな未来なんだろうって、いっぱい想像したんじゃない？　ほら、ドームみたいな都市とか、宇宙旅行とか、ロボットとか」

想像していた。そんな絵を何枚も描いていた。

「俺たちも描かされたよ、世紀末っていう言葉がけっこうリアルになってた頃に、ときどき。でも、俺と高木の絵は、他の奴らの描く絵とは違ってたんだ。未来を想像するベクトルっていうのかな、それが正反対だったんだ、俺たち二人だけ」

クラスの同級生は、みんな、明るい未来を描いた。だが、上田と高木だけは、世界が終わってしまったあとの——見渡すかぎりの瓦礫《がれき》の街を描いた。

「二人で相談したわけじゃないんだ。もちろん、ふざけてそんな絵を描いたわけでもない。俺たちはまじめに、二人別々に、同じ世界の終わりを想像してたんだ」

おまえだってきっとそうだ、と上田は晴彦に言った。

「おまえがいま、学校で未来の絵を描かされたら、俺たちと同じように世界が終わったあとの絵を描く。たとえ廃墟《はいきょ》や瓦礫でなくても、どんなに格好良くて幸せそうな未来を描いたとしても……どうせ、そこには自分自身はいないんだ。そうだろ？　おまえが想像する未来っていうのは、自分がいなくなったあとの世界のことなんだ。なあ、そうだろ？」

晴彦は、こくん、とうなずいた。

上田は「わかるよ、その気持ち」とうなずき返す。「だから俺たちは出会ったんだ」

晴彦は細い声で「友だち、だよね……」と言う。

上田はさっきよりさらに大きくうなずいて、言った。

「俺たちは、家族だ」

聞きたくない。もう、これ以上はなにも。

「……いつからだ」

私は上田を振り向いて言った。

「なにが？」と上田は軽く訊《き》き返す。

「いつ気づいたんだ」

「なにに？」

「世界の終わらせ方に……おまえたちは、いつ、気づいたんだ」

ああ、そのことね、と上田はさらに軽いしぐさでうなずいて、「中一の夏頃だったかな、ワルキューレを使った殺人事件のニュースを観て、ああ、そうか、って」と言った。

「世界が終わるのを待たなくても、俺たちが終わらせればそれでいいんだ、ってね」

夜の闇に紛れて、二人の少年は草むらに座り、月の光にワルキューレの薬瓶を透かす。

簡単だったな。一人が笑う。メーテルリンクの『青い鳥』みたいだ。

運がよかったんだよ。もう一人が笑う。

世界を終わらせるための武器が、こんなに身近に——惚《ぼ》けかけたおじいちゃんの家の物置小屋にあったなんて。

すでにリハーサルは始まっている。

ばあちゃん、具合悪そうだ。上田が言う。

何日ぐらいかかると思う？　高木が訊くと、一カ月か二カ月だろ、と上田は答える。

けっこう長いな。

ちょっとずつメシに混ぜてるだけだからな。

最後まで見る？

待ちきれないのか？

早く見たいだろ。

うん……俺も、見たい。

二人は暗闇の中で顔を見合わせ、ククッと息を詰めて笑い合う。

俺たちは見つけた。世界中のひとびとに伝えたい。どうだ、と胸を張りたい。あんたたちすべての世界が終わらなくても、優しいおばあちゃんがいなくなる、ただそれだけで、俺の目に見える世界は派手にひび割れて、砕けてくれるんだ——と言ってやりたい。

世界が終わる瞬間は、待っていてもなかなか訪れそうにない。このまま待ちぼうけで終わってしまいそうな予感もする。

だから、二人は発想を変えた。地球儀の世界を終わらせなくてもいい。目に見える世界だけが消えてしまえば、それで自分の世界は終わるのだ。あっけなく。あっさりと。教室一つぶんの世界を終わらせるのなら、たぶん、ものの数分もあれば。

あまりにも単純で、簡単すぎるから、二人の少年は込み上げてくる笑いをこらえることができない。二筋のか細い笑い声が、夜の闇に溶ける。それは闇よりも深い霧になって、風に乗って広がり、真夜中の中学校の校舎を包み込んでしまう。

「自殺すればよかったんだ！」

私は叫ぶ。「なんで一人で死ななかった！　なんで同級生を巻き添えにした！」

上田の前に回り込み、詰め寄った。上田の薬瓶を奪い取り、すぐさま晴彦の薬瓶も奪って、そのまま屋上から投げ捨てるつもりだった。

だが、上田はあせる様子も動揺したそぶりも見せずに――むしろ、私がそうするのを待っていたかのように、静かに言った。

「だから晴彦は、自殺しようとしたじゃないか」

私は絶句した。確かにそのとおりだった。晴彦は、一人で、自分だけの世界を終わらせようとしたのだ。市営住宅の浴室で、私鉄の線路の真ん中で。

「晴彦にも言ってやりなよ、いまと同じことを。俺や高木みたいな頭のおかしな奴らにそそのかされるぐらいなら、さっさと一人で死んで、一人で世界を終わらせろ、って……

……言ってやればいいじゃないか」

言葉に詰まる私に追い打ちをかけるように、上田はつづけた。

「あんただって、晴彦がいなくなってくれたほうがいいんじゃないか？　晴彦の母親と二人きりで、新しい世界を始めたほうがすっきりするし、楽しいだろ」

違う。絶対に、それは違う。

「あんたがほんとうに晴彦のためを思うんだったら、本人の望みどおりにさっさと死なせてやればいいじゃないか。死にたい奴に死ぬなって言う権利は、誰にもないんだ。ましてや、あんたは、ただの赤の他人じゃないか」

違う――。

「一つだけ、いいことを教えてやるよ。晴彦はあんたをワルキューレで殺すことはいつでもできた。でも、殺さなかった。大好きなお母さんを悲しませたくないから、って。優しい息子だよなあ。いまどき、なかなかいないんじゃないかな。清水さん、自慢してもいいよ、俺の息子はたいしたものだ、って。でもな、晴彦はあんたの息子かもしれないけど、あんたは晴彦の父親じゃないんだ。その意味わかるかなあ」

わかる。だから、違う――と言いつづけるしかない。おまえたちの考えていることは、なにかが間違っている。絶対に間違っている。

それを納得させるための言葉はない。けれど、言葉など、要らないはずなのだ。

足元に横たわった高木の汚物にまみれた亡きがらが、すべての答えになるのではないのか？　救急車で病院に運ばれた沢井の哀れで滑稽《こっけい》な悲劇が、もうじき荼毘《だび》に付されるはずの摩耶が犯した罪が、すべてを伝えてくれるのではないのか？

それすら、世界の終わりに魅せられてしまった男たちにはわからないというのか……

……？

「晴彦、嘸めよ」

上田は言った。

「嚥むな！」

　私は叫ぶ。

　晴彦は黙ったまま、手のひらのカプセルと上田を見比べる。私には目を向けない。それが息子としての晴彦からの答えだった。

「晴彦」

　上田の声のほうが、よほど父親としての威厳を持っている。

「ゆっくりだぞ、いいな」

　晴彦は小さくうなずいた。

「あわてて嚥むな。いっぺんに嚥むのもやめろ。そんなのは面白くないし、世界の終わりを迎えるには失礼なやり方だ」

　上田はそう言って、自らお手本を示すように、カプセルをもったいぶった手つきで口に入れた。緊張をはらんだ私と晴彦のまなざしを薄笑いで受け止め、張り詰めた空気ごとカプセルを呑み込んで、拍子抜けしたような、ぽかんとした表情を浮かべる。

　セーフだった。今度もまた。

「世界はしぶといな」

　上田は苦笑して、「そのしぶとさを、おまえもじっくり味わえよ」と晴彦に言った。

「しぶとければしぶといほど、それが終わるときは最高に気持ちいいんだ」

　釣りや狩りだってそうだろ、と言う。釣りは水の中で魚が必死に抵抗するから面白いんだし、狩りは仕留めそこねたら逆にこっちがやられるかもしれない獲物を狙うから面白い。

だから、とつづける。世界にもっとねばらせてやれ、と笑う。もっと抵抗させてやれ。反撃だってさせてやれ。どうせ最後に勝つのは俺たちなんだ。

晴彦も、なるほど、というふうに笑い返した。顔が急におとなびた。死の影が宿った。自分の命を突き放してしまったとき、十四歳の少年はこんなにも冷たい顔になってしまうのか。

やめろ。カプセルを嚥むな。死ぬな。

言葉は次々に喉を迫《せ》り上がってくるのに、声にならない。

言葉など、ほんとうはなにも要らないのだ。わかっている。問答無用——そんなことを考える間もなく、晴彦に飛びかかってカプセルを手から払い落としてしまえばいい。自分の命を人質にした晴彦は、私がさっきたじろいで動けなくなったことで、安心して気をゆるめている。いまなら、できる。間に合う。

なぜ、それができない。理屈抜きに動けないのは、なぜだ。

「清水さん」

上田が言う。

「どんな気分ですか、息子が世界を終わらせるのを目の前で見るっていうのは」

私の胸の内を見透かしたように、皮肉を込めたていねいな言葉づかいで笑う。

「ああ、でも、清水さんは沢井が世界を終わらせる瞬間も見たし、高木の世界が終わる最後の最後のところも見たわけだから、なかなかのものですよねえ。俺は九人だったけど、あんたは二人……もうすぐ三人、四人目も見ることになる」

「木曜日の子ども」事件で上田が毒殺した同級生は九人。そして七年後のいま、摩耶を含めて三人の世界が終わった。大谷さんだって、上田によって間接的に殺されたのだ。

「沢井と高木を見て、いかがでしたか。怖かったですか？　ぞくぞくしましたか？　気分が悪くなりましたか？　思わず顔をそむけてしまいましたか？」

矢継ぎ早に言った上田は、一息ついて「そんなこと、なかったでしょ？」と笑う。

「感動しましたか？　もっと見たいと思いましたか？　二人だけじゃ物足りないと思いませんでしたか？　あんなふうに別の誰かの世界を終わらせたいと思いましたか？　それとも……自分の世界が終わる瞬間も見てみたいと思いましたか？」

最後の問いだけは、ゆっくりとした口調だった。だからそれが、上田の最も伝えたいことなのだろう。

晴彦は上田の話に気をとられている。

いまなら。いますぐ、なら。考えなくていい。体が勝手に動いてくれれば、それでいい。

なのに動けない。両足がコンクリートにめり込んでしまったように重い。

「まあ、とりあえず、晴彦が世界を終わらせるところを見届けてあげてくださいよ。晴彦だって、あなたの前で死にたいんですよ。なすすべもなく……っていうのを、あなたに背負わせたいんです。それが、大好きな母親を奪ったあなたに対する復讐《ふくしゅう》です。息子を見殺しにした父親なんてね、そうざらにいるものじゃないし、そんなにあっさりと立ち直れるわけでもない。一生消えない傷です。一生背中から下ろせない重荷です。ご苦労さまですねえ、父親になるのも大変だ」

上田の声は、なぜ、こんなにも胸に深く刺さるのだろう。それも、胸の中のいちばん弱いところを狙って。

やはり、この男は神なのか。悪魔なのか。

ウエダサマ――。

上田祐太郎という人間の世界は終わっても、ウエダサマという存在は永遠に生きつづけるのだろうか。

「でも、いいじゃないですか、晴彦が死のうが生きようが。どうせあなたとは赤の他人なんだから」

ウエダサマの言葉が、胸を刺し貫いた。ああ……と、うめき声とも吐息ともつかないものが、漏れる。理屈抜きに晴彦に飛びかかることができない理由を、やっと思い知らされた。

晴彦と私は他人だ。戸籍上は親子であっても、血はつながっていない。私の命と晴彦の命との間につながりはなく、だから、どんなにそばにいても、はてしなく遠い。

全身から力が抜けた。支えなしには立っていられなくなって、鉄の扉にしがみついた。

「清水さん、残念ですけど、あなたに晴彦を救うことはできませんよ」

ウエダサマは教え諭すように言う。

「でもね、代わりに世界を終わらせることはできるかもしれない。晴彦に、あなた自身の世界が終わるところを見せてやればいいんですよ。わかりますか？　晴彦にとっては、あなたさえいなくなれば、いまの世界は終わるんです。新しい世界で生きていけるんです。あなたのいない世界でね」

ああ……。今度は自分でもわかった。安堵のため息だった。

そうか、そういうことなのか。ウエダサマの言うとおりだった。私がいなくなれば、晴彦は生きてくれる。私が生きようとすれば、晴彦は世界を終わらせてしまう。

　簡単な理屈だった。どうしていままで気づかなかったのだろう。親が自分の命と引き替えにして子どもを救うというのは、つまり、そういうことなのだ。

「できますか、あなたに。血のつながっていない息子のために、あなたは死ねますか」

　ウエダサマは意地が悪い。だから、私にはウエダサマに歯向かうことなどできない。扉にしがみついたまま、ウエダサマを振り向いた。途方に暮れた顔で、福音を求めるまなざしで訴えた。

　ウエダサマはゆっくりとうなずいてくれた。

「晴彦、カプセルを半分ずつに分けろ。清水さんに選ばせてやれ、どっちを自分が引き受けるか」

　晴彦はウエダサマに言われたとおり、左右の手のひらにカプセルを分けた。

「当たり」があるのは、右手か、左手か。ワルキューレ——死者を選び出す戦場の乙女たちは、右と左、どちらを冥界《めいかい》へと連れて行くのか。

「清水さん、どうぞ、お好きなほうを選んでください」

ウエダサマは「あなたがほんとうに晴彦の『父親』だったら、きっと彼を救えますよ」と優しく言ってくれた。

私はウエダサマを振り向いた。にらみつけるつもりだったが、頰が勝手に、力が抜けたようにゆるんだ。笑顔ではない。怒ったり笑ったりする、そんな感情すら、いまはつくれない。

代わりに、ウエダサマが笑った。「いい顔です、こういう顔を見たいんですよ、俺はいつも」と満足そうにうなずいて、晴彦に声をかけた。

「よく見ろ。人間は、こんな顔になるときがあるんだ。どうにもならなくて、追い詰められて、勝ち目も逃げ道もなくなって……途方に暮れるんだ、無力さを思い知らされるんだ、そういうときの顔が、これだ」

私を指差して、ほら、これだ、これだ、と笑う。

両手にそれぞれカプセルを載せた晴彦は、ゆっくりと私に目をやった。

頰がゆるんだ。だが、その表情もまた、笑顔ではない。晴彦は笑わなかった。私を嘲《あざけ》りはしなかった。ただ頰をゆるめて、静かに小さく首を横に振っただけだった。

「なんだよ、おまえまでそんなしょぼくれた顔をしなくていいんだよ」

　晴彦の顔を覗《のぞ》き込んだウエダサマは小さく舌打ちして、気を取り直すように、あらためて笑った。

「いいことだろ？　おまえがいなくなっても、父親になってるつもりのこのひとがいなくなっても、どっちにしても、おまえの世界は終わるんだ。五分五分なんてものじゃない、百パーセント確実に、おまえの望みは叶《かな》えられる。こんなに楽しいことはないじゃないか」

　しかも、とつづけた。

「自分が死ぬか、おまえが死ぬか、それを決めるのは親父さんだよ。おまえはなにもしなくていい。親父さんが決めてくれるんだ。最高だと思わないか？」

　ねえ清水さん、と私に向き直る。

「子どもの夢を叶えてやるのは親の務めですよね。あなたも父親らしいことをしたいのなら、晴彦の世界を早く終わらせてやってくださいよ」

　なあ、とさらに晴彦に言う。

「おまえはどっちがいい？」

　私が「当たり」をひくか。晴彦のほうに「当たり」が残るか。

「想像してみろ」

　激しく嘔吐し、痙攣して息絶える私の姿を見たいか。それとも、息子の死をなすすべもなく見つめる私の姿を、薄れゆく意識の中で目に灼《や》きつけておきたいか。

「どっちが面白いかな……」

贅沢《ぜいたく》な悩みってやつだけどな、とウエダサマは笑う。

だが、晴彦の表情は変わらない。私を見つめるまなざしも動かない。感情も、意志も、生きている温《ぬく》もりすら感じられない、からっぽの表情だった。ひとは臨終の直後、頰の筋肉がゆるんで自然と微笑んでいるように見えることがあるという。ならば、いまの晴彦が私に見せているのは、死に顔なのだろうか。十四歳の少年を苦しめつづけてきたこの世界は、じつはもう、終わっているのだろうか。

ウエダサマは眉《まゆ》をひそめて、「怖がるなよ」と言った。「いまさら逃げるわけにはいかないんだ、おまえは」

違う――。

声にならない声が、また、私の胸を奥のほうから突き上げる。

違う――。

おまえは、まだ間に合う、間に合ってほしいし、間に合わせなくてはいけないんだ――。

「もう遅いんだ」

違う――。

「ゲームは大詰めなんだ」

違う――。

「忘れるな、俺たちは木曜日の子どもだ。遠くに行ってしまう運命の子どもだ。それが俺たちの誇りだったはずだ」

違う――。

違う――。

絶対に、違う――。

「高木は遠くに行った。摩耶も遠くに行った。沢井まで、頼みもしないのに遠くに行った。あとは俺たちだけなんだよ」

なあ、そうだろ、とウエダサマは念を押した。自分のカプセルをまた一個つまんで口に入れて、ごくんと嚥み込んで、「早く世界を終わらせようぜ」と笑う。

それでも、晴彦は笑い返さない。うつろなまなざしで私をじっと見つめたまま、笑いのない笑顔を小さく左右に振って、その場から動かない。

「清水さん」

ウエダサマは業を煮やしたように私に向き直り、「そろそろ決めてください」とうながした。「右を選ぶか左を選ぶか……あなたが決めないと、晴彦も困っちゃいますよ」

屋上って寒いし、と大げさな身震いをして、また笑う。

「清水さん、あなたが生きたいのなら、がんばって『はずれ』をひけばいいんです。晴彦が死ぬところを見てやればいいんです。簡単なことでしょう？　で、晴彦を死なせたくないのなら、あなたが『当たり』をひいて、代わりに死んでやればいい。まったく簡単な話だと思いませんか？」

　勝ち誇っている。そうだろうな、と私も認める。私は負けた。確かにウエダサマの言うとおり、勝ち目はおろか逃げ道さえ失ってしまった。ウエダサマはゲームに勝った。これからもたぶん、自分の命を人質にするかぎり、あらゆるゲームに勝ちつづけるのだろう。

　それでも、私は思う。萎《な》えてしまった心を、ぎりぎりのところで支えながら、思う。私は愚かな父親だったのか――。正しいか間違っているかではない。強いか弱いかでもないし、ましてや勝つか負けるかなどどうでもいい。ただ、愚かだったのか、と自分に問う。私は愚かな敗者だったのか、と答えの出ない問いを繰り返す。その愚かしさが、どこまでも悲しい。

　その悲しさが、どこまでも――。

　何台ものパトカーのサイレンが聞こえた。重なり合うサイレンの音は、街の四方から富士見台団地を目指して近づいてくる。屋上の私たちに気づいてくれるだろうか。いや、その前に、私は自分の手で、ゲームを断ち切らなければならない。私は父親なのだから。晴彦が認めようと認めまいと、この少年の父親は、私以外にはいないのだから。

　晴彦はまだ私を見つめている。表情はさっきと変わらない。生気のない、からっぽの笑顔だった。それでも、私はずっと、晴彦の完璧な笑顔を見せられてきたのだ。つくりものの、だからこそ隙のない笑顔を向けられるたびに、心の芯《しん》から凍えるような寒々しさに包まれていたのだ。もどかしかった。悲しかったし、悔しかったし、なにより寂しかった。晴彦のほんとうの笑顔を、一度でいいから見てみたかった。

なんと愚かな望みなのだ、と神になりすました男は嘲るのか。なんと愚かな父親なのか、とすでに遠くへ旅立ってしまった木曜日の子どもたちはあきれはてるのか。けれど、私は、自分自身の愚かしさをどこまでも悲しいと思い、その悲しさをどこまでも——。

「晴彦……」

うわごとのような声が漏れた。

その瞬間、いままでどんなにしても動かなかった足が、すうっと浮いた。

一歩、二歩と晴彦に近づいていく。

晴彦の表情が変わった。おびえたようにゆがんだ。笑顔とはかけ離れていても、それが、晴彦が私に初めて見せたほんとうの表情なのだとしたら——私は目をそらすわけにはいかない。

「晴彦……帰ろう……」

言葉がこぼれ落ちるように、出た。

「お母さんも待ってる……ウチに、一緒に帰ろう……」

頭で考えた言葉ではなかった。自分の声を聞くまで、なにを口にしたのかもわからずにいた。だが、その言葉は、まるでずっと以前から胸の奥にあって、出番を待ちわびていたように、舌にも耳にも心地よく響いた。

晴彦の表情はさらにゆがむ。焦点がどこに合っているのかわからなかったまなざしに光が戻り、息が急に荒くなった。肩が大きく上下する。顎《あご》がわなないて、奥歯のぶつかる音が聞こえる。左右の手が震える。手のひらの上のカプセルも、踊るように震え、ぶつかり合って、跳ねて、ぽろぽろとこぼれ落ちていく。

私は晴彦に微笑みかけた。なぜ笑ったのかわからない。励ましたり元気づけたりしようなどとは思わなかった。だいじょうぶだ、と安心させるつもりでもないし、お父さんと一緒に行こう、と誘うための笑顔でもなかった。

ただ、頰の力が抜けたのだ。すでに抜けきったと思っていた頰の力が、さらにもう一度、抜けるというより消え失《う》せるように、どこかに行ってしまったのだ。

ああそうか、と気づいた。晴彦の完璧なつくりものの笑顔を責める資格など、私にはなかった。私だって、ほんとうの笑顔など、一度も晴彦に見せたことはなかったのだ。

にこやかな笑顔、上機嫌な笑顔、おどけた笑顔、優しい笑顔、大らかな笑顔、包み込む笑顔、抱き寄せる笑顔……いくつもの笑顔のお手本を、私はいつの間にか持ってしまっていた。時と場合に応じて、そのお手本どおりに、頰をゆるめ、目《め》尻《じり》を下げていただけだった。

いまわかった。これが、私のほんとうの笑顔だ。

無力で愚かだった父親が最後の最後に浮かべることのできた、ほんとうの笑顔は、泣き顔にも似ているし、たぶん、さっきの晴彦のように、死に顔にも似ているのだろう。

「晴彦……もう終わったんだ、ぜんぶ……」

「まだだ！」

ウエダサマが叫ぶ。「だまされるな！　まだなにも終わってない！　早くしろ！　早く世界を終わらせろ！」と声を裏返して、晴彦に叫ぶ。

「晴彦……カプセル、ぜんぶお父さんに渡してくれ……おまえが嚥んでほしいのなら、お父さんがぜんぶ嚥むから……」

ウエダサマは「半分だけだ！」と叫ぶ。カプセルをすべて手放してしまったら、自分の命を人質にすることができなくなってしまうから。

「晴彦、ぜんぶ渡すな！　半分だけ渡して、嚥ませてやれ！　おまえも嚥め！　すぐに終わるんだ！　あっという間に終わるんだ！」

晴彦の口が、震えながら開く。カプセルを嚥むためではなく、私を呼ぶために。

「お父さん……」

いままで何度も聞いていたものとは違う、うわずった声だった。それでいい。「なんだ？　晴彦……」と応える私の声も、ひどくかすれてしまった。それでいい。

「お父さん……お父さん……お父さん……」

晴彦は途切れがちに私を呼ぶ。つづく言葉はない。ただ、私を呼びつづける。

サイレンが近づいてくる。

「帰ろう……晴彦……」

私は晴彦の前にひざまずいた。膝《ひざ》をコンクリートの床についた瞬間、不思議な懐かしさを感じた。この姿勢だ。両膝をついて、背筋を伸ばし、両手をお椀《わん》のような形にして、それを静かに、ゆっくりと、差し出す。神に祈りを捧げ、神の恩寵《おんちょう》を受ける人間のように——私は晴彦に言う。

「カプセルを……お父さんに、ぜんぶくれないか……」

サイレンが公園のあたりで停まった。ドアを乱暴に開け閉めする音がつづき、無線でやり取りする男たちの声が屋上にも届いた。

ウエダサマが叫ぶ。

「晴彦！　半分だけだ！　半分はおまえが持ってろ！　ぜんぶ渡すな！　やめろ！」

彼の声は、こんなにも幼かったのか？　こんなにもうろたえて、せっぱつまって、弱々しかったのか？

もはや、彼は神になりすました男ではなかった。

カプセルが私の手のひらに、ぽろぽろと降りそそぐ。晴彦は右手と左手を同時に、すべてを分け与えるように傾けていた。いっぺんには落ちてこない。それでいい。私は待つ。カプセルの最後の一個が息子の手から離れる瞬間を、ただじっと待つ。

「拾え！　奪い返せ！　なにやってるんだ！」

上田祐太郎が叫ぶ。「怖いのか！　この臆病者《おくびょうもの》！　卑怯者！　裏切り者！」

叫びながら、震える手で自分の薬瓶のカプセルをすべて手で受けた。

「逃げるな！」

叫びながら、無我夢中でカプセルを口に放り込む。しぐさが荒すぎて、カプセルがいくつも口の端に当たって足元に落ちた。

「見ろ！　俺は怖くない！　なにも怖くないから、いくらでも噛んでやる！　ほら、見てみろ！」

叫びながら、カプセルを噛む。いくつもいくつも、噛みつづける。

棟のすぐ真下からホイッスルが響いた。「こっちだ！　こっち！　誰か屋上にいる！」という怒鳴り声も聞こえた。

上田はひどくあせっていた。うろたえていた。おびえていた。

「おまえもやってみろ！　ほら！　やってみろ！　簡単じゃないか！　こんなに簡単じゃないか！　世界なんて、すぐに終わるんだ！」

口の中をカプセルで一杯にしても、ばりばりとカプセルごと噛みくだいても、「当たり」をひき当てられない。

「早くしろ！　早く！」

手のひらのカプセルがなくなった。だが、上田の世界は終わらない。

「晴彦！　なにやってるんだ！」

足元にこぼれ落ちたカプセルを手当たり次第に拾っては口に入れる。

それでも、世界は終わらなかった。

上田の叫び声は、けものの咆哮《ほうこう》に近くなっていた。「ああっ、ああっ、あああああっ」とタガのはずれた声をあげ、四つん這《ば》いになって、落ちたカプセルを拾っては口に入れる。

階段を駆け上る靴音が響く。公園の前に停まっていたパトカーも、J棟の真下まで来て、赤色灯を回しつづけている。

晴彦のカプセルの最後の一個が、ぽとり、と私の手のひらに落ちた。

いま、ゲームは終わった。

上田祐太郎は私に摑みかかってきて、手の中のカプセルを奪おうとしたが、私は渾身《こんしん》の力で腕を振ってカプセルをぶちまけた。

上田は、今度はフェンスに向かって駆けだした。

逃がさない。フェンスを跳び越えて宙に舞おうとする上田の腰に抱きついた。

「放せ！　どけ！　この野郎！　ぶっ殺す！　てめえ、ぶっ殺す！」

幼く吠《ほ》え、弱々しく恫喝《どうかつ》する上田の体をフェンスから引き剥《は》がし、私の体ごと倒れ込んだ。

「放せ！　放せ！　放せ！」

叫び声は、どんどん細く、甲高く、幼い子どものようになっていく。ゲームは終わった。神になりそこねた男は、いま、現実の年齢よりもさらに若い、夢見がちな少年に戻ってしまった。

組み伏せた私の腕の下で、上田は泣いていた。

「終わらせろよ……どうせ俺、死刑だろ、じゃあいまから死んでやるから……早く、終わらせてくれよ……」

泣きながら訴えていた。私は黙って、首を横に振る。

冷たいものが手の甲に触れた。上田の涙のしずくが散ったのかと思っていたが、そうではなかった。

私も泣いていた。上田のためではなく、彼の狂気に呑み込まれた木曜日の子どもたちのためでもなく、晴彦のためでも、自分自身のためでもなく、私は上田を組み伏せたまま、警官が屋上に駆け込んでくるまで泣きつづけていた。

ゲームは終わった。

世界は終わらなかった。

上田祐太郎が最後の最後にひくことのできなかった「当たり」のカプセルは、排水口につづく溝に落ちていたと、あとで警察に聞かされた。

そして、晴彦が持っていた「当たり」は、私が放り投げたカプセルのうちでいちばん手前に落ちていた。晴彦の足元と言ってもいい距離だった。かがんで拾い上げるのは簡単にできた。私でも晴彦でもいい、どちらかがそれを口に放り込めば、あっけなく晴彦の世界は終わっていたはずだった。

それでも、終わったのは上田祐太郎の仕掛けたゲームだけだった。

私たちの世界は終わらなかった。決して終えてはならないものだから、終えなかった。

私は愚かな父親かもしれない。沢井良樹がかつて教えてくれたように、高木俊介や上田祐太郎がかつて嘲ったように、私は懸命に父親を演じているだけの、滑稽きわまりない男なのかもしれない。

けれど、私は、その愚かしさを――いま、誇りに思う。

私たちは、私たちの世界へと帰還する。

私と晴彦は、別々のパトカーに乗せられて、警察署へ向かった。

前を走ったのは晴彦を乗せたパトカーだった。両脇を警官に挟まれて後部座席の真ん中に座った晴彦は、走る車の中から、何度か後ろを振り向いた。

すぐ後ろのパトカーで、やはり晴彦と同じように後部座席の真ん中に座った私は、そのたびにゆっくりとうなずいた。

晴彦に見えているかどうかはわからない。そもそも、晴彦が私を見たくて振り向いたかどうかだって、わかりはしない。

それでも、私はうなずきつづける。

「ちょっと、あなたねえ……」

隣に座った私服の刑事が顔をしかめて言った。「詳しい事情は署でゆっくり聴きますけど、二人も亡くなってるんですよ、なにニヤニヤ笑ってるんですか」

「……笑ってましたか？」

「ええ」

「すみません、一つだけ教えてください」

「はあ？」

「笑ってるときの私の顔って、死に顔みたいでしたか？」

刑事はきょとんとして、舌打ち交じりに前に向き直り、「まったく、ワケのわからねえ事件ばっかり起きるもんだよ……」と憤然と吐き捨てるように言った。

帰ろう。

晴彦、お父さんと一緒に帰ろう。

木曜日の子どもは遠くへ行ってしまう。けれど、子どもはいつか、わが家に帰ってくる。

晴彦は、これから長い時間をかけて事情を訊かれ、必要であればカウンセリングを受け、さらに必要だと専門家が判断するのであれば、心の治療も受けることになるだろう。彼自身が償わなければならない罪も、きっと、まったくないわけではないはずだ。

　旭ヶ丘のわが家につくった書斎で、私と晴彦がおだやかな休日を過ごすのは、いつになるのか。

　遠い先のことかもしれない。晴彦がこちら側の世界に戻ってくるとき、もしかしたら、私と香奈恵は旭ヶ丘の自宅を引き払って、違う街で彼を待っているかもしれない。

　それでも、帰ってこい、晴彦。おまえの帰ってくる場所は、お母さんと、お父さんのいる、わが家しかない。

「ただいま」と言ってくれ。

「お帰り」と言ってやる。

　そして、今度こそ、家族の日々を始めよう。

　私はおまえの父親だ。

世界の終わりを見たくはないか――?

Serialized in YASEIJIDAI (issues from February 2007 to January 2009)

illustrator HASUMI MIYAKO

editor MATSUZAKI YURI

Hardcover edition published on January 31, 2019

cover art PHIL HALE "karaoke" 1996 oil on linen 44" by 62"
©Phil Hale

cover design SUZUKI SEIICHI DESIGN OFFICE

editor MATSUZAKI YURI, IWAHASHI MANAMI, and RAI AYAMIKO

Paperback edition published on January 25, 2022

cover art PHIL HALE "karaoke" 1996 oil on linen 44" by 62"
©Phil Hale

cover design SUZUKI SEIICHI DESIGN OFFICE

editor MIMURA RYOKO

Many thanks to readers, and everyone involved.

木《もく》曜《よう》日《び》の子《こ》ども

重松《しげまつ》 清《きよし》

令和４年 １月25日　初版発行

発行者●堀内大示

発行●株式会社KADOKAWA
〒102-8177　東京都千代田区富士見2-13-3
電話　0570-002-301（ナビダイヤル）

角川文庫 22989

印刷所●株式会社暁印刷
製本所●本間製本株式会社

表紙画●和田三造

●お問い合わせ
https://www.kadokawa.co.jp/（「お問い合わせ」へお進みください）
※内容によっては、お答えできない場合があります。
※サポートは日本国内のみとさせていただきます。
※Japanese text only

ISBN 978-4-04-111307-3　C0193

◇◇◇

角川文庫発刊に際して

角川源義

第二次世界大戦の敗北は、軍事力の敗北であった以上に、私たちの若い文化力の敗退であった。私たちの文化が戦争に対して如何に無力であり、単なるあだ花に過ぎなかったかを、私たちは身を以て体験し痛感した。西洋近代文化の摂取にとって、明治以後八十年の歳月は決して短かすぎたとは言えない。にもかかわらず、近代文化の伝統を確立し、自由な批判と柔軟な良識に富む文化層として自らを形成することに私たちは失敗して来た。そしてこれは、各層への文化の普及滲透を任務とする出版人の責任でもあった。

一九四五年以来、私たちは再び振出しに戻り、第一歩から踏み出すことを余儀なくされた。これは大きな不幸ではあるが、反面、これまでの混沌・未熟・歪曲の中にあった我が国の文化に秩序と確たる基礎を齎らすためには絶好の機会でもある。角川書店は、このような祖国の文化的危機にあたり、微力をも顧みず再建の礎石たるべき抱負と決意とをもって出発したが、ここに創立以来の念願を果すべく角川文庫を発刊する。これまで刊行されたあらゆる全集叢書文庫類の長所と短所とを検討し、古今東西の不朽の典籍を、良心的編集のもとに、廉価に、そして書架にふさわしい美本として、多くのひとびとに提供しようとする。しかし私たちは徒らに百科全書的な知識のジレッタントを作ることを目的とせず、あくまで祖国の文化に秩序と再建への道を示し、この文庫を角川書店の栄ある事業として、今後永久に継続発展せしめ、学芸と教養との殿堂として大成せんことを期したい。多くの読書子の愛情ある忠言と支持とによって、この希望と抱負とを完遂せしめられんことを願う。

一九四九年五月三日